冲方丁
OW UBUKATA

SGU
警視庁特別銃装班
Special Gun-bearing Unit

TOブックス

SGU
警視庁特別銃装班
Special Gun-bearing Unit

装丁　片岡忠彦（ニジソラ）

登場人物

《 SGU 警視庁特別銃装班 》

吉良恭太郎（きら きょうたろう）
……民間登用組。元自衛官・現役クレー射撃アスリート。

加成屋 輪（かなりや りん）
……民間登用組。元自衛官・現役カーレーサー。

真木宗一（まき そういち）
……警視庁・組織犯罪対策部・銃装班班長。警部。

花田礼治（はなだ れいじ）
……警視庁・特別銃装対策捜査本部・主任官。警視長。

三津木陽介（みつき ようすけ）
……警視庁組。タスクフォース。警部補。

静谷 猛（しずや たける）
……警視庁組。元機動捜査隊員。巡査部長。

暁 真奈美（あかつき まなみ）
……警視庁組。機動捜査隊員。巡査長。

桶川劉生（おけがわ りゅうせい）
……民間登用組。プログラマー。元eスポーツ選手。

赤星 亨（あかぼし とおる）
……人権派弁護士。

見城 晶（けんじょう あきら）
……女子大生。現金輸送車強奪事件の人質。

吉川 健（よしかわ けん）
……大手電化製品店勤務。現金輸送車強奪事件の人質。

桐ヶ谷結花（きりがや ゆか）
……加成屋の元彼女。

磐生 修（ばんしょう おさむ）
……元汚職警官であり、密貿易・密入国の顔役。

平山史也（ひらやま ふみや）
……武装強盗犯のリーダー。

はじめに

本書は、SGUすなわち警視庁内に設立された特別銃装班【スペシャル・ガンベアリング・ユニット】という「幸い」にも短命に終わり、その役割をまっとうした少数精鋭の特技集団の活動を追ったものである。

中でも、元陸上自衛隊レンジャーである吉良《きら》恭《きょう》太郎《たろう》氏および加成屋《かなりや》輪《りん》氏の言動に紙数を割いたのは、現場指揮を担った真木《まき》宗一《そういち》警部の言葉を借りれば「我々の使命を体現する」人物たちであったからだ。

二人が、班の設立以前に、批判的な世論の集中砲火を浴びていたことを思えば、まさにSGUのあらゆる側面を体現しており、その召喚は必然でさえあったと言える。

むろん、SGUのメンバー全員が輝かしい成果を残しており、冒頭で「幸い」と記すことができるのも、勇敢な警察官と民間登用者の全員が文字通り命懸けで「重火器事犯」という凶悪犯罪と対決したことで、その活動が比較的短期間で終了したゆえである。

首都圏における銃器流通を防ぎ、日本の銃社会化を阻止するという甚大な功績を挙げた彼らが、もし今なお懸命に戦っているとしたら、それは私たちの社会が今も変わらず危機的状況にあることを意味する。

一部の専門家が指摘するように、いつまた同様の危機が訪れてもおかしくないとはいえ、少なくとも彼らが、我が国が銃社会化するか否かという恐るべき分水嶺から、我々を遠ざけてくれたと、あらゆる点で断言できる。これを「幸い」と言わずして何と言おう。

SGUが設立過程をふくめ、様々なメディアから繰り返し「紆余《うよ》曲折した」「極端な保身から生まれた」「混乱の産物」として批判されてきたのは事実である。そして彼らが直面したのが、「明白な意図を持った」「極端に攻撃的な犯罪者が起こす」「恐怖を催すほどの混沌とした状況」であったことも事実だ。そのような状況にいかに彼らが対処し、あるいは対処しえなかったかを、様々な素材が明らかにしている。それらの素材は、警視庁内の「明細な報告」であり、現場で活躍した人々の証言録取であり、直接関係する人々に繰り返しインタビューすることによって得られたものだ。

SGUが直面したのは、一瞬の判断が、自他の生死のみならず近接範囲にいる第三者の生死をも決する、極度に暴力的な犯罪の現場であり、戦闘の体験である。

そんな彼らに対し、多数のメディアが数え切れないほどしたように、

「正しい殺人など、ありうるのか？」

と問うのであれば、それははなから批判的で懐疑的な非難の声として放たれるのではなく、心身ともに傷だらけになりながら修羅場を生き延びた人々、とりわけ兵士あるいは戦士と呼ぶに値する者たちから、私たちが学ぼうとする真摯な問いであるべきだろう。

第1章

接敵、そして追放

Engagement, and Exile

1

「レンジャー！」

吉良恭太郎は、猛然と吼《ほ》えた。

ただ激情に任せてそうしたのではない。相手の注意を、何としても自分に向けさせねばならない、という強い意志があった。

なぜその言葉を発したかと言えば、単にそのときの吉良にとって、最も叫びやすい言葉だったからだ。それは過去三ヶ月の訓練期間で、何千回と必死に叫ばされてきた自衛隊員独特の決まり文句だった。上官から命じられること全てに、「了解」という意味で「レンジャー」と叫び返すよう徹底的に訓練されるのだ。完全に無意識の叫びであり、そのたった一言を発したがために、結果的に彼自身が窮地に陥ることになるとは考えてもいなかった。

吉良の叫びに、相手はぎょっと振り返った。おかげで吉良が意図したとおり、そいつが抱えるM四カービンの銃口を、今いる銀行の奥で固まってうずくまる七、八人の男女へ向けさせずに済んだ。

M四カービンは、全長八十五センチ弱の、アサルトライフルと総称される銃の一種で、アメリカでは軍と警察が採用する最もポピュラーな銃器の一つだ。弾倉を除く重量は二・七キロ以下という軽量設計であることから女性でも扱いやすいとされる。実際、イラク戦争ではM四カービンを装備した女性兵士が、接近戦において勇敢に戦ったとされ、シルバースター勲章を授与されている。箱形弾倉の最大装弾数は三十発。有効射程は、一点を狙うポイントターゲットで五百メートルとされるが、これは弾丸次第だ。

通常使用するのはＮＡＴＯ（北大西洋条約機構）により標準化された小口径高速弾である五・五六ミリ弾であり、軽量であることから多数の弾倉を携帯できるほか、反動が軽く、真っ直ぐ飛ぶという利点がある。だが貫通力が低く、長距離での戦闘には向いていない。五百メートルも離れれば命中した相手を即座に行動不能に陥れるほどのストッピングパワーを発揮できなくなる。だが、高性能普通弾を使用すればその限りではなく、Ｍ九九五徹甲弾などを使用すれば、数百メートル先の鋼板もぶち抜くことができると言われている。

そしてその相手はご丁寧にも、銃身にショートスコープという、ダイヤルで倍率を調整できる測定目盛《レチクル》つきの光学機器を搭載していた。近距離でも遠距離でも、正確で迅速な射撃を可能としてくれる優れた品だ。しかも吉良は、それを「サイトロンジャパンが販売しているＴＲ－Ｘシリーズのショートスコープでした」と言う。「見てすぐにわかりましたよ。なんせよく知ってるスコープでしたから」

それは自衛隊にも光学機器を納入する、国内メーカーの製品だった。当然ながら、実弾を撃った衝撃で、ずれたり破損したりするような、サバイバルゲーム用品などではない。

また、相手が「旺盛な攻撃の意思に満たされている」ことは、手にした銃だけでなく、「その装備からして明らかだった」と吉良は言う。

相手の頭部を守るのは、見た限り、本物のフェイスシールドつきＭＩＣＨ二〇〇〇だった。米軍の特殊部隊用に作られた軍用ヘルメットで、日本では、戦後唯一、北朝鮮の工作船などと「実戦」を経験している、海上保安庁が採用する品だ。

胴を守るのは、米軍が好みそうな迷彩柄のボディアーマーで、弾倉などを納めるポーチが面ファスナーでいくつも留められている他、コンバットナイフを携行しているのがわかった。手にはグローブ、肩、肘、腕、脚、膝には念入りにプロテクターを装着し、足にはごついコンバットブーツを履いている。つまりそれは、ただ銃を撃つだけでなく、自身もめいっぱい撃たれながら苛烈に撃ち返すことを想定した、交戦のための装備だった。

これだけでも十分特筆に値するが、その上この人物を語るには、まだ付け加えるべき点がある。それは「大声で、『犬のおまわりさん』らしい歌を歌っていた」ということだ。吉良やその場にいた人々の供述によると、それは「いーいぬうーのおぉおお、おぉぉおまぁわぁりぃぃさああああん」という感じの、「ぞっとするほど調子っ外れな」「ひどく甲高い声」であり、「薬物などで正常な状態ではなくなっていることが窺《うかが》えた」というものである。

事実その人物——韮山耕祐《にらやまこうすけ》（当時二十二歳）は、興正会《こうせい》という東京都内に拠点を持つ小規模な暴力団の組員となり、八名の日本人と外国人からなる強盗集団の一員となる前から、大麻、ＬＳＤ、ＭＤＭＡといったドラッグを常習的に使用していたことが、その後の調査でわかっている。韮山が、そうしたドラッグを覚えたのは十五歳のときで、未成年の運び屋として使われていたときだという。

組織犯罪において、実行は、ともするとこうした「立場が弱く、素行が悪い」人物が担う場合が少なくない。土木工事機械を用いたＡＴＭ強奪犯罪や、オレオレ詐欺などでも、計画し、リストを作るなどしてお膳立てをする者たちは、実行には関わらない。実行はいつでも「切り捨てても惜しくない」末端の人物に押しつけられるのだ。

このとき韮山が、「大仕事」を任された緊張を紛らわすためにドラッグを服用していたことで、もとから粗暴で後先を考えない性格が、いっそう助長されていたことは想像に難くない。そしてそのような人物が、考えうる限りの武装をしていたのである。

東京のど真ん中で、防弾チョッキを着た麻薬の常習者にアサルトライフルで襲撃されるなど、それまでの日本の常識では考えられないことだった。しかしそのとき、吉良と周囲にいた人々は、その最悪の存在によって命の危機に瀕《ひん》していた。

ここで、とりわけ吉良が強く感じていたのは、左手の流血の熱だったという。

吉良自身が負傷したのではない。その現場にたまたま最初に臨場することになった二人の警察官の一人、橋本水紀《はしもとみずき》巡査部長（当時三十二歳）の首の傷口にハンカチを押し当てていたのである。傷は、韮山の放った五・五六ミリ弾が命中したことによるものだった。

吉良が柱の陰へ引きずっていったとき、橋本巡査部長は自分の手で傷口を押さえていたが、すぐにそうすることができなくなった。喋るどころか息は絶え絶えになり、目は朦朧《もうろう》と焦点を失っていった。

吉良はまず両手で圧迫止血を試みたが、韮山が二人に接近した時点では、左手だけでそうしていた。

なぜなら、その右手は、別のものを握っていたからだ。

橋本巡査部長が所持していたリボルバー拳銃を。

それは、警察官に支給される最も一般的な、ＳＡＫＵＲＡ　Ｍ三六〇Ｊだった。九ミリ口径で、装弾数は五発。使用される銃弾は・三八スペシャル弾と定められている。

その弾丸はアメリカ生まれのベストセラー製品と言ってよく、リボルバーだけでなく、自動拳銃でも短身型ライフルでも使用可能だ。加えて・三五七マグナム弾など複数の弾丸との互換性もある。汎用性、命中精度、低反動に定評があり、アメリカ警察が好んで採用するほか、一世紀以上にもわたり世界に普及している弾丸だった。

だが全身を防御した相手に対して有効であるかは疑問だ。強力な・三五七マグナム弾は、日本の警察では威力が過剰として採用されていない。そのためＳＡＫＵＲＡの銃身も、シリンダーはより安価で強度に劣るステンレス鋼でできており、はなから・三五七マグナム弾の発射には耐えられないものとなっている。

さらに言えば、弾丸は装填《そうてん》されている五発しかなかった。日本の警察官が予備の弾丸を携行することはないのだ。しかも最初の一発は、頭上への威嚇射撃に使用するよう教育されている者がほとんどである。

橋本巡査部長は、発砲する余裕がないまま負傷したため銃身には五発きっちり装填されたままだった。それでも対決すべき相手は軍用のアサルトライフルの弾丸を百発は撃てるであろうことを思えば、心もとない装備だ。それに、背にした柱以外に、何の防御のすべもない。相手はフル装備だが、吉良の方は休日であったため薄手のワイシャツの下にＴシャツ、ジーンズにスニーカー、という出で立ちだった。

けれども吉良は、十分に勝算があると考えた。なぜなら自分には相手にないものが豊富に備わっているからだ。装備ではなくその身の内に。過酷な訓練の積み重ねに裏打ちされたスキルと、正確にすべきことをしてのける冷静さが備わっているのだ。

麻薬を摂取した体では、正確な銃撃は無理だろうとも思っていた。ただでさえ過剰なエンドルフィンやアドレナリンの分泌は手足の意図せぬ震えや痺《しび》れを招き、一メートルの距離ですら的を外すことになる。負傷者が出たのも、威嚇的ででたらめな乱射による銃撃の一つが、たまたま不運な巡査部長を襲っただけのことだ。

相手がガチガチに防御を固めていることも気にならなかった。防御には必ず隙間がある。隙間をなくすほどに、動作に支障をきたすからだ。完全に体を防御するということは、攻撃することを放棄するということでもある。

その点で、この相手は防御しすぎだった。プロテクターのせいで肩、肘、膝の動きが制限され、素早く振り返る、しゃがむ、匍匐《ほふく》する、ということは難しいはずだ。

勝算はあった。

やるしかないこともわかっていた。ここで自分が攻撃を放棄して逃げ出せば、手の下で血を流している橋本巡査部長は、とどめを刺されて死ぬだろう。銀行の中にいる人々も危険だし、もちろん自分も撃たれる可能性が高い。

吉良は、片膝立ちの姿勢で、左手で橋本巡査部長の傷を押さえ、右手で銃を構えたまま、彫像のように静止した。

「あの人、全然緊張しているように見えなかったんです」その場に居合わせた行員の一人は、遮蔽物としては使い物にならないカウンターの陰にうずくまりながら、吉良の姿を見て思ったという。「追い詰められてるとか、そういう感じもなくて。淡々と待ち伏せしてるって感じでした。あ、プロなのかな、非番の警察の方かな、って思いました。あとで自衛官と聞いて、すごく納得しましたね」

韮山が、おかしな声で歌いながら柱のそばに来て、橋本巡査部長を捜すように銀行の奥に顔を向け

たとたん、

「レンジャー！」

吉良が大声で叫び、相手を振り向かせた。

その相手の動きに合わせて、吉良はしっかりと右手に握るＳＡＫＵＲＡの照準を定め、二度、引き金を引いた。

銃撃は、韮山が警戒していたであろう角度よりも、ずっと下方から放たれた。そして韮山が防御をしていなかった、喉元と下顎に・三八スペシャル弾が命中した。

「フルフェイスのヘルメットではなく、ネックプロテクターもしていないことは、カウンターのガラスに映る相手の姿を見て確認していました」と吉良は供述している。「瞬時に無力化するのであれば、そこを撃つしかないと判断しました。手や足を撃つことは考えていませんでした。もし薬物の摂取によって痛みを感じていない場合、反射的な反撃を許す恐れがあったからです」

実際その二発によって韮山は「瞬時に無力化」された。気道に穴があき、下顎は砕け、口内で舌が根元から千切れ、脳幹に重大な損傷を受けたのである。弾丸の一つが頭部を貫通したが、ヘルメット内部で跳弾となって頭蓋骨を砕き、小脳に突き刺さって止まったことがのちの解剖でわかっている。

「銃撃を受けた〇・一秒後には確実に死んでます」後日、韮山の検視を担当した警察官は、感銘を受けたとでもいうように目を見開いて言った。「文字通り、命中です。相手の命を奪うため、急所に正確に撃ち込んだんです。撃たれた方は、自分が死ぬという意識さえ生じなかったでしょう。自分が死んだことにも気づかず死んだ、ってやつです」

韮山は、操り人形の糸がいっぺんに全て切れたように、吉良のすぐ目の前で、縦にくずおれ、前のめりに倒れた。M四カービンを中途半端に抱えたままだった。

吉良は、SAKURAを橋本巡査部長のホルスターに戻すと、手を伸ばして韮山が握っていたM四カービンの銃身をつかんで奪い、自分の傍らに置いた。それから韮山の防弾チョッキをつかんで引っ張り寄せ、仰向けにひっくり返した。防弾チョッキのポーチから計四つの弾倉を全て取り、M四カービンの横に並べた。

やっと武器が手に入った。まともな武器が。吉良はそう思った。M四カービンで訓練を行ったことはないが、同盟国軍である米軍の愛用の銃であるため、戦闘で武器の交換が必要になった場合に備え、その扱い方を学習していた。

相変わらず橋本巡査部長の傷口を止血圧迫しながら、右手と右足を使って、M四カービンの弾倉を抜き、別の弾倉を銃身に叩き込んだ。今しがた射殺した相手が乱射したことはわかっていたし、残弾を頼りにせず、フル装填した状態を保つのが戦闘におけるセオリーだ。

M四カービンにいつでも手を伸ばせる状態のまま、吉良は抜いた方の弾倉から、右手だけで素早く弾丸を抜いていった。残っていたのは八発だった。それらをズボンのポケットに入れた。どこかで装填する必要が生じるかもしれないし、実弾を放置しておくわけにもいかない。使う必要がなければ、警察に届け出るつもりだった。

吉良は、空の弾倉を床に置き、三つの弾倉をズボンのベルトに挟んで固定しながら自問した。敵はあと何人いる？　攻撃の規模からして、六、七人ってところか？

この時点でかなり正確に対峙《たいじ》すべき勢力の規模を推測しながら、吉良はM四カービンのグリップを握っていた。

2

時間を遡《さかのぼ》ろう。

その日――六月の第三週の土曜日は、終日快晴で、陽気に満ちた一日だった。

吉良恭太郎三等陸曹と、同僚の加成屋輪三等陸曹は、いつも通り朝六時に目覚めて朝食を摂《と》ると、大いに晴れ晴れしい気持ちで営庭《グラウンド》に出て、練馬駐屯地を照らす朝陽を浴びながら準備運動をした。

それは、彼らがある特殊な訓練を終えてのち、最初に迎えた休日だった。六月十二日に最後の行進を終え、帰還式を経て、原隊に復帰したのである。

訓練で消耗した体力も、一週間ですっかり戻っていた。午前中を自主的な錬成に費やすことも苦ではなかった。

錬成とは、体力や技術の向上を目的としたトレーニングのことだ。彼らの基本メニューは、懸垂、腕立て伏せ、腹筋、格闘訓練、銃剣道訓練、そしてランニングの際、ときに「バディ」の動作訓練を同時に行うというものだった。

この「バディ」は、人間の相棒のことではなく、八九式五・五六ミリ自動小銃のことだ。豊和工業が設計製造する数少ない純国産の銃で、警察、陸上および海上自衛隊、そして海上保安庁の全てで採用されている。

全長約九十二センチと長さがあり、弾倉を除く重量は三・五キロとあって取り回しはそれほど容易ではないため、伏せた状態で、取り外し可能な二脚を地面につけるなどして銃身を安定させての伏射を基本とする。

弾倉は弾帯ではなくアサルトライフルにお馴染みの箱型で、装填数は最大三十発。弾丸は五・五六ミリすなわちNATO弾の共通規格に準じ、在日米軍と弾薬の共有が可能な仕様となっている。二脚以外にも、光学式照準器の他、これまた日本企業であるダイキン工業が製作する〇六式小銃擲弾《てきだん》（ライフルグレネードとも呼ばれる二十二ミリの擲弾）など、複数の機器や武器を装着することが可能だ。

ただし自衛隊では計画にない射撃訓練は禁じられている。吉良と加成屋が十代の終わりから手にしてきたそれを、勝手に武器庫から持ち出すことはできない。

そのため二人は、同じ長さと重さを持つ鉄パイプを組み合わせたものを持って走り、匍匐や伏射の訓練を行うことを思いついたという。彼ら独自の訓練方法であり、それを見た他の隊員たちは「付加MOSを狙っているのか」と噂した。

MOS（Military Occupational Specialty）とは、米軍に倣って設けられた軍事的な職業技能の分類のことだ。一般的には特技制度と呼ばれ、人事管理上の重要な指標となる。自衛官は特技に従って配置され、また配置された隊で必須の特技の取得を命じられる。

特技は、主MOS、従MOS、付加MOSと大別され、多くは初・中・上級と段階が定められている。主MOSは任務上重要となる銃器の扱いなどの技能が多く、従MOSは取得が必要な資格が多いという。

多くは訓練計画に応じて、自衛隊車両の運転や整備、銃器や危険物の扱い方など、多岐にわたる技能を学び、試験に合格することで資格を付与されるが、そうした特技とまったく異なるのが、付加M

ＯＳだ。

レンジャーや空挺《くうてい》といった、志願者のごく一部のみが取得を許される、吉良と加成屋が言うところの「スペシャルな」特技なのである。

レンジャーの特技は、自衛隊全隊員の八パーセントしか持たないと言われている。取得するには、素養試験と適性検査に合格した上で、九十日にもおよぶ過酷な教育課程を耐え抜かねばならない。

二人が属する部隊でも、しばしばレンジャーに挑戦する者がいたが、多くが九十日間の訓練に耐えられなかった。途中で負傷や病気、あるいは吉良いわく「心が折れて」原隊復帰し、何度か挑戦したものの、結局は「ダイヤと冠を諦める」者もいた。

レンジャー徽章《きしょう》は、ダイヤモンドと月桂冠を意匠としている。ダイヤモンドは堅固な意志を、月桂冠は勝利を意味した。その二つを目指し、獲得することが、二十代の吉良と加成屋の目標だった。二人とも、入隊後ほどなくしてそうすると決めていた。

二人は、陸上自衛隊の高等工科学校時代からの同期だった。

卒業後は陸士長として入隊し、晴れて自衛官となった。その一年後には三曹に昇任し、練馬駐屯地に配置され、そこで麒麟《きりん》のシンボルマークで知られる第一偵察隊に属することになった。陸上自衛隊第一師団隷下の機甲科部隊である。

機甲科の曹士は、教育課程の早いうちから「戦車」と「偵察」に分かれ、それぞれの特技を身につけることになる。後年、様々な面で再考され、大がかりな再編が行われることになるが、当時はそれが原則だった。

吉良と加成屋は「偵察」に属した。第一偵察隊隊員。それが彼らのアイデンティティとなった。バディこと八九式五・五六ミリ小銃を通常装備とし、八七式偵察警戒車、九六式装輪装甲車、野戦探知システム、偵察用オートバイ、地上レーダといった兵戈《へいか》を駆使する部隊の一員となったのだ。

そこで数年間訓練を受けた二人は、念願のレンジャー特技の訓練に挑み、そして突破した。体力試験、水泳試験、適性検査に合格し、訓練隊に参加した。そこで体じゅうの至る箇所が擦《す》りむけるほど荷を担ぎ、障害物を越え、ロープ訓練を受けた。九段階にもおよぶ想定訓練というものを耐えきった。教官に徹底的にしごかれながら、夜間の森を進み、ヘビを食って飢えをしのぎ、乾燥で唇が割れて唾も出ないほどの喉の渇きに耐えた。教官に対する反論は一言半句たりとも許されず、訓練生に許される返答は了解という意味で「レンジャー！」と叫ぶのみだ。

何人もが脱落していった。極度の疲労でうずくまり、吉良が話しかけて立ち上がらせようとするのへ、「やめろ、殺意を覚える」と言い放つ隊員もいた。そいつは翌日早々に訓練中止を申し出て原隊に戻っていった。そうして脱落者が出ると、残った者たちは残念に思いはしたが、「根性がない」などと罵《ののし》ることはなかった。根性の問題ではなかった。精神力をふくむ素質、条件、状況、それらはつまるところ運の問題に近いといえた。訓練で生き残れるほどに恵まれた運を、最大限活用する者が生き残る。それが訓練生の基本的な態度だった。

第九想定では、五日間余り、まともに飲まず、食わず、そして睡眠を取らず、何十キロという重さの背嚢《はいのう》と小銃を担いで進み、命じられた偵察と戦闘を遂行する、地獄のような日々を過ごした。

ここでも脱落者は出た。最後の最後で倒れる者だ。ある訓練生は、極度の疲労から心肺停止に陥りかけて脱落した。吉良と加成屋は、残る十五人の訓練生たちとともに状況と戦い、命令に従って模擬戦を実施した。そうして進み続けた先で、『状況終了』と記された横断幕を見た。辿り着いた彼らには、その場で食事が振る舞われた。訓練生の中には、感極まって号泣しながら食う者もいた。加成屋も泣いていた。吉良は泣かずにいたが、「生きている実感」が胸の奥から込み上げてきて止まらなかった。

それからヘリに乗せられて運ばれ、荒川河川敷に降下すると、顔の迷彩ドーランを塗り直すよう言われた。最後の行進のためだ。

吉良も加成屋も苦痛とは思わなかった。あと何キロか歩けと命じられたところで平気だった。生き残った訓練生の誰もがそう思っていた。

駐屯地に戻れば帰還式だ。そこにいる隊員たちが音楽隊の演奏とともに出迎え、その花道の先では、訓練生の合格を祝う家族や友人が待ってくれている。訓練生はみな誉め称えられ、そしてあの「ダイヤと冠」を渡される。そうしたことを思えば、行進は苦痛どころか、達成感と喜びを味わうための時間といってよかった。

ただそこで、ちょっとした騒ぎに出くわした。抗議と応援の、両方による騒ぎだった。

市民団体や平和団体が、『平和な街で「武装訓練」をするな』『地域を戦場にするな』『訓練断固反対』などといった横断幕を掲げて、シュプレヒコールを上げていた。

かと思えば、日の丸の旗を振る人々もいる。中には異様な、旧日本軍の制服を模したものらしい出で立ちをした、妙な集団もいた。そして通りすがりの人々が騒ぎに足を止め、野次馬となって集まってきているのだった。

吉良と加成屋たち十七人の訓練生は、板橋区の戸田橋緑地から練馬駐屯地までの七キロ弱を一列になって行進した際、そうした騒ぎに直面した。あとになって吉良と加成屋は、「本来二列の予定だったが、苦情が理由で一列になった」と隊長から聞かされた。

苦情を申し立てたのは市民団体と平和団体で、防衛省はこれを受けて、レンジャー訓練が実施される前に、練馬区と板橋区の区議および平和団体に対して訓練の意義を説明した。

その場に列席したある政治家は、レンジャー訓練そのものを『異様だ』と評した。そして自身の公式サイトに、『戦闘のための装備をした者が、いきなり市街地で行進をするのです。肉体的にも精神的にもギリギリまで追い込まれた人々。果たして正常な判断ができるのか？　もし子どもやお年寄りが目の前を横切ったら？　人や自転車が急に飛び出したら？　彼らがとっさにどんな行動にでてしまうか想像もつかないのでは？』と記した。

ちょっとしたことが訓練生による攻撃を誘発するのではないか、と言いたいのだろう。

さらに『水と食べ物を何ヶ月も供給されないなどという事態が、どうしてこの平和な日本で起こるのでしょうか？　何もかも異様ではないでしょうか？』と疑問を呈し、『このような戦闘訓練は、絶対に許されません。中止すべきです』と結論していた。

吉良と加成屋は、まさにその訓練が終わった数日後に、ともにレンジャーとなった他の隊員たちとそのサイトを見た。みな大した反応は示さなかった。何人かが黙って肩をすくめただけだった。

それは、彼らからすればナンセンスもいいところの言い分だったし、そもそも自衛隊への批判は今日に始まったことではなかった。東日本大震災で自衛隊を応援するムードが生まれるまでは、将官がたまたま制服姿で歩いていただけで、突然見知らぬ相手から物を投げつけられることも珍しくなかったという。

以前、ある将官が、そうした体験を訓示として述べるのを吉良と加成屋は聞いている。

「我々への批判は、ある意味、戦後がどれだけ平和だったか、平和憲法が、いかに我が国に浸透したかということでもある。それ自体は喜ばしいことであるが、国防の意思をもって入隊した諸君が、おのれを卑下する根拠となるものではない。そのことを重々、胸に刻んでほしい。自衛隊を肯定する人、否定する人の、どちらも、守るべき国民であることに変わりはないのだ」

自衛隊が何のためにどのような訓練をしているのか関心を持たない人も、と吉良と加成屋は付け加えることになった。レンジャーにとって『何ヶ月も供給されない事態』は大いに想定しうるものだった。水や食料だけでなく、武器弾薬もだ。

特殊部隊の元祖とされるイギリスSASの誕生時からしてそうだ。なぜならその任務は敵の偵察と後方攪乱《かくらん》であり、一切の支援が期待できない場所で活動することだったからだ。

SASの歴史は、第二次大戦中、「砂漠の狐」と異名されるエルビン・ロンメル将軍率いるドイツアフリカ軍団の後方、すなわちドイツ軍が襲来を想定していなかった砂漠における奇襲を成功させたことから始まった。これを指揮した英陸軍士官デービッド・スターリングと彼が集めた兵士は、砂漠という過酷な環境下で活動し、ドイツ軍に捕らえられるまでに、数百機の敵機、数百台の敵車両、そして多数の貯蔵施設を破壊してのけ、戦況を自軍に有利なものとした。

当時からスターリングの活動は「どうかしている」とされていたから、先の政治家の『異様だ』という意見は的を射ているのかもしれない。だが当時のイギリス陸軍は、スターリングとその部隊を、「我々には、どうかしている野郎が必要だったのだ。そういう者だけが戦況を変えてくれるのだ」と言って称賛したという。

これが基本的な特殊部隊のあり方だった。敵の死角を衝《つ》くためには、孤立した状況を受け入れねばならない。実際その後のフォークランド紛争でも、SASは厳しい飢えに耐えて活動した。本隊から離れて戦う部隊にとっては、支援がないことが当たり前なのだ。

「まあ、食料の供給は、今のおれたちの任務じゃないから何とも言えないけど」とサイトの文面を読み終えた加成屋が、そう前置きして、仲間へ言った。「目の前に何が飛び出して来ても、任務に関係ないことはしないな」

この言葉に、誰もが同意した。吉良も当然のようにうなずき返した。何があってもそうあり続けるための過酷な訓練だった。

それは、かつて大日本帝国軍に徴兵された兵士が、自軍の正確な状況を知らされぬまま、孤立無援の状態に置かれて悲惨な戦闘をしいられたのとは画然と異なるものだ。

吉良も加成屋も志願者であり、訓練に耐え抜いた選抜者だった。自軍と国民のためにいかなる任務も遂行するという硬いダイヤモンドの意志を備え、あらゆる側面から解決策を見出して勝利を求める、不屈の精鋭たちだった。


練馬区路上での騒ぎに対して、行進する十七人の訓練生は、いささかも動じなかった。何の反応も示さなかった。足を止めて横断幕に目を向けることもなければ、野次馬を眺め返すといったこともせず、粛々と進んだ。やがて川越街道に至ると、整然と信号待ちをし、道路を渡って練馬駐屯地に入った。

「帰還」した彼らは、通例に従って駐屯地の隊員に盛大に出迎えられ、そして家族と久々に会うことになった。訓練生たちが帰還時に「命令にない」反応を示したのは、それからのことだ。

吉良を待っていたのは、母の聡子《さとこ》だった。その手には、父の清太郎《せいたろう》の遺影があった。

「正直、ほろりとさせられました」と吉良は当時を思い出してはにかんだ。「母親がいることはわかってましたし。まさか自分が泣くなんて思ってもいなかったんですがね。でもやっぱり、ちょっと泣きましたね」

両親ともに自衛官である者は隊内で「官品《かんぴん》」などと呼ばれるが、吉良がまさにそうだ。母の吉良聡子一尉は、自衛隊の中央病院高等看護学院を卒業した看護官（幹部自衛官）で、古巣である三宿《みしゅく》駐屯地の自衛隊中央病院に二十年以上勤務する自衛隊看護師である。

父の吉良清太郎一尉（死亡当時三尉）は、台風の集中豪雨と河川の氾濫によって取り残された地元住民の救出のため、災害派遣部隊指揮官として派遣された際、殉職している。崩壊した橋にロープを渡す展張作業中、船艇が流木の激突を受けて部下の三曹が危険な状態になり、これを助けて代わりに自身が溺死したのだった。

「父には墓が二つあります」と吉良は言う。遺灰が納められた吉良家の墓と、災害後に地元住民が吉良清太郎のために建てた慰霊碑である。父が災害現場で死んでのち称えられたことが、少年時代の吉良に強く影響したことは想像に難くない。

吉良が配置された第一偵察隊も、震災や台風などの災害においては被災情報の情報収集任務を命じられるのだ。吉良自身、レンジャー特技取得の動機として「危険な災害救助任務でも確実に遂行できるようになりたい」と述べている。

清太郎の遺影を抱き、成長した息子を迎えた聡子も、「誇らしさでいっぱい」になる一方で、父親のように息子も災害派遣で危険な目に遭うのではと心配させられたという。

加成屋の方は、両親に朗らかに迎えられていた。「父も母も、ドーランを塗ったおれの顔を見て、誰だかわからないと言って笑ってました」

父の幸三《こうぞう》と母の好美《よしみ》は、どちらも一般市民である。都内で小規模な和菓子屋を経営しており、まさか長男が自衛官になるとは夢にも思っていなかったという。

「小さな頃から車やバイクに夢中でしたから」と好美は言った。「レーサーになりたいなんてずっと言ってましてね。実際に子どもらがやるようなレースに出たりなんかもしてました。でもそっちはお金がかかりすぎるというのでやめたんですがね。きっとそういう仕事に就くんだろうと思ってましたけど、まさか戦車に乗るなんてねえ」

加成屋は先に述べた通り「偵察」に属し、「戦車」の操縦を特技としないのだが、そうした分類は、幸三や好美にとって「何度説明されてもよくわからない」ものだった。そんな幸三と好美でも、「息子が何かすごいことを成し遂げた」ことは、加成屋を称える隊員たちの様子を通して、強く感じられたという。

こうして家族からの労《ねぎら》いと称賛を受けつつ、訓練生は列をなして帰還式に臨んだ。教官が訓練生の名を一人一人呼び、レンジャー徽章を授け、握手していった。

「レンジャー加成屋！」

教官に呼ばれた加成屋が、「レンジャー加成屋！」と疲労を押しやって叫び返し、徽章を授けられ、差し出された教官の手を握り返した。

「レンジャー吉良！」

同じく吉良が、「レンジャー吉良！」と叫び、徽章を授けられ、がさがさになった手で力を込めて教官の手を握った。

二人とも、ダイヤと冠を——求めた通りのレンジャー徽章を獲得したのだった。その一週間後には剥奪されることとなったとしても、彼ら自身の実力でそれを手中に収めたことはまぎれもない事実だった。


訓練を終えた翌週の休日、吉良も加成屋も、残留ではなかった。

残留とは、有事や災害に備えて駐屯地で待機を命じられることをいう。休日でも外出できないため、趣味や休養に費やすか、訓練を行うか、教本を開くか、あるいはMOS取得のための学習をするのが普通だ。

付加MOSを取得したばかりの二人が、昇任試験を意識するのはまだ先のことだった。昇任試験は、士長から三曹へ上がるときと、曹長か准尉から三尉へ上がるときだけ実施され、その他の階級の昇任は、勤務態度、教育隊での成績によって決定される。さらにここで目指すものがあるとすれば空挺か、特殊作戦群だった。

実際に目指すかどうかはともかく、今のところ二人とも成績に不安はなかった。むしろきわめて優秀だった。彼らは、その休日の午後を訓練や学習ではなく、別のことに使うとあらかじめ決めていた。

それは、ある「偵察」のための外出だった。

勝手に駐屯地を離れることは「脱柵《だっさく》」と呼ばれて処分の対象となる。だが残留でない限り、外出証を得て駐屯地から出ること自体は自由だった。これは休日に限らない。勤務時間は原則として午前八時十五分から午後五時までで、消灯の二十二時までは営内にいようと営外にいようと構わないのだ。

週休二日制の土日をまたいで外泊することもある。

ただし、入隊間もない者の単独外出は許可されない。常に二人ひと組以上で行動するよう命じられる。駐屯地から出るときも戻るときも二人一緒でなければならないのだ。

吉良と加成屋は、そうした時期から、二人ひと組で行動することが多かった。同級生であり、同期であり、同僚である。さぞ意見や性格が合うのだろうと周囲からは思われがちだが、吉良は「加成屋とは合うところを探すほうが難しい」と言い、「自分と吉良はまったく逆だし、ずれまくってる」と加成屋もその点は同意するのだった。

実際、二人はちょっとしたことで議論を戦わせた。そしてそのたびに、互いに平行線であること以外、同意できる点は何もないと結論づけた。

たとえば彼らが長期にわたり激論をぶつけ合った話題に、「卵に賞味期限はあるか」というものがある。

吉良は「古い卵なんて食うやつがいるか」と主張した。「食中毒で死んじまったらどうする」

これに対して加成屋は「農家だった爺さんは一ヶ月も卵を置いといたあと平気で焼いて食ってた」と言って譲らなかった。「卵は加熱すれば古くても食える」のだと。

厳密に食品の消費・賞味期限を定める日本と異なり、卵の賞味期限を設けない国もあると加成屋が言い述べても、吉良は認めなかった。「ドイツじゃ生卵自体、食中毒の原因だと考えられてる」とさらに反論した。加成屋は「衛生環境の問題とすり替えるな」と怒った。

二人の言い合いは、あらゆる点にわたった。だが多くは生活に関するものであり、行動を伴うこと、とりわけ訓練や任務など「同一の目標を持つ限り」は、黙っていても相手が何を考え、どうしようとしているかわかるというのである。つまりは息が合うのだ。

そんな二人が駐屯地を出て向かったのは、レンタカー会社の営業所だった。そこで車を借り、「東京沿岸部と首都高の偵察」に出たのである。

運転したのは加成屋だった。滅多なことでは吉良にハンドルを譲らなかったし、吉良も加成屋の運転技術の確かさは認めていた。加成屋は中学生までは地元の小さなカートレース・クラブに所属し、大会で優勝することもあった。そのときの記念写真は、実家の彼の部屋に今も飾られている。表彰台に乗ってトロフィーを掲げる十五歳の加成屋は、しかしその大会でレーサーの夢に疑いを持つようになったという。自分には無理なのではないかと。そのとき確かに一位になったのは加成屋だが、実のところ彼は、二位が四歳年下の少女だったことに衝撃を受けていたのである。

その少女は天才だった。彼女が属するチームの人々だけでなく、その大会に関わった誰もがそう口にしていた。「あの子はスーパーレーサーになる」と。加成屋は自分が勝てたのは、かろうじて体力で勝《まさ》っていただけだとわかっていた。

「上には上がいる」加成屋はそう思い知った。「この世界で自分が一番になることはない」

もちろんレーサーになるには金がかかるということも念頭にあった。どう工夫しても参戦するだけで初期費用が必要になるのだ。小学生から始めて高校生までめいっぱいレースに参戦した場合、費用は一億円を下らないと言われている。養成所に通うだけでも何百万円もかかる。そんな金を両親に要求するのは、とても無理だった。

それで、逆に「お金がもらえる」道を選んだ。高等工科学校では毎月の生徒手当に加えて年二回の期末手当が支給される。宿舎は無料だし、食事も制服も支給される。レース参戦で両親に負担をかけたことへの償いの気持ちもあったし、なんとなくそこで「自分が一番になれる何か」を見つけられたらいい、と漠然と願っていた。

そんな加成屋の心に火をつけたのは吉良だった。この同級生は「常に何でも」一番になろうとした。そうなれないはずがない、と信じきっている様子だった。

ある意味で「挫折」を味わって入学した加成屋からすれば、その無邪気ですらある競争意識は、理屈抜きで腹立たしくなるものだった。気づけば加成屋は、「吉良を一番にさせないためだけ」に競うようになっていた。吉良に触発されて競おうとする学生は他にも多くいたし、そもそも吉良には、周囲を激しい競争に巻き込むような、挑戦的な気質が備わっていた。だが学校生活で最後まで競い続けたのは加成屋だけだった。加成屋以外の誰も、吉良ほど高いモチベーションを維持し続けることができなかった。

結果、吉良と加成屋は、どちらが一番とも言えない甲乙つけがたい優秀な成績で高等工科学校を卒業した。二人がひそかに競っていた「貯金額」も大して変わらなかった。自衛官になってのちも彼らの競争は続いた。そしてレンジャー特技の取得という大きな挑戦においても、決着はつかないままだった。

長年の競争相手であり、何一つ意見は合わないが、息は合うというその二人は、最も安値の普通乗用車をレンタルすると、加成屋の運転でまず渋谷方面へ向かった。「東京沿岸部と首都高を偵察する」上で、重要な出発地点となるからだった。

二人とも、一般女性とのデートで、練馬駐屯地の出入り口を待ち合わせ場所にする気はなかった。

そんなことをすれば勤務態度を疑われるし、女性側の印象もよくないと先輩から教えられていた。自分の職場に相手を呼びつけるようでは、傲慢で怠惰な印象を与えると。「安いレンタカーでもいいから迎えに行く方が好感度が高い」というアドバイスを二人はそのまま受け入れた。

吉良や加成屋のような営舎住まいの若い自衛官にも、異性と出会う機会はいろいろとあるが、多くは合コン、飲み会、友人の紹介だという。むろん職場内での出会いもあるが、吉良は営外すなわち駐屯地の外での関係を求めた。恋愛に関しては未経験なことがらが多く、「うっかり男女関係で失敗して営内での居心地が悪くなるリスクは避けたい」のだ。

加成屋はその限りではなかった。駐屯地内外の全てのチャンスを活かそうとした。結婚相談所などが主催する駐屯地内の「お見合いパーティ」にも堂々と参加した。

「確率を高めるのは当然の戦略でしょう」

と加成屋は自信を込めて言うが、吉良の意見は違った。

「幹部もいるようなパーティに、曹士がいたところで引き立て役になるだけですね」

また、加成屋は、吉良が「詐欺」と断ずる出会い系サイトやマッチングアプリも好んで利用した。

「偵察にリスクは付きもの」というのが加成屋の言い分で、「地雷があるかもしれない場所に真っ直ぐ入っていくのは馬鹿のすること」というのが吉良の主張だ。

二人の意見の相違はともかく、どちらもそれなりの成果は得ていた。数年間の駐屯地生活で、吉良は二人の女性と付き合い、どちらとも別れはしたものの「良い友だち」としての関係を続けていた。

加成屋は多くの「女友だち」を営外に作り、ときに関係を持ったが、長く続いたのは一人だけだった。

その女性はアパレルショップの販売員で、加成屋が知り合った中で「最も愛情を感じる」相手、桐ケ《きりが》谷結花《やゆか》（当時二十三歳）だった。

だが加成屋がレンジャーへの挑戦で三ヶ月会えなくなると告げると、彼女は「いったん距離を置く」ことにした。加成屋の挑戦がひと段落したら、「改めて付き合いを続けるかどうか決める」と彼女は言った。

だから加成屋にとって、その日の「偵察」はきわめて重要だった。久々に会う彼女とのこれからがかかっていた。念入りにドライブコースを定め、彼女と「いい感じ」になりたかった。吉良はそのための意見役としてだけでなく彼自身のデートコース探しのために加成屋の「偵察」に付き合った。

だが渋谷区に入ったところで、吉良が「どこかで金を下ろしたい」と言い出したことで、それどころではなくなってしまった。

3

加成屋が口を酸っぱくして言っても、吉良はなかなかクレジットカードを作ろうとしなかった。加成屋が勧めたのは、KKRカードだ。国家公務員用のクレジットカードである。国家公務員共済組合員証とクレジットカードが一つになったもので、独自のメリットを売りにしている。入会金と年会費が無料で、ゴールドカードの機能がつく上、利用限度額も旅行傷害保険の補償額も比較的高い。自衛官としての保険者番号があれば申し込み可能だ。

地方から来た自衛官などにとっては必須の品だった。何しろお盆など休暇のたびに帰省せねばならず、航空券の予約に便利だし、安くつくからだ。もちろんＥＴＣカードも作れる。

加成屋は先輩の勧めに従って入隊後速やかにこのカードを作った。父親の実家が東北地方、母親の実家が中部地方にあり、冠婚葬祭の行事のたびに「なぜ来ないんだ」とせっつかれるのでカードは何かと便利だ。

だが吉良のほうは、「自衛官になって忙しくしているうちに機会を逸した」が、「大して困らない」ことを理由にカード作りを怠けていた。母親が同じ都内の駐屯地に勤務しているのだから帰省と言っても電車ですぐに会いに行けるし、父親と母親ともに実家は都内にあったが、さして付き合いはない。お盆ではなく、父親の命日に墓参りに行く程度だ。

そんなわけで、「いい加減、カード作れよ」と加成屋が腹を立てながら混雑する路肩に停車させると、吉良は知らぬ顔で車を降り、道路を渡って大手銀行の支店に向かった。

交差点の角という立地に建てられたビルの一階に、その支店があった。交差する道路のどちらにも面しており、片方の面に自動ドアがあって、壁全体がほぼガラス張りだった。その自動ドアがあるほうの通りにある隣のビルとの間に搬出入用口があり、白塗りのリフト付きバンが車両後部を建物の方に向けて駐車しているのが見えた。

「八ナンバー車が――現金輸送車が停まっていることは認識していました」と吉良は供述している。

「特殊用途自動車の特徴はひと通り学んでいたので、すぐにそれとわかりました」

吉良が一瞥《いちべつ》したところ、防護服を身につけた警備会社社員と思われる一名が車両のそばで待機していた。もう一名が、行内でＡＴＭの装填業務なり現金の運搬を行っているのだろうと想像した。どの銀行も、窓口が閉じて勘定を始めるまでに装填や回収を済ませる必要があるため、窓口が開いている時間にそうした仕事を終わらせるのが通常だった。

もし万一、その業務のせいでATMが使用できず、しばらく待たされることになれば、加成屋から
また「カードを作れ」と連呼されるだろう、というのがこのときの吉良の懸念だった。吉良とてクレジットカードの有用さは心得ているが、だからこそうっかり使い込んでしまわないか心配でもあった。加成屋がマッチングアプリにやたらと課金させられ、毎月の引き落としのたびに溜め息をつくのを見ていた。いつかどうしても必要になるまでクレジットカードを作る気が起こらない理由だった。

吉良が横目で現金輸送車を見ながら行内に入ったとき、そこには五人の客の男女と、二人の行員がいた。行員は、年配の男性と若い女性で、一階左手に設けられた保険の相談窓口係だった。銀行が売り出す保険の宣伝のため、わざわざ大きなモニターで映像を流していた。その他の窓口は二階にあった。土曜日でも住宅ローンや資産運用の窓口は開いていると告げる立て看板が、二基のエレベーターと、その脇の階段の間に置かれていた。

幸いATMの装填作業中ではなかった。吉良は右手と正面の壁に並ぶATMに近づいた。行内には大きなコンクリート製の四角い柱が二つあった。人が三人ほど並んで立ってもすっかり隠れられるほどの大きさで、両方とも金融商品の宣伝ポスターで覆い尽くされていた。

吉良はその柱のそばを通り、右手にあるATMに近づいた。出入り口に一番近いATMだと、何となく通りすがる者に、暗証番号を入力する手を見られるような気がするので、二番目に近いものを選んだ。折りたたみ式の財布からキャッシュカードを出して差し入れ口に投入し、三万円を引き出した。細かいお金は財布の中に多少あったので全て一万円札にした。レンタカー代、有料道路の利用料金、ガソリン代を割り勘にするには十分な額だ。預金の引き出しは、いつも最小限の額に抑えるのが吉良

の習慣だった。

明細を発行して残高をきちっと確認し、キャッシュカードと紙幣とともに財布の所定の位置に収め、ジーンズの尻ポケットに戻した。駐屯地生活が身につくと、あらゆる物品に「所定の位置」が設けられ、同僚とも共有される。全員が同じ物を同じ場所に整理整頓することで一体感を育てるのだ。これを「統制」という。もしこれに反する隊員がいると、先輩が部屋に飛び込んできて、ありとあらゆる物品をつかんではぶん投げ、部屋をめちゃくちゃな状態にする。「台風」と呼ばれて恐れられる、自衛隊独自の教育的慣習だ。

吉良は、全てが収まるべきところに収まっている安心感とともにATMに背を向けた。そのとき、大きな音が、タン、タン、タタタ、タン、と屋外で響くのを聞いた。

行内にいる人々が驚いて身をすくめ、「爆竹？」と誰かが呟くのをよそに、吉良は反射的に大きな柱の陰に隠れて身を伏せていた。発砲音だと判断したからだ。しかし本当にそうであるかは確信が持てなかった。発砲音に似た何かかもしれないと思った。その頃はまだ、日中の都心で銃器犯罪が生じうるという考えは決して一般的なものではなかった。

それでも吉良はその場に腹這いになり、柱の陰から用心深く様子を窺った。その様子を行内にいる人々が奇異の目で見ていた。

「ずいぶん大げさな反応だな」と相談窓口にいた男性行員は思った。「普通なら笑ってしまっていたでしょうけど。でもそのときは違いました」

吉良が素早く身を伏せたことで、行員は二人とも「不安になった」という。もし吉良の行動が適切であるなら、何か危険が迫っていることを意味するからだ。それは居合わせた五人の男女の客も同様だった。二人の女性が、吉良に倣って入り口から二つ目の柱の陰に移動し、恃々と左右から出入り口を覗いた。三人の男女は、行員が首を伸ばして外を見ているカウンターの陰へ移動した。一人の男性客が「何かあったんですか？」と行員に尋ねた。

男性行員が振り返って「さあ……」と首を傾げたとき、再び屋外で音が響いた。タタタ、タタタ、タンタンタンタン、タタタ、と二秒余りも同様の音が連続して鳴り続けた。

そして、吉良の行動が正しかったことを告げるように、激しい擦過音とともに、ガラス張りの壁面を突き破って、一台のパトカーが行内に飛び込んできたのだった。

吉良をふくむ当時多くの人々が信じていた常識に反し、警視庁は、年々深刻化する銃器事犯に神経を尖らせていた。

それまで、犯罪に用いられる銃と言えば、猟銃か拳銃というのがセオリーだった。このうち複数の死者を出すような重大な銃器犯罪は、ほぼ猟銃によるものだ。しかしあるときから、これに別の銃が加わるようになった。自動小銃である。

多くは闇で売買される拳銃と同じく、パーツごとにバラバラにし、ハンダなどで覆って機械部品に偽装して売られる。購入者はハンダを溶かし、パーツを組み立て、別のルートで弾丸を購入する。

このような日本国内の銃器の売買ルートは、二〇〇〇年代初頭からインターネットの浸透によって急拡大した。発砲事件は年間百件を超すようになり、拳銃だけでも二〇一〇年時点で国内に二十万丁以上が存在するとされている。警察が把握している、全国の暴力団員の総数の倍以上である。いかに一般市民へ浸透しているか明らかだった。

続いて生じたのは銃取引価格の低下である。それまで拳銃は、性能や希少価値などに応じて三十万円から百万円程度で売買されるのが普通だった。それが一気に、数万円から高くとも二十万円程度まで価格が下がったのだ。自動小銃に加え、ライフル、ショットガンといった、より強力な銃が増えたことで相対的に拳銃の価値が下がったのである。また、拳銃で使用する弾丸をそのまま使える互換性が、とりわけ自動小銃の流通を促した。

インターネットの浸透に加え、売買の仲介として、デリバリーヘルスといった風俗店が利用されるようになったこともルート拡大に力を貸した。

これはもともと、違法ドラッグを購入する手段として風俗店サービスの利用が横行したことが背景にある。風俗営業店の元締めである暴力団関係者が、風俗嬢を「運び屋」として麻薬を売りさばくのだ。自室やラブホテルといった密室での売買であること、運び屋にされた風俗嬢の多くが「大人の玩具《おもちゃ》や精力増強剤が入っている」などと言われて密閉された箱や袋を渡されるため、麻薬を運搬しているという意識すらないことが捜査を困難なものにした。

だが中には、積極的に運搬に協力することで金銭を得る風俗嬢がおり、こうした女性たちが次に担わされたのが、銃器の運搬だった。バラバラにした銃のパーツを運ぶだけでなく、大胆な銃器密売人の場合、完成品をそのままラブホテルの一室に運ばせることもあるという。

そうした売買ルートを通して自動小銃などの強力な銃を買い求めた者たちは、当初、主に犯罪組織同士の抗争に使用した。互いに積極的に攻撃し、あるいは反撃する上で、拳銃よりも強力な武器が必要だったのだ。中には、まさしく銃器の売買ルートの占有を巡る争いに、そうした銃が用いられることもあった。

やがて犯罪組織の抗争と離合集散がひと段落すると、新たな組織化が進んだ。より強い者が犯罪による利益を掌握するようになった。そして、抗争のために買い揃えられた自動小銃が別のことに用いられた。一般社会に住まう人々を標的とした、武装強盗である。

その強盗の計画者は、興正会の上位組織である暴力団の誰かで、セキュリティ・システムに詳しい何者かの協力があったことが、その後の警察による捜査で示唆されている。

だが、八名からなる実行グループのリーダー格であった平山史也《ひらやまふみや》（当時二十九歳）は、計画の内容以外、何も知らなかった。

誰が用意したもので、背後にどんな意図があるか、気にしたこともなかった。気にするような素振りを見せれば、せっかく築いた信用を失うことにもなりかねない。余計な穿鑿《せんさく》をする者に大きな仕事は回ってこないし、下手をすれば何か知っていると勘ぐられて締め上げられる。最悪の場合、殺されることだってある。実際、そうした馬鹿を始末するよう命じられたことだってあるのだ。

平山はいわゆる武闘派だった。ややこしいシノギを任されるよりも、どこどこのグループを潰し、誰々を始末して来い、と命じられる方を好んだ。出身は北陸地方で、当初はホストとして新宿歌舞伎町で働いていた。顔立ちは整っている方だったが、素行は極めて暴力的だった。ちょっとしたことで激昂し、しばしば常軌を逸した行動に出た。ただ暴力を振るうだけでなく、腹を立て相手の家や車に火をつけたり、盗難車を運転して撥《は》ねとばすといったことをしでかした。

そのような過激な行為にもかかわらず、平山には希有《けう》な面があった。暴力を抑制できない性格と、何をするにしても慎重で冷静な性格とが同居していたのだ。十代のとき、すでに彼がいたホストクラブの従業員を殺して金品を奪うという強盗殺人を犯しているが、彼がその件で捕まったことはなかった。店員は誰も、平山がやったとわからなかった。後日、ホストクラブ業界から追い出された平山が、自分から話すまで誰も知らなかった。

平山の人物像について、当時、現金輸送車襲撃事件を担当した、組織犯罪対策部の真木宗一刑事（当時三十七歳、警部補）は、このように述べている。

「一九七九年の三菱銀行人質事件の犯人みたいなやつだと言えば想像がつきますかね。きわめて粗暴で短絡的、かつ残虐な側面があるにもかかわらず、警戒心が強く、狡猾《こうかつ》で忍耐力を備えている。希有な性格である分、行動が読めない。厄介な凶悪犯です」

平山はしかし、粗暴な振る舞いがたたって店のオーナーたちから嫌われ、ブラックリストに名を載せられて業界そのものから放逐された。そこを拾ったのが、あるホストクラブ店の上納組織であった興正会である。平山は、当時興正会が直面していた抗争の最前線に好んで立ち、抗争後は大きな収入源となった武装強盗を活躍の場としたのである。

当初は、質屋やパチンコ店など、現金があることがわかっている小規模な店舗を襲った。やがてデパートの集金時を襲うなど大型店舗を狙うようになり、ついには銀行を巡回する現金輸送車を襲撃するに至った。

吉良が遭遇したのは、平山にとって二度目となる現金輸送車の襲撃だった。二度とも銀行から紙幣を回収した直後の現金輸送車を襲って奪うことを目的とし、計画された強盗だ。

通常、現金輸送車が銀行に運び入れる紙幣はナンバーが記録される。だが逆に銀行から回収した紙幣のナンバーをその場で記録することはない。ゆえに回収後を狙ったのである。

また、現金輸送車は数十パターンもの異なるルートを走り、運転手ですらその日になるまでルートを知ることはない。だが銀行側は業務の都合上、回収のパターンをそれほどバラバラにするわけにはいかない。特にATMの装填作業は、営業時間内に行われることがほとんどだ。

平山たちに課せられた一度目の実行は、特定の銀行の支店に狙いを定め、現金輸送車の到来を待ち伏せることを主眼とした。

襲撃そのものは容易だった。平山をふくむ日本人四名、中国人二名、イラン人一名、メキシコ人一名という「多国籍部隊」が自動小銃で銃撃したのである。銃を持たない警備会社の職員など敵ではなかった。本当の敵は、現金輸送車の構造とシステムそのものだった。

現金輸送車は、全体が防弾仕様である上、現金を積載する車両後部は強固な金庫室そのものといっていい。後部ドアは二重になっており破壊は困難をきわめ、それをどうにか開いたところで、現金の入ったケースは金庫室の床に固定されているため素早く持ち出すことはできない。また、前部の運転席と金庫室とは鉄格子で隔てられており、乗っ取ればいいというものでもなかった。

車内には至る所に非常ボタンがあり、サイレンを鳴らしてハザードランプを点滅させて周囲に緊急事態を報せる他、サイレンを鳴らさず本部に危機を伝えて警察への通報を要請するサイレントアラームのスイッチもある。誰かが後部ドアをこじ開けようと試みれば自動的にサイレンが鳴り響くだけでなく本部への緊急通報がなされる。

また現金輸送車そのものを奪取された場合に備え、社員にはアクセルをロックするためのリモコンキーが渡されるのが普通だった。それでもなお強奪を許したときのため、本社から遠隔操作でエンジンを停止させる電子セキュリティまで設けられている。

当然ながら、全ての車両がＧＰＳによる監視システム下に置かれ、どの車両がどこに位置するかは本部から一目瞭然だ。また屋根には個別のナンバーが記されており、強奪されても警視庁航空隊のヘリによる視認・追跡を容易にするといった工夫がなされていた。

平山と彼が率いる強盗集団の最初の仕事は、そのような難攻不落の車両を襲撃し、攻略の手掛かりとなるものを入手することにあった。

警備会社の職員二名の不意をついて一名をその場で射殺、一名を拉致した。支給品である警戒杖《じょう》やシールドといった装備、携帯電話やアクセルロックのリモコンキー、通信用マイク等を奪取した。また、ぎりぎりまで現金輸送車の車両後部ドアの破壊を試みたが成功せず、代わりに運転席に備えられたドライブレコーダー、カーナビゲーションとＧＰＳ装置、非常ボタン、サイレントアラーム、キーとその差し込み口、果てはアクセルペダルそのものなど、ドリルや電動ノコギリなどを用いて大急ぎで分解し、持ち去った。

分解を担当したのは、高級車の窃盗を主な仕事とする中国人二名だった。二〇〇〇年代初頭には、すでに五千人以上ものチャイナマフィアが日本に居住しており、各地で凶悪犯罪に手を染めていた。暴対法の施行によって日本の暴力団の力が弱まったことで外国系マフィアが台頭するようになったが、これはただ単に、暴力団と外国系マフィアが入れ替わったというわけではなかった。暴力団が積極的に外国系マフィアを活用したのである。

ショベルカーによるＡＴＭ強奪や、高級車を盗んで海外で売りさばくといった犯罪のほとんどは外国系マフィアによるものだが、ほぼ全てが日本の暴力団の主導によるものだ。まず暴力団の構成員が下調べをし、計画を立て、流通ルートを確保した上で、外国系マフィアに実行させ、利益を分け合うのである。

興正会ではさらに人員構成を工夫し、各分野に秀でた者を組み合わせて実行グループとした。中国人二名は車両システムの知識が豊富で、現金輸送車の解体と分析を担った。イラン人一名は格闘を得意とし誘拐を、メキシコ人一名は拷問を担当した。このとき誘拐された警備会社職員の定山宏明《さだやまひろあき》（当時五十六歳）は、徹底的に痛めつけられ、業務の内容や、社内の習慣に至るまで、あらゆることを喋らされた上で、絞殺されている。

残る日本人四名のうち、二名は射撃を得意とする者が――つまるところ平気で人間に向かって銃撃できる者が選ばれた。残り一名は運転を得意とする者が配置された。そして平山がリーダーとして彼らを統轄し、逆らう者、怖じ気づく者、裏切る者は、「容赦なく切り捨てるか殺す」というプレッシャーを放つ役目を担った。

そうしてその日、平山たちは銀行近くの駐車場に停めたバンの中でぎゅう詰めになって待機していた。窓は全てスモーク仕様だった。M四カービンは座席の下に置き、防弾チョッキを着てポーチに弾倉やナイフを納め、膝の上にヘルメットを置いている。はなから隠す気がなく、窓を開いて煙草を吸う者もいた。

職務質問をされたら「自分たちはサバイバルゲームの愛好家で、配信用動画の撮影のために待機している」と言って、引き金が固定されたモデルガンを見せるつもりだった。下手に隠さず、持ち物を見せればそれ以上追及されないと踏んでいた。

確かに当時はそれで通用した可能性が高かった。八丁のM四カービンと合計千二百発の実弾があると正直に述べても冗談だと受け取られたかもしれない。

彼らは堂々とそこに居座った。そして銀行を見張る別の者から、現金輸送車が到着したという連絡が入ると、全員がヘルメットをかぶって行動を開始したのだった。

平山たちは襲撃の初手を、完璧にこなした。

警備会社職員の綿山諭《わたやまさとし》（当時三十一歳）が、銀行からジュラルミンケース三個を台車で運び出したところだった。同職員の金原信治《かなはらしんじ》（当時四十二歳）が、現金輸送車の観音開きの後部ドアを解錠して開き、警戒杖を構えて周囲を警戒した。

そこへ、運転役がバンをすーっと現金輸送車の斜め後ろにつけた。助手席に座る平山が「おっし」と呟くほど完璧なタイミングだった。

銃撃役二名がＭ四カービンのノズルを窓から突き出し、綿山と金原へ銃撃を浴びせかけた。同時に、助手席の平山と、車両後部にいた四名が、バンから降りた。

綿山は顔から胸にかけて計六発の弾丸を、ジュラルミンケースを持ち上げようとして屈んでいた金原は後頭部と背と脇腹に計五発の弾丸を受け、二人とも即死した。支給されたヘルメットも防刃ベストも何の役にも立たなかった。

バンから降りた五人全員が、Ｍ四カービンを抱え、戦闘用のフェイスシールドつきＭＩＣＨ二〇〇〇をかぶり、アメリカの安全基準で四四マグナムの銃撃を防ぐとされるⅢＡレベルの防弾チョッキを着ていたが、プロテクターはつけていなかった。各自の素早い作業を優先するためだった。

なお、彼らに渡されたのは一人につき一丁の銃だけだった。弾詰まりなどが起こったときに備えて複数の銃を持つことを、平山が禁じていた。経験上、仲間割れが起きたとき、複数の銃を持っている者がいると大変危険だった。

そのため平山だけが右腰のホルスターに、軍用自動拳銃であるトカレフＴＴ三三を納めていた。日本国内に出回る粗悪なコピー品ではなく、れっきとした「本物」だ。徹底的に簡素化された設計で「安全装置のない拳銃」として知られ、強力な弾丸の発射にも耐える。八発の七・六二ミリ・トカレフ弾丸を装填可能なそれを平山が所持している理由は明白だ。仲間が着ているⅢＡ防弾チョッキを貫通できる威力があるからである。つまりそのトカレフは「おれの言うことを聞かないやつは殺す」という仲間へのメッセージだった。

メッセージは功を奏した。全員が平山の指示に素早く従った。誰も余計なことをせず、すべきことに集中していた。

倒れた綿山と金原から、中国人一名がアクセルロックのリモコンキーを奪い取り、踏みつけて破壊した。もう一名の中国人が現金輸送車のキーを奪って運転席のドアを開けた。そしてドラレコ、カーナビ、ＧＰＳ装置を、二人がかりで手早く解体した。彼らの作業速度は驚くべきもので、アクセルロックのアクチュエーターだけでなく、フロントカバーを開いてエンジンの遠隔停止装置まで無効にしてしまった。

メキシコ人とイラン人は三個のジュラルミンケースをバンのトランクに運び入れた。車両後部には別のジュラルミンケースが積んであったが床に固定されているので手をつけなかった。代わりに、イラン人がメキシコ人の肩を踏んで、現金輸送車の屋根に乗り、白いスプレー塗料で屋根のナンバーを綺麗に消していった。

周囲は大騒ぎとなっていたが彼らは気にせず作業に徹した。続いて降りた銃撃役二名は、平山とともに人質を確保した。銃撃に驚いて歩道に座り込んでしまった男性と、呆然となって逃げ遅れた女性の腕を順番につかんで引き寄せ、ひざまずかせたのである。

人質にされたのは、大手電化製品店勤務の吉川健《よしかわけん》（当時二十八歳）と、女子大学生の見城晶《けんじょうあきら》（当時二十歳）だ。平山たちが人質を取ったのは、籠城のためではなく、逃走の際、警察の追跡と急襲を牽制するためだった。人質が存在することを知らしめるため、平山はすぐには男女を車内に入れず、ひざまずかせて、たっぷり第三者に目撃させた。

それから平山は男性の腕を引っ張り、一緒に銀行の裏口へ入っていった。「行内の警備員などがそちらから出てこないよう脅すためだったようです」と人質にされた吉川はのちに供述している。「その人が配電盤のスイッチを一部オフにするのを見て、警報システムを切ったのかなと思いました。あとインターネット用の情報化配線の蓋を開いて、携帯電話で撮影していました。ハブの製品情報などを確認するためだと思います」

平山たちがその後も現金輸送車を襲撃するため、銀行側のシステムの情報を収集していたことを示す行動だった。行内の二階にいた行員たちは、強盗の対象が現金輸送車であることを知って、搬入口から二階へ続くドアを閉じ、身の安全をはかった。いつ犯人がエレベーターや階段で上がってくるかわからないため、行員七名と警備員二名が、管理室に避難した。一階ATMフロアと支店出入り口の状況は、管理室の監視カメラ映像で把握できていた。そのため直後に起こった出来事を、その場にいる全員がリアルタイムで見ていた。誰も何もできなかった。一階にいる不運な人々の安全を祈るしかなかった。

ことは平山たちの計画通りに進んだ。ここまで全て順調だった。だが、平山が人質の男性の腕を引っ張って歩道に戻り、奪った現金輸送車に乗せようとしたとき、だしぬけに交差点の曲がり角から、パトカーが現れていた。

それは警視庁地域部に属する自動車警ら隊のパトカーだった。都内に千数百台存在するうちの一台だ。地域部の通信指令本部は、全てのパトカーをモニターで追跡しており、首都圏全域の状況をこと細かに把握し、正確な指示を出すことができる。

問題は、それが通報を受けて駆けつけたパトカーではないということだ。たまたま警ら中に通りかかったのは、第二自動車警ら隊の橋本水紀巡査部長と、田辺聡太《たなべそうた》巡査（当時、二十六歳）だ。彼らは職務質問を通して犯罪を防ぐエキスパートである。その日は橋本巡査部長が、若い田辺巡査の指導を兼ねてパトロールを行っていた。

なおこの時点で、計十三人の目撃者が、携帯電話で、もしくは最寄りの渋谷警察署に駆け込んで現金輸送車襲撃を通報していた。

自動小銃の使用が確認されたとなれば、ことは警備部、公安部、刑事部、生活安全部、あるいは組織犯罪対策部などの分掌に属する。制圧の任務が、警視庁警備部第一課特殊部隊（ＳＡＴ）のものか、刑事部捜査第一課の特殊犯捜査係（ＳＩＴ）のものか、あるいはそれ以外に急行を命じるのか、最終的に裁定するのは警視総監である。

いずれであっても、この場合の自動車警ら隊の任務はあくまで、犯人追跡や交通整理などの補助であり、真っ先に現場に駆けつけて犯人を制圧することではない。だが不運なことに、橋本巡査部長と田辺巡査は、結果的にそうなってしまった。

彼らは、襲撃犯のうち銃撃役である二名の日本人、韮山耕祐および栗原景一《くりはらけいいち》（当時二十三歳）から、ただちに発砲を受けた。二人とも、「近づいてくる警察はみんな撃て」と平山から命じられていた。そして、交差点を左折して現れたパトカーを見た栗原が、「パトカー！」と叫ぶや、二人ともためらわずにM四カービンを構えて撃ちまくった。

パトカーは基本的に防弾仕様とはなっていない。十発以上の弾丸が、カーブを描いて走行するパトカーの車体、フロントガラス、ドアウィンドウ、リアウィンドウを易々と貫通し、あるいは粉砕した。うち一発が、助手席に乗っていた橋本巡査部長の首の左側付け根に命中した。そして一発が、田辺巡査の左手の甲を貫いてハンドルに突き刺さった。

田辺巡査は激痛に驚き慌て、ハンドルを左へ切ったままアクセルを踏んだ。Uターンしようとしたのだが、できなかった。フロントガラスは亀裂で真っ白で何も見えなかった。車両前部のドアの窓ガラスは銃撃で片っ端から砕け落ちていた。

パトカーが歩道に乗り上げ、銀行の自動ドアの左側にあるガラス張りの壁に突っ込んだ。建物のガラスは残らず砕け散り、前輪が壁の底部に乗り上げ、それが車体の底に擦りつけられた。

田辺巡査がガラスの砕ける音を聞いて咄嗟にブレーキを踏んだため、吉良が隠れる柱に激突することなく、パトカーは斜めに銀行に突っ込んだ状態で止まった。助手席側が行内に、運転席側が行外に面する状態で、右後輪だけが壁の外に出たままだった。

田辺巡査は、何が起こり、何をすべきか、上司に訊こうとした。だが橋本巡査部長は、かっと目を見開き、おのれの首元を手で押さえて口をぱくぱくさせていた。その指の間から血の筋がいくつも飛び出るのが見えた。まるで水道管が壊れて水が噴き出すかのようだった。

田辺巡査が呆然となっている間に、助手席側のドアが開かれた。橋本巡査部長が開いたのではなかった。柱の陰にいた吉良が、橋本巡査部長の負傷を見て取り、急いで這い出すと、ガラスが割れてなくなったパトカーのドアに手を入れてノブのロックを解除し、ドアを開いたのだ。

吉良は橋本巡査部長のシートベルトを外し、相手の両脇に手を入れ、身を低めたまま素早く柱の陰に引きずっていった。そしてハンカチを取り出し、傷の圧迫止血を行った。

田辺巡査はレバーを引いてパーキングにしようとし、激痛におののいた。左手の甲に穴があいて血が流れ出していた。「撃たれた？　撃たれたのか？」と田辺巡査は信じがたい様子で呟き、右手でレバーを引いた。シートベルトを外し、よろめきながらパトカーを降りて行内に立った。

そこで田辺巡査は自動ドアのガラス越しに、異様な相手が歩道から行内を覗き込んでいるのを見た。M四カービンを抱えた韮山だった。

「銃を捨てなさい！」田辺巡査が叫び、右腰のホルスターからリボルバー拳銃ＳＡＫＵＲＡを抜くと、引き金に装着した安全ゴムを片手で外した。そしてガラスが砕けて大きな穴があいた壁から歩道へ出て、再び叫んだ。「銃を捨てて！　今すぐ銃を地面に置いて！」

韮山に従う様子はなかった。彼の背後に、同じような出で立ちをした男たちが何人もいた。誰も銃を捨てようという素振りを見せなかった。

「警察官のほうがひどく不利な撃ち合いになる」吉良は、柱の陰で橋本巡査部長の止血をしながら田辺巡査の様子を窺い、思った。「わざわざ相手に声などかけず、行内で身を伏せて、相手が近づいたところを自動ドア越しに撃てばよかったのに」と。

だが田辺巡査は、吉良が予想しないことをした。言うことを聞かない韮山に銃口を向けるのではなく、頭上に向かって一発撃ったのだった。

吉良は目を疑った。武装した相手を、拳銃一丁で威嚇しようとしたのだ。そう理解するまでに間があった。だがそれが警察官における銃取扱規則だった。

ただしこの頃すでに警察官による威嚇射撃は必須ではなくなっていた。犯人側の攻撃によって警察官が殉職する、あるいは銃を奪われるといったことが続いたため、深刻な攻撃が予想されるときは、ただちに銃撃の構えを取ることが新たなルールとなりつつあった。

だが田辺巡査は、若くして厳しく叩き込まれた通りに銃を扱った。警告発砲によって相手の攻撃を抑制しようとした。あるいはもしかすると、撃ち合いになれば圧倒的に不利であるため、牽制したかったのかもしれない。

だが韮山には通用しなかった。タン、タタン、タン、というM四カービンの銃声とともに、田辺巡査の頭と胸で、ぱっと血煙が舞った。韮山が放った四発の弾丸のうち二発が命中したのだった。外れた二発は、通りを渡ったところにある自動販売機に突き刺さり、中のペットボトル数本を破損させ、商品受け取り口を水浸しにした。幸いなことに無関係の人間が、この流れ弾で死傷することはなかった。

銃撃に倒れた田辺巡査はまだ辛うじて息をしていた。だが韮山が近づき、その頭部にもう一発撃ち込んだことで死亡した。

「つしゃァ！　やったぜ、おらァ！」韮山が興奮した声で叫んだ。

「もう一人いるだろ！　やってこい！」平山がわめいた。

「うぃっす！」

韮山が、自動ドアの前を通り過ぎていった。歩道からパトカーの中を覗き込んだが誰もいなかった。助手席のドアが開いているのを見て、行内に目を向けながら歌い出した。「まッいッごぉーのぉ、まッいッごぉーのぉ、こぉねこちゃぁーん」

その素っ頓狂な歌声と合間の荒っぽい呼吸に、行内で身を隠す全員が戦慄《せんりつ》した。およそ正常な状態とは思えなかった。

犯人が行内に入ってくる。そう確信した吉良は、負傷した橋本巡査部長の耳元で、急いでこう口にした。

「私は陸上自衛官、吉良恭太郎三等陸曹です。あなたが所持する銃で私に反撃をさせて下さい。銃の扱いは心得ています。今のあなたの状態では反撃できません。ただちに反撃しなければ、あなたと周囲の人々の命が危険です」

橋本巡査部長は、焦点の定まらない目をさまよわせて、なんとか吉良を見ようとした。それで吉良は、声は聞こえているらしいと判断した。だが返事をすることはできそうになかった。彼女の口から血のあぶくがこぼれ出していた。首を振ったりうなずいたりすることも無理そうだった。そもそも意識がほとんどないのかもしれない。

彼女の上官と話せればと吉良は思った。パトカーの通信機で状況を報せ、武器の代理使用の許可を求めたかった。だがパトカーの横には韮山がいた。韮山はいったん立ち止まって歌い続けながら首を左右に伸ばし、行内の構造を把握しようとしているようだった。行員と客たちは、柱やカウンターの陰に隠れて必死に息を殺していた。

無許可で反撃するべきだろうか？　吉良は悩んだ。これほど深刻かつ猛烈に悩んだことなど、かつてなかった。だが吉良が答えを出す前に、橋本巡査部長が右手を震わせながら、腰のホルスターをまさぐった。銃全体を覆い隠すような蓋を開くと、リボルバー拳銃を抜いて床に置いた。銃のグリップの底部のフックに紛失盗難防止のための吊り紐がついており、橋本巡査部長の革帯につながっていた。その紐を外している余裕はないし、その必要もなかった。どのみち彼女の首から手を離すこともできないのだ。

吉良は、予期していたものの、自動拳銃ではないことへの失望を心から放り捨てた。

スイスのシグ社傘下にあるシグ・ザウエル社が製造したＰ二三〇ＪＰという自動拳銃が、日本のＳＰや銃器対策部隊に支給されたと聞いていたのだ。田辺巡査の発砲を見ておきながら、ホルスターのせいで銃身が隠れているため、つい心のどこかで、最大装弾数が九発になるＰ二三〇ＪＰであることを期待してしまっていた。

とはいえ、十分なストッピングパワーが期待できることに違いはない。吉良が気を取り直す間、橋本巡査部長は、引き金と銃身の間にある安全ゴムを手探りで外した。

吉良も、安全ゴムの存在はニュースなどを通して知っていたが、馴染みがないそれを忘れずに外せていたか自信はなかった。うっかり引き金を引けない状態のまま構えていたかもしれないと思うと、ぞっとするとともに、感謝の念がわいた。何より橋本巡査部長の意思は明白だった。吉良の言葉を信じて、銃を「渡して」くれたのだ。

吉良は、虚ろな表情の彼女へうなずきかけ、傷から右手を離した。そして彼女の血でべっとりと濡れた手で、床に置かれた五発入りのリボルバー拳銃を握り、小声で尋ねた。

「予備の弾丸は？」

橋本巡査部長が苦しげに眉をひそめた。それだけで何となくわかった。ないのだ。警察官に支給される弾丸は五発まで。予備はない。撃ち尽くせば終わりだった。

吉良はまた相手へうなずきかけ、片膝立ちになり、相手から見えないよう気をつけながら銃を構えた。撃鉄を上げることはしなかった。音を立てることで、相手に待ち伏せを悟られることは避けたかった。

韮山が前進するのを、吉良は受付窓口のガラス窓におぼろに映る相手の姿から察した。調子っ外れの歌が近づいてきた。吉良は冷静にタイミングをはかった。我ながら驚くほど冷静だった。もともとあった気質が訓練によって磨かれ高められたのだ。冷静さこそ厳しい訓練の証しであることを、深く実感した。

韮山はどうやら橋本巡査部長が自力で脱出したと考え、であれば最も奥に逃げたと判断したらしい。行内奥に隠れる客たちのほうへ向かうのが吉良には見て取れた。

今だ。吉良は思った。

相手がこちらに気づかず柱の横を通り過ぎた瞬間、吉良は叫んだ。

「レンジャー！」

4

吉良が韮山を撃ち倒してM四カービンを手に入れると、カウンターや柱の陰から、行員と客たちが顔を覗かせ始めた。吉良は、できれば危険だから隠れていろと彼らに言いたかったが、このまま左手を封じられているわけにはいかなかった。

「どなたか、この方の止血をお願いします。救護の心得のある方はいませんか」

吉良が声をかけると、カウンターから年配の男性行員と若い女性行員の両方が、ギフト用のタオルを何枚も持って出てきた。どちらも安全になったと思い込んだ様子だった。

男性行員が、流血にも臆せず率先して橋本巡査部長の傷口にタオルを当て、女性行員に言った。

「君は救急車を呼んで」

はい、と女性行員が返して携帯電話を取り出した。

吉良は傷口を押さえ続けて強《こわ》ばった左手をほぐすついでに、血で滑らないようズボンで拭った。みるみる左手の感覚が戻ってきた。そこへ、他の客たちも恐る恐る出てこようとするので、吉良が血で真っ赤に染まった左手を突き出して制止した。「まだ隠れていて下さい。銃を持った人間が外にいます」

橋本巡査部長の止血をしている男性行員がぎくりとなった。女性行員も携帯電話を持ったまま固まってしまった。吉良は彼らに、「柱の陰から出ないようにして下さい」と言い置き、M四カービンを抱えて這った。

腰には弾倉が三つもある。五発入りのリボルバー拳銃とは比べものにならないほどの心強さだった。思わず「わらしべ長者」という言葉が頭のどこかでよぎった。

パトカーの助手席側へ回り込み、左後輪の陰で伏射の姿勢を取り、銃の伸縮式ストックをしっかり肩に当てて固定した。パトカーの車高は他の車両と比べて高い。耐久性を重視してサスペンションを強靱にしているからだ。おかげで十分な視界があった。

手を伸ばせば届きそうな場所で、先ほど撃たれた警察官が血溜まりの中に倒れていた。

吉良はショートスコープを覗きながら左手で倍率を調整し、歩道と道路の状況を素早く見て取った。

現金輸送車の斜め後ろに白い作業車風のバンが停められている。現金輸送車の前部に二人。白い作業車風のバンの運転席に一人。他に四人が銃を持って周囲を警戒している。辺りに野次馬はおらず、いたとしても半キロは遠ざかっているだろう。近隣の人間は建物の中に隠れて出てこないようだ。

右手の交差点をちらりと見ると、意外にもそれほど混乱は見られなかった。無差別に発砲しているのではないのだ。直進してくる車に対しては、武装した強盗たちが「止まらないで！　進んで！」と、まるで警官のように指示して通過させている。

吉良とて知らずに通りかかったら、警察の特殊部隊が出動しているのだろうと思って何もせずやり過ごしていただろう。ヘルメットと防弾チョッキを装着してアサルトライフルを抱えた人間が堂々と行動する光景というのは、当時の日本では、それほど非現実的で、一見して自分に危険が降りかかるとは思えないものだったのだ。

吉良が武装した集団へ目を戻すと、現金輸送車の前部から二人が降りるところだった。代わりに人質と思《おぼ》しき男性と若い女性が現金輸送車の前部に乗るよう指示されたらしく、まず男性が首をすくめながら乗り込んだ。

敵七名。吉良は自分自身に報告した。バンの大きさからしてそれ以上はいないだろう。

吉良は左手を銃から離すと、ズボンのポケットから携帯電話を出して自分の顔の下に置き、加成屋にかけた。

《もしもし》
「おれだ。今銀行にいる」
《知ってるよ。銀行強盗の人質にされてるとか？》
「強盗一名を無力化。銃を奪って、残りの強盗を監視中だ」
《突っ込んだパトカーのリア付近にノズルっぽいのがちらっと見えたの、お前か？》
「見てんのか？」
《六メートル後方の曲がり角。どうする気だ？》
「中に負傷した警察官と民間人七名がいる。強盗が接近したら撃つ。人質が現金輸送車に乗せられたのは見たか？」
《現金輸送車の屋根のナンバー消してるところからな。車内システムも解体してた。追跡と遠隔操作への対策だ。ケースをバンに移してたから装甲車代わりにする気じゃないか》
吉良は顔をしかめた。「逃走後、車で尾行できるか？」
《警察の仕事だぞ》
「偵察して通報するだけだ。追跡対策をしてるなら誰かが目視で追わないと」
そのとき、道路に出ていた射撃役の一人の栗原が、銀行へ近づきながら怒鳴った。
「おい、何やってんだ！　さっさとしろ！」
韮山が戻らないことに苛立っているのだ。韮山と違って、栗原は麻薬を摂取していなかった。だが殺気立っているという点では韮山以上だった。行内では、瀕死の警察官を行員二人が救助中で、そのそばでは仲間が死んでいる。そんな現場を見たなら、栗原はその場で三人とも撃ち殺していたはずだ。

「車を取ってこい」

吉良は一方的に加成屋に言い、タイヤの陰から慎重にスコープの照準を合わせた。無警戒に接近する相手の首元を狙い、相手の動きに合わせて角度を調整した。外した場合なるべく弾丸が空へ飛んでいく角度を狙って、タン、と一発撃った。

熱を帯びた薬莢《やっきょう》が、銃身から勢いよく飛んでいき、歩道で金属音を立てた。自衛隊の訓練では銃から飛び出す薬莢を網で受け止める係がいるが、今は吉良一人だった。飛んでいく薬莢に注目する余裕はなかった。ただ撃った相手に目を凝らしていた。

相手のフェイスシールドと防弾チョッキの胸元が、勢いよく噴き出す血で赤く染まった。狙い通り命中したのだ。試射もしていない銃で仕留めてのけ、行内にいる人々から危機を遠ざけたことに吉良は満足を覚えた。

敵は踏みとどまって戦わない。吉良はそう判断していた。一刻も早く立ち去りたいはずだ。警察官の始末などすぐに終わると思っていたに違いないことは「さっさとしろ！」という一言から明らかだった。警察官を始末したのは、通報を防ぐだけでなく、自分たちが持つ武器の威力を見せつけ、追跡は危険だと警察に思わせたいからだろう。

吉良の考え通り、平山は、韮山と栗原の援護も救助も、指示しなかった。

「撃つな！　人質を撃つぞ！」

大声でそう叫び、「乗れ！　行くぞ！」と残りの面々に指示した。吉良が見たところ、指示をした人物が現金輸送車の前部に乗り、残りがバンに乗った。すぐにどちらも走り出し、渋谷駅東口の交差点を左折した。

あとには警備会社職員二名、襲撃犯二名、警察官一名の死体が残された。

吉良は立ち上がって行内に向かって大声で告げた。「銃を持った集団は逃げました！　負傷者の救助を願います！　私は銃を回収して警察に届け出ます！」

柱の陰から、女性行員が携帯電話を両手で握りしめながら顔を出し、こくこくうなずいた。吉良はそちらへ大して目を向けず、M四カービンを抱えて走り、撃ち倒した相手から銃と弾倉四つを手早く奪った。弾倉のうち一つは空だったのでその場に置いておいた。

相手の顔は、血に染まったフェイスシールドのせいで見えなかった。わざわざ見たいとも思わなかった。それよりも負傷した警察官が気懸かりだった。

すぐに加成屋が運転する車が現れて吉良のそばで停まった。吉良は、二丁のM四カービンと七つの弾倉を抱えて後部座席に乗り込んだ。

加成屋が言いつつ車を出して交差点に向かわせ、強盗集団と同じく左折した。

「お前のほうが強盗みたいだ。マジで追えってんだな？　追うだけだな？」

「ああ、追うだけだ」

吉良はそう返しながら、新たに奪ったM四カービンの弾倉をフル装填のものと交換した。

弾倉は全てNATO規格の三十発用STANAGマガジンだった。複数の装填溝を持つそのバナナ形の箱には残弾を確認できる窓はついていない。ついているものは高価だし耐久性に劣るため、発砲した回数を記憶することで、残弾を把握するのが普通だ。

吉良は交換した弾倉から、手早く弾丸を抜いた。十一発入っていたことを確認すると、ポケットに収めていた八発の弾丸とともに、全て再装填した。

偵察が彼らの行動原理だった。その原理に忠実なだけでなく、きわめて優れていた。

「彼らからの情報が最も正確であったことは事実です」当時、地域総務課課長（通信指令本部長）だった高橋孝典《たかはしたかのり》氏（当時五十三歳、警視）もこう認めている。「自動車警ら隊員に対する自動小銃の使用が報告されたことで、パトカーによる接近は危険と判断され、覆面パトカーと追跡班のバイク、そして航空隊による追跡に切り替えられました。しかしいずれも、犯人の逃走車両および現金輸送車が大橋ジャンクションに入ってのち見失ってしまいました」

後日の報道でしばしば語られたように、警察が犯人の逃走経路を封鎖することは物理的には可能だった。最初の通報から五分以内に、同区複数の警察署へ現場および周辺配備が指令されており、最大で二百台余の車両と千五百名余の人員による包囲を実施しえた。

だがそのような対応をしていた場合、人的被害がいかほど拡大したかは想像を絶するものがある。事実、逃走直後のバンから多数の発砲があったことが包囲を困難にした。急行したパトカー二台と、たまたま通りかかった一般車両六台が被弾した。幸運にも死傷者は出なかったが、パトカーは二台とも退避を余儀なくされた。うち一台は右前輪に被弾して追跡不能となった。

人質が存在すること、かつ「彼我の火力の差」は歴然であることから、特殊班や特殊部隊にしか対抗できないことは明らかだった。

「しかし特殊班も特殊部隊も、立てこもり事件やハイジャック事件で出動することがほとんどです」事件を担当した組織犯罪対策部の真木警部（当時警部補）はこう語った。「犯人は少人数であることが多く、使用される凶器はせいぜい拳銃か猟銃であり、多数の自動小銃を持った集団と交戦する経験が不足していました。人口密集地で互いに走行しながらの銃撃戦や、現金輸送車のような頑丈な車両をただちに停車させる訓練も足りませんでした」

とりわけ走行中の銃撃は一般市民への副次的被害が生じる可能性が高いため、犯人が目的地に到着するか、その途中で立ち往生したところを急襲する態勢がとられた。

結果、犯人の逃走を許すこととなったのだが、「現金輸送車の盗難であれば追跡は容易である」という警察側の常識も仇《あだ》となった。

「あらゆるセキュリティ・システムが完璧に無効化されていることが、犯人の逃走中に判明しました」通信指令本部長の高橋警視は言った。「また、現金輸送車を運転していた者の運転技術が、非常に優れていたことも逃走を許した一因です。複雑かつ混雑する高速道路を、猛スピードで走り抜けていきました」

犯人が一目散に目指した大橋ジャンクションは、三号渋谷線と中央環状線を結ぶ、四層ものループ構造を有するきわめて複雑なジャンクションである。両線の間には七十メートルもの高低差があることからスパイラル状に道路が形成され、急カーブと急勾配が連続する構造となっている。行き先や出口は複雑であり、用賀方面、谷町ジャンクション方面、西新宿方面、大井方面と多岐にわたる。地下をぐるぐる回る道路であるため上空からは視認できず、急カーブのため目視で追跡するにはかなり接近する必要がある。

だが、「窓から覗く自動小銃の銃口」のせいで接近できず、ここで警察は犯人を見失った。高速道路内の交通管制システムも役に立たなかった。管制用テレビカメラや車両感知器がとらえるのは、もっぱら事故に伴う停止や著しい遅走などの交通異常である。特定の車両の存在をＡＩ等を用いて割り出すといったシステムは、今なお備えていない。「猛スピードで走る車両」などいくらでもおり、制限速度をある程度超過したからといって追跡することはしないのだ。

結局、交通管制室の人員がカメラの映像記録から犯人の車両を捜し出し、行き先を特定するまでに三十分近くかかることになった。

こうして警察の目から逃れた犯人を再び追跡することが可能となったのは、吉良からの通報のおかげであり、それはまた加成屋輪の道路記憶と運転技術のたまものであった。

加成屋の頭の中には、完璧なまでの高速道路図が叩き込まれていた。ただの図面の記憶ではなく、立体記憶だった。三次元的にどの道路がどのように接続されているかを把握しきっていたのだ。加えて彼には、天性の速度感覚と方向感覚が備わっていた。

「レンジャー訓練でも、夜間の行進で、まったく迷わないんですよ」と吉良のみならず加成屋と訓練をともにした者は口を揃えて言った。「頭の中にGPSが入ってるとしか思えませんね」と。

漆黒の闇に満ちた森の中で、僅かな灯《あか》りと地形図とコンパスだけで行進する訓練では、いかに立体的に地形を把握するかが重要だった。さもなくば似たような景色に囲まれた森の中で延々と迷い続けることになる。

そして加成屋は、複雑怪奇な首都高においてもまったく迷うことなく、犯人が運転する現金輸送車およびバンを正確に追い続けた。しかもただ追うだけでなく、ときに「見失う可能性のある地点」では、あらゆる手段で追跡した。無関係の車を「あおり運転で追いかける」かのような素振りを見せて接近したり、ときにあえて相手を追い越したという。後続する犯人たちの路線変更をルームミラーで見て取ることで行き先を予測したのである。

その間、吉良は後部座席のシート下に姿を隠しながら警察に通報するか、あるいは所属部隊に自分たちの行動を報告し、次なる行動の許可を求めていた。

特筆すべきは、彼らはこの事件において、一切「独断」を押し通さなかったことである。

常に警察に通報し、また練馬駐屯地を通して、所属部隊である第一偵察小隊長の本池英輔《もといけえいすけ》一尉（当時四十五歳）および第一偵察隊長の勝長誠一《かつながせいいち》二佐（当時五十一歳）に、銃器所持および偵察状況を報せていた。

警視庁も第一偵察隊も、当初二人の行動に驚愕した。だが警察においては、二人の高度な偵察能力と冷静な態度から、結局のところ「追跡の継続を頼むほかなかった」という。また第一偵察隊においては、「警察からの要請という認識だった」というのが今も変わらぬ主張である。

ただし当時、「偵察」は「戦車」と区別されていた。戦闘の主体とはみなされていなかった。それが最終的には、吉良と加成屋の当時の尽力に、強烈な疑問符を突きつけることとなった。


「なんだよあれ、めっちゃ上手いんだけど」加成屋は、中央環状品川線に出るなり、いかにも腹立たしそうに言った。「特殊用途自動車でしょ。なんだよ、あの走り」

だが吉良のほうは、加成屋の運転技術だけでなく「なぜかどんなときも迷子にならず目標を追い続ける能力」に全幅の信頼を置いているため、単に競争心を刺激されているだけだと考えて楽観していた。運転技術そのものが犯人特定の鍵になるとは、少なくとも当時は考えもしなかった。

「逃げられたんじゃないだろ？」吉良が訊いた。

「まさか。環状線に出たから追うのは楽だよ。中環大井方面。気づかれそうだから、ちょっと距離を取る」

吉良がまだシート下に隠れたまま警察に報せ、それから質問した。

「行き先はどこだ？　羽田空港か？」

「おれが知るかよ。警察の特殊部隊がどこかで待機してたりするんじゃないの？」

このとき加成屋が追跡を始めてから十五分が経過していた。部隊が出動するには十分な時間だと思っているのだ。

「おれが知るかよ」と吉良は警察につながっている携帯電話のマイクを手で押さえたまま言った。

「あの何とかって部隊、実在してるのかも知らねえし」

「S──なんだっけ。テレビで見たし、実在してるでしょ」

警視庁やその他の警察における特殊部隊（SAT）がメディアに姿を見せるようになったのは二〇〇〇年代からだ。それまでは警視庁特殊犯捜査係（SIT）ともども存在は秘匿されていた。部隊規模や活動内容を公開すればするほど、対抗する相手に手の内を見せることになるからだ。

しかし吉良と加成屋の想定をよそに、SATもSITも、この時点では出動していなかった。理由はそれぞれの組織の成り立ちと役割にあった。SATはハイジャックや占拠事案などの重大テロに対して出動し、SITは銃器や爆発物による犯罪以上に誘拐事件への対応を分掌の第一としている。SATは政治的な背景を持つテロへの対応、SITは政治色のない身代金を目的とした誘拐事件などへの対応を、それぞれ主眼とする、というように分掌を制限されていたのである。

だがこの現金輸送車強奪事件は、この時点ではどちらともつかなかった。過激派団体が声明を発したわけでもなく、たまたま通行していた人間を人質に取っただけで身代金の要求もない。しかも事件が発生してから経過した時間は、まだ二十分弱だった。警視庁内部では自動小銃で武装しているのだから背後に政治的な過激派の存在がある可能性が高いという意見が、純粋な銃器事犯であって政治色はないだろう、という意見とぶつかり、すぐには結論が出ない状態だった。

　だがなんであれ、犯人の追跡がなされているからには即座の対応をすべきとのことで、いったんは犯人を見失った航空隊と追跡班のバイク部隊に再び指令が発されるとともに、警視庁高速道路交通警察隊へ、追跡が命じられた。本来、高速道路での事故に対応し、負傷者の救護および事故原因の調査を担う部隊である。交通執行部隊として、首都高を二十四時間体制で巡回する道路パトロールカー、スポーツカーのエンジン排気量を持つフェアレディZタイプのパトカー、機動性に優れていて拳銃も所持していることから白バイ隊員も任に当たった。結果的に、これが途方もない惨劇を引き起こすことになった。

　加成屋がレンタカーを走らせて首都高速を進む間、吉良は警察と第一偵察隊に対し、「高速道路上における交戦は避けるべき」と繰り返し主張していた。これは一般市民の逃げ場がなく、追突事故による副次的被害が発生する可能性が高いからである。

　だが犯人が乗る二台の車両が大井ジャンクションを通過してすぐ、加成屋と吉良が予期せぬことが生じた。二台の車両が、ともに大井パーキングエリア西行きに入ったのである。

「はあ？　便所に行きたいとか？」加成屋がわめくのへ、「乗り換え用の車両をあらかじめ用意してるんじゃないか？」と吉良が推測を口にした。

　その推測は半ば当たったが、半ば致命的に外れた。

　加成屋は犯人たちに続いてパーキングエリアに入ると、すぐに駐車区画で停車して様子を見た。犯人たちが乗る現金輸送車とバンは、そのまま進んで大型車用の駐車場がある出口付近まで進み、前後の順番を入れ替えて停まった。

バンが前に出て、その後ろで現金輸送車が斜めに停まったのである。

「あれ、迎撃態勢じゃないか?」加成屋が顔を強ばらせた。

吉良も同感だった。犯人が迎え撃つ気でいるかもしれないことを通信指令本部に伝えたが、その直後に四台のパトカーと二台の白バイが次々にパーキングエリアに入って来た。やや遅れてさらに二台の追跡班のバイクも到着していた。彼らは追跡を命じられていたため、犯人を追い越すことはできなかった。一車線しかない、直線で見通しのよいパーキングエリアに次々に入っていくしかなかったのだ。

「ヘリがバレたんだ」加成屋がわめいた。「追跡がバレた」

それは「偵察」をアイデンティティとする二人にとって最悪の事態だった。偵察員が敵に存在を察知されれば、孤立した状態で攻撃されて死ぬか捕虜になるしかない。だが警察においては追跡し続ける行為そのものが犯人への圧力になる。包囲し、逃走する気力を削ぎ、投降を促す手段ともなる。ただしそれは相手が六丁もの自動小銃を持たない限りの話だった。

加成屋と吉良が見守っていると、パーキングエリアの出口付近で複数の発砲炎がいくつも閃《ひらめ》いた。パトカーと白バイが、左右に避けようとして壁面に衝突したり、互いに追突したりする光景が繰り広げられた。

計十二名の警察官のうち多くが拳銃を所持していたが、まともに応戦することもできず、一分足らずのうちに全滅した。

犯人は強固な現金輸送車を最大限活用した。車両解体役の中国人二人が現金輸送車の屋根で腹這いになって伏射を行い、メキシコ人とイラン人が車両後部内の金庫室で観音開きの扉を盾にしての銃撃を行った。

リーダーの平山は、弾倉を徹甲弾入りのものに替えると、バンの屋根に銃身を立てかけるようにして狙いをつけ、頭上を飛ぶ警視庁航空隊のヘリを撃ちまくった。スコープがあればたやすい銃撃だった。

吉良も加成屋も、この戦闘には参加していない。そうせよという命令をどこからも受けていなかった。二人は「偵察」に徹していた。その彼らの目の前で、警察官が射殺されていった。パトカー二台が炎上した。跳弾や流れ弾がそこら中を飛び交った。居合わせた人々は恐怖の声を上げて建物へ逃げ込んだ。たまたま出口へ向かおうとしていた車両――犯人から覆面パトカーとみなされたであろう普通乗用車――に乗った三名（松本靖史《まつもとやすし》、三十二歳。松本容子《ようこ》、二十九歳。松本春菜《はるな》、三歳）が銃撃で死亡した。

上空を飛ぶ航空隊のヘリが被弾して煙を噴きながら墜ちていった。ヘリはかろうじて沿岸部にある大井ふ頭コンテナターミナルに不時着したことで搭乗者の死傷を免れたが、このことで警視庁は狙撃の危険があるとし、上空からの追跡を放棄するほかなくなった。

「ふざけんなよ！」加成屋は両拳をハンドルに打ちつけてわめいた。「装甲車出せよ！　機関銃持って来いよ！　ヘリにスナイパー乗せろよ！　なんで特殊部隊が来ないんだよ！」

吉良は激昂を表に出さなかったが、内心では同じ思いだった。

「追跡を命じられた警察車両、バイク、ヘリの撃滅を確認。彼我の火力の差、きわめて大。民間人の犠牲があると思われる。救急の要あり」

吉良は自身の携帯電話で、第一偵察隊幹部および第一師団幹部が緊急集合した駐屯地へ偵察情報を伝えた。その情報はただちに警察に通報された。

犯人たちは、現金輸送車とバンを放棄し、パーキングエリアに停めてあった大型トラックの前部車両と後部コンテナに乗り移った。逃走用の車両を用意していたのだ。

バンから現金が入ったジュラルミンケースが三つ、現金輸送車からはバーナーで固定索を焼き切られた同ケース四つが運び出され、計六億八千万円の現金がトラックのコンテナに積まれた。

トラックはただちに出発した。吉良は見たもの全て報告した。そして冷静に告げた。

「我ら、追跡を続行す」


犯人と人質が乗るトラックは、川崎の浮島ジャンクションで高速を降りた。その地点に集結できた警察官は皆無だった。SATもSITもいなかった。航空隊のヘリは飛んでおらず、追跡できたのは加成屋が運転するレンタカーだけだった。

何よりそこは警視庁の管轄ではなかった。神奈川県警の管轄だった。目と鼻の先に川崎臨港警察署があるが、都県をまたいだ合同体制は整えられていなかった。

トラックは、ひと気のない浮島バスターミナルを通過すると、東京電力の浮島太陽光発電所側の空地に停車した。通りの反対側は、日本瓦斯《にっぽんガス》株式会社の施設と、川崎浮島物流センターの建設予定地があるばかりだ。どれも敷地面積に対し、人口密度は都心の比ではなく低い。その先には川崎市消防局の出張所が存在したが、お世辞にも人目のある場所とは言えなかった。東京と千葉を結ぶアクアラインの出入り口に当たるそこは、わざわざ主要道路を降りて沿岸部に来る者とて珍しい、ほぼ無人地帯だった。

加成屋は、トラックが左手の空地に入るのを確認すると、浮島バスターミナルに入って停車した。後部座席を振り返ると、吉良が差し出すM四カービンと弾倉四つを無言で受け取り、うち一つには十九発しか弾丸が装填されていないことを告げられた。

吉良はフル装填の弾倉を三つ、再び腰のベルトに差した。

二人は車両を這い降り、一度も立ち上がることなく雑草が生い茂る一帯を二百メートルほど匍匐前進していった。手にした武器は自動小銃だけであり、身を守る装備はなかった。だが二人とも怯《ひる》むことなく進み、やがて空地に停められたトラックを見つけた。

人質と強盗集団の全員が外に出ていた。吉良と加成屋にとって重要なのは、人質の状況だった。若い女性はトラックの車両前部そばに立たされていたが、男性は違った。ひざまずかされていた。そして犯人の一人が拳銃を握ってその周囲をうろうろしながら、何か喋っているようだった。その様子を、トラックの車両前部にもたれかかっている一名と、武器を抱えたままぼんやり立っている四名が眺めていた。

吉良も加成屋も双眼鏡があればと思った。偵察隊員なら持っていて当然のものがなかった。トラックのナンバーは遠くて角度が悪く、視認できなかった。犯人たちの顔立ちもよくわからなかった。

ひざまずかされた男性が危機に瀕しているであろうことは十分に推測できた。人質の役目は終わったも同然だ。周囲に警察は一人もいない。犯人たちが逃走する上で、顔を見られた人質を生かしておく理由は見当たらなかった。まず男性が撃ち殺され、若い女性が同様の目に遭うと思われた。

吉良と加成屋は、パトカーのサイレンが聞こえることを強く願った。だが聞こえなかった。M四カービンではなくバディが欲しいと思った。だがバディは遠く離れた駐屯地の武器保管庫の中だった。

風に乗って、ひざまずく男性の泣き声が聞こえた。

吉良は、十メートルほど離れた位置にいる加成屋へ、手振りで援護射撃を頼んだ。

加成屋は、「OK」と返した。これがただの「偵察」ではなく、「偵察戦闘」になることに二人とも抵抗はなかった。パーキングエリアでの惨状と、今まさに人質が殺害されようとしている光景が、「不可避の戦闘」へと二人を駆り立てていた。

吉良はさらに匍匐前進で、草むらに隠れながら犯人たちに接近した。そして「我ながら意外に思った」という銃撃を行った。

威嚇射撃だった。

トラックのサイドミラーを狙撃し、吹っ飛ばしたのである。

これで犯人たちが取り乱し、人質を置き去りにして逃げてくれれば、それこそ後は警察の仕事だと割り切れたはずだった。だが犯人たちはそうしなかった。人質を放置したのは吉良の意図通りだが、彼らはただちにM四カービンを構え、応戦の構えを取った。

平山が吉良の位置を推測して撃ち、残りの五人も同様にした。

吉良はすでに素早く匍匐して移動していたし、平山たちの銃撃が見当違いの方向に放たれたため、被弾を免れた。

ついで加成屋が、別位置から援護射撃を行ったことで、犯人たちを浮き足立たせることとなった。

このとき人質にされていた男性はその場で腹這いになって伏せ、若い女性はもっと賢明なことに、這ってトラックの車体とタイヤの陰に潜り込んでいた。人質二名がパニックに陥って走り出し、犯人が激昂して彼らを撃つとか、犯人たちが慌てて人質を盾にするといった状況とはならなかった。これが、吉良と加成屋の負荷を大いに軽減してくれた。

加成屋は連射しては匍匐前進で移動することをひたすら繰り返すことで犯人たちの攪乱に徹した。その間、吉良は冷徹に犯人たち一人一人に狙いを定め、狙撃していった。

吉良は最初に、人質を脅す素振りを見せていた、集団のリーダー格と思しき男を狙って撃った。放たれた弾丸は、平山が装着していたフェイスシールドを貫通して左頬に命中した。衝撃で平山の左眼球は眼窩《がんか》から飛び出し、左顎は砕け、意識を奪われて倒れた。この時点で平山はまだ生きていたが、戦闘においては死んだも同然となった。

「銃を捨てて投降しろ！」匍匐しながら吉良が叫んだ。

「銃を捨てろ！」加成屋が叫んだ。

誰もそうしなかった。残る五人がてんでばらばらな方向へ撃ちまくった。

吉良と加成屋は、弾丸が頭上を飛び抜ける強烈な音を何度も聞いた。抱えた銃から飛び出す薬莢が、何かに跳ね返ってきて剥《む》き出しの肌を焼いた。吉良は一度、首に熱された薬莢が当たるのを感じたが、気にしなかった。気にしている場合ではなかった。

吉良の射撃により、中国人の李沐阳《リームーヤン》（二十七歳）が右脇の下を撃たれて倒れた。およそ二分後に、現金輸送車のシステム解体を担った一人であるこの人物は、腋窩《えきか》動脈からの出血で死亡した。そしてその二分の間に、犯人全員が倒れていった。

イラン人のイスマエル・アフマディ（二十七歳）は、フェイスシールドを吉良の狙撃弾に貫通されて即死した。中国人の王奕辰《ワンイーチェン》（二十五歳）、日本人の林和己《はやしかずみ》（三十歳）は、それぞれ加成屋の激しい銃撃を下半身に受け、二人とも大腿部動脈からの出血で絶命した。

メキシコ人のマヌエル・カスティーヤ（三十一歳）は最後までトラックを盾にして応戦したが、側面へ回り込んだ吉良に銃撃され、右頸部《けいぶ》と右腰部に被弾した。ただしその死因はヘルメットの留め具が銃撃で破壊されて外れてのち、転倒して石に頭を打ちつけたことによる脳損傷だった。

「指揮官の指示を欠いた反撃だった」ことが、制圧を容易にしたと吉良も加成屋も供述している。リーダー格でない日本人と中国人二人など、戦っている相手の人数もわからず右往左往し、半ば空に顔を向けていた。警察のヘリからの狙撃だと信じたのだろう。

六人が倒れてのちも吉良と加成屋はしばらく伏せたままだった。吉良は三つ持っていた弾倉のうち一つを空にしていた。他方で援護射撃を主とした加成屋は四つ持っていた弾倉のうち二つを撃ち尽くした。犯人たちが倒れてのちも、二人とも弾倉をフル装填したものに換え、じっと身を伏せ続けた。犯人たちの協力者が近くに潜んでいる可能性もあった。しかし誰もいなかった。いるのは地面に腹這いになって怯える人質二名だけだった。

「状況終了」

吉良がそう言って身を起こした。

「状況終了」

加成屋がなおも周囲に目を配りながらそうした。

二人にとって、初めての実戦体験だったが、生きている人間に銃弾を撃ち込んだという実感は、それほど強いものではなかった。二人にとって、「人質が生きていることの方が大事」だった。

吉良が現金輸送車の下に潜り込んだ若い女性に、加成屋が這いつくばる男性に、それぞれ近づいた。人質にされた二人が共通して発した言葉は「殺さないで下さい」だった。

5

吉良と加成屋、人質にされていた吉川と見城は、パトカーの到着を待つこととなった。その間に吉良と加成屋は犯人の生死を確認し、銃を一箇所に集めて全ての弾倉を抜いておいた。生存者はいないものと思われたが、顔を撃たれた平山にまだ脈があった。左眼球が飛び出して意識のない平山に、吉良が止血を施した。加成屋は離れた場所に停めてあるレンタカーを取りに行った。やがて複数のパトカーのサイレンが聞こえた。

三台のパトカーが到着し、防弾チョッキを着た六名の警察官が緊張の面持ちで降りてきた。あとで吉良が聞いたところによれば、「慣習として防弾チョッキはパトカー一台につき一着しかない」ため、人数分用意するのに手間取ったとのことだ。

情報も錯綜していた。到着した警察官の中には「武装した自衛官が暴れている」と思い込んでいた者もいた。吉良と加成屋は彼らに、警視庁および自衛隊第一偵察隊と連絡を取り合いながら犯人を追跡し、人質を救出したことを説明した。それでようやく警察官たちの緊張が解けた。「とんでもない大活躍だ。間違いなく表彰ものです」と警察官の一人は言った。

人質の二人は保護と事情聴取のためパトカーに乗せられた。吉良と加成屋はレンタカーでパトカーのあとをついていくことになった。銃の扱いは全て警察に任せた。だが「どこの警察署に向かうべきか」が決まらず、さらに待たされることになった。

到着した警察官は神奈川県警の人員だった。だが吉良が連絡を取っていたのは警視庁の通信指令本部だった。警視庁と県警では管轄が違うのだ。

面倒なことに、現金輸送車襲撃および高速道路パーキングエリアでの銃撃は東京都内で生じたが、吉良と加成屋が銃撃戦を行った場所は神奈川県内だった。

このため警視庁と県警の間で、どちらの管轄なのかという議論がなされた。結論はすぐには出なかった。警視庁は人的被害の甚大さから権限を譲らず、県警は八丁もの自動小銃の押収という手柄を譲りたがらなかった。東京都公安委員会と神奈川県公安委員会という、これまた異なる組織同士が話し合い、「手打ち」に至るまで何ヶ月もかかることになった。こうしたことを後で知った吉良と加成屋は、「組織間の連携不足を見越して、襲撃犯はただちに神奈川県へ移動したのだろう」と思った。

むろん結論が出るまで現場を放置しておくわけにはいかない。重傷の平山はただちに最寄りの病院に緊急搬送された。現場検証はそれぞれ事件が生じた地区の管轄とし、「必要に応じて」担当者が派遣されることになった。人質二人はいずれも都内在住であることから、警視庁の警察署で事情聴取されること、吉良と加成屋も都内の駐屯地を所在とすることから同様に扱われることが決められた。

それで人質二人は、蒲田警察署から来たパトカーに乗り換えることになった。彼らとともに吉良と加成屋は蒲田警察署に向かったが、ここでも混乱が起こった。署員が状況を把握しておらず「本部からひとまず保護しろと言われただけ」と言って聴取をしなかった。

しばらくして人質は最初に拉致された現場を管轄する渋谷警察署で聴取を受けることが決まった。

人質にされた二人が渋谷警察署からの迎えを待つ間、飲み物一つ出されず、誰もケアしようとしなかった。ただロビーのベンチに座らされていた。吉良と加成屋は署員に人数分の飲み物を求め、人質にされた吉川と見城に話しかけた。吉川も見城も最初は口をつぐんでいたが、だんだんと声を発するようになった。渋谷にはよく行くのかなど、互いの生活について大まかに話した。

「駅の反対側で電化製品の販売をしています」と吉川は言った。「自分で言うのもなんですが電子機器には強くて。販売実績も店舗で一番なんです。あの銀行のそばにラーメン屋がありまして。そこのラーメンが好きで。いつも駅の反対側まで歩いていってます。今日もそこで食べた帰りでした」

「大学の帰りでした」と見城は言った。「ゼミの後、普通に帰ろうと思ってました」

激しい銃撃戦で多数の死者が出たことについては言及しなかった。恐怖と興奮を宥《なだ》めてやることが会話の目的だった。ときに吉川と見城が恐怖を思い出して目を潤ませたが、二人とも泣きはしなかった。

ようやく二人の迎えが来た頃には、吉良と加成屋の扱いも決定していた。駐屯地に帰還するように、とのことだった。警察の聴取は、上官の立ち合いのもと、駐屯地で行われることになった。

吉良と加成屋は、吉川と見城がパトカーに乗るのを見守った。「命を助けて下さり、ありがとうございました」と吉川が最後に口にした。「ありがとうございました」と見城も言って、二人して吉良と加成屋に頭を下げた。

「務めですから」と吉良は返した。

こうして人質たちとも別れ、レンタカーに乗って練馬に戻る間、「務めですから」と加成屋が吉良をからかい続けた。吉良も大笑いした。二人ともようやく緊張から解放されていた。自分たちが何をしたか一つ一つ口にしていった。「とんでもない大活躍だ。間違いなく表彰ものです」と告げた警察官の口真似をした。

彼らが「何をした」かは明らかだ。その状況と判断と行動はいずれも説明がつくものだった。しかしそれらをどう評価すべきか、とりわけ誰がどう評価するかは、また別の問題だった。


吉良と加成屋の聴取のために練馬駐屯地を訪れたのは、警視庁組織犯罪対策部の刑事、真木宗一警部補で、補佐として静谷《しずや》猛《たける》巡査長（当時三十一歳）を連れていた。

二人とも生真面目を絵に描いたような警察官だった。にこりともせず、感情に訴えるようなことを何一つ言わなかった。それでも二人が、吉良と加成屋に「敬意を抱いている」ことは伝わったという。

とりわけ真木は淡々とした調子で、「現金輸送車襲撃の現場から二十六キロにわたって犯人を追跡。大井西行きPAの銃撃戦を監視。襲撃現場と犯人逃走後の現場の計二度の銃撃戦を行う。犯人八名のうち七名射殺、一名意識不明。人質二名を救出」と、あまりに何度も繰り返すので、聴取に立ち合った第一偵察小隊長の本池は「あれは、よほどお前たちの行動に痺れたんだな」と、あとで吉良と加成屋に言って笑ったものだった。

聴取は何時間もかかった。真木と静谷は、終始、吉良と加成屋から感銘を受けた様子だった。だが真木が特にしつこく訊いたのは、吉良と加成屋が「かっとなって撃ったのか？」ということだった。吉良も加成屋も「激情は狙いを外す原因になる」とし、「かっとなって撃ったことなどない」と重ねて断言した。そのたびに静谷が「そうでこそ」というように、深々とうなずくのを吉良、加成屋、本池が見ていた。

真木と静谷たち警察官からすれば、言葉にすることはできないものの、同僚十数名を死傷させた強盗集団は「憎い敵」なのだ。その敵をたった二人で撃滅した吉良と加成屋への称賛と感謝の念はきわめて強かった。また、吉良が救助した橋本水紀巡査部長は、その後、一命をとりとめており、この点では真木も静谷も二人揃って、「感謝を申し上げます」とはっきり口にしている。

そうして供述を終えると、真木と静谷は、見送る吉良、加成屋、本池に、敬礼をした。吉良たちも敬礼を返した。その様子を、敷地外から週刊誌やテレビ局等の記者が撮影していた。

警察による聴取のあとすぐ、陸上自衛隊警務科もまた吉良と加成屋を聴取している。

検察は、吉良と加成屋の都心での銃器使用を「やむを得ざる」こととして追及せずとした。防衛庁も「警察への協力だった」と主張した。自衛隊の各駐屯地において吉良と加成屋は「大有名人」となり、国民を凶悪犯から守った隊員として大いに評価された。

だが、事件翌日から、吉良と加成屋とその家族は、痛烈なバッシングの対象となった。

「自衛隊員が国内で自動小銃を発砲し、他ならぬ同国人を、同じ日本人を、容赦なく殺害したわけですよ」あるコメンテーターは民放の番組でまくし立てた。「そもそもなぜ犯人を追いかける必要があったんですか？　警察の仕事でしょう？」

吉良と加成屋は、繰り返しその理由を述べた。警察の聴取でも、自衛隊警務科の調査でも、同じことを口にした。「人命の保護のため」というのが二人の主張だった。

だが当時は、東日本大震災における自衛隊の活躍が脚光を浴びたがゆえにこそ、集団的自衛権を巡る議論が盛んになりつつある頃だった。また、当時は解散総選挙によって与野党が逆転して数年後であり、あらゆる話題が政局と関連して語られた。それがメディアのみならず、SNSを通して瞬時に「拡散」されることが常識となった時期でもあった。

その「拡散」には相当数のデマや、意図的に偽られた情報もふくまれていた。「吉良三曹と加成屋三曹はもともと強盗団の仲間であったが、強奪した金の分配を巡って仲間割れを起こした結果、七名を射殺し、一名を銃撃で意識不明の重体とした上で、警察に逮捕された」といった文言が、明らかなデマであるにもかかわらず世間に流布された。

また、「自衛官が自動小銃で国民を殺害した」という主張が、「平和憲法の遵守」と合わせて語られたことで、数多《あまた》の「話題」が作り出されていった。吉良と加成屋からすれば、現実に起こったこととあまりにかけ離れたものばかりだったが、流布される話題の数の力が、現実を塗りつぶしていった。

「二人の人質の命と、八人の犯人の命、どちらを選ぶかっていう話ですよね」別のコメンテーターは民放の番組でこう述べた。「いわゆる『トロッコ問題』というやつですよ、これは」

ある人物の命を救うために、別の誰かを犠牲にすることは許されるのか、という倫理学上の問題を問うのが『トロッコ問題』だが、吉良と加成屋からすれば答えはわかりきっていた。人質に対してのみならず、あらゆる他者への殺意を抱く八人から、いつ殺されるかわからない二人を救助したまでのことだ。どちらを選ぶべきかは考えるまでもなかった。それに自分たちは一方的に殺戮《さつりく》したのではなく、投降を呼びかけながら必死に戦闘を行ったのだ。両者には天と地ほども差があった。

吉良が「レンジャー!」と叫んで発砲した際の、銀行の監視カメラの映像が、日本中で何百回と流された。映像自体に音声はなかったが、現場にいた人々への取材を根拠に、「レンジャー!」と役者に叫ばせる吹き替え映像がニュース番組のために複数作られた。そして、そうした映像を「ネタ」にして、数多の識者、論者、そして政治団体が、執拗に「問題」を作り上げた。

「レンジャー訓練というのは、究極的には冷酷な殺人集団を作り上げるためのものなのです」と、いわゆる「識者たち」が繰り返し主張した。「この『レンジャー』という言葉以外、発することを禁じられるということが、どれだけ非人道的かおわかりですか？」

一方では、「果たして正しい殺人はあり得るのか？　殺傷される可能性があるから殺傷するというのは正しい行為なのか？」といった抽象的な話が何百時間も繰り返された。

「自衛隊が警察に取って代わることで、軍国主義の再来になるのでは？　吉良三曹と加成屋三曹は、その先例を作ったのではないか？」といった論調が、果てしなく続いた。

事件から数日と経たずして、真木と静谷が、再び練馬駐屯地に現れた。吉良と加成屋を再聴取するためだった。

「世間の声に押されて仕方なくやって来たんだ」第一偵察小隊長の本池は忌々しげに言った。「なんでお前たちが咎められなきゃならないのか、さっぱりわからん」

再聴取でも、吉良と加成屋の説明は何も変わらなかった。前回とまったく同じことを口にし続けた。真木も静谷も、予期していたようだったが、申し訳なさそうに何度もした質問を繰り返した。何の意味もない再聴取だった。

だがやがて、「吉良と加成屋に発砲を許可したのは誰か？」という責任論が、「世間の声」に押されて、警視庁と防衛庁の間で議論されるようになった。「警察が協力を要請したこと」が発砲の許可につながったのか、「自衛隊の率先的な判断」によって発砲が許可されたのか、という堂々巡りの議論だった。

「少なくとも刑事告訴はされない」真木は再聴取の最後に、吉良と加成屋に言った。「検察も、民間人を救出した自衛隊員を罪に問うなんてことはしない。君たちは護民官として戦った。世間がなんと言おうと、その事実は変わらない。単に多くの国民が、今どういう状況にあるのかわかっていないだけだ」

吉良と加成屋は、本当にそうなのか、真木が単にそう信じたいだけなのか、よくわからなかった。第一偵察小隊長の本池も、わかっていなかった。あるいは、誰にもどうなるかわからないのかもしれなかった。

わかっているのは、吉良の母親が、マスコミの取材とバッシングでノイローゼになりかけているということだった。

はっきりとした問題は、加成屋の両親が営む和菓子屋が、おびただしい数のいたずら電話と落書きや投書などの嫌がらせを受けて、休業したままでいることだった。

そして、そもそもあの日、「偵察」に出た理由が、どこかに消えてしまったことだった。

加成屋は事件の数日後、桐ヶ谷結花とデートをした。何をしても落ち着かなかった。連日連夜ニュースで取り上げられていることを二人とも口にしないようにしていたが、そのせいでかえって居心地の悪い沈黙が下りた。加成屋は彼女と食事をし、ドライブをした。暗くなる前に彼女が住むマンションまで送り、以後、互いに連絡を取らなかった。

報道は過熱する一方だった。「元レンジャー」を自称する人物がテレビのインタビューに応じて、訓練で「人殺しの技術を身につける」ことをほのめかした。吉良や加成屋たちからすれば、明らかに訓練を最後までやり遂げられなかったあとで除隊した偽物だった。だが報道する側も、それを見る側も、問題にはしていないようだった。

関係のない話題も増えていった。複数の週刊誌が自衛隊内のいじめやセクハラに注目した。現実に存在する問題と、無関係の話題がまぜこぜになって語られた。虚実が入り交じる記事がかえっていじめやセクハラの被害者の信頼を落とし、問題の解決を遠のかせた。

最後のきっかけは、練馬駐屯地の表玄関に面した道路に、デモ隊、右翼団体、各メディアといった人々が連日集まっていたところへ、自作手榴弾が投げ込まれたことだった。

投擲した犯人は、吉良と加成屋が行った銃撃戦で死んだ林和己の兄、林俊之《としゆき》（当時三十七歳、コンビニエンスストア店員）である。林俊之は「吉良と加成屋が強盗団の主犯格だが仲間割れののち警察に逮捕された」というデマを信じ切っていた。また手榴弾は「ネットで作り方を調べた」と供述している。吉良と加成屋が駐屯地から出て来たと勘違いしての犯行だが、実際に出てきたのは納涼祭の打合せで来ていた練馬区役所の職員二名だった。

この手榴弾投擲事件で、練馬区役所職員の桂木《かつらぎ》毅樹《たけき》（二十五歳）が死亡、同職員の遠藤《えんどう》定之《さだゆき》（二十七歳）をふくむ十一名が重軽傷を負った。犯人の林俊之はその場から逃走したが、監視カメラの映像などから割り出され、二日後、職場であるコンビニエンスストアで働いていたところをテロ容疑で逮捕された。

この事件によって引き起こされた途方もない騒ぎと混乱の末に、第一偵察隊長の勝長二佐と、第一偵察小隊長の本池一尉の異動が決定した。もともと、第一偵察隊は、第一戦車大隊（静岡県駒門《こまかど》駐屯地）との統合が計画されていたがゆえの人事とされたが、一連の事件を受けての「世間に向けての消極的な対応」という見方が、当時も今も根強い。

異動が決定した直後の本池一尉は、吉良と加成屋に対し、涙を流しながらこう述べた。「お前たちを守れず、すまん。どうか国を恨むな。国民を恨むな。おれを恨め。お前たちを守れなかったおれを恨んでくれ」

そして本池一尉自ら、世論に押されて警務科が吉良と加成屋を「過剰防衛の疑い」で逮捕することになる前に、事件に関し「刑事告訴等の一切の訴追を免れる」代わり、「自主的な除隊を推奨する」という陸上幕僚監部からの通達を伝えたのだった。

二人を追放することが火消しになると防衛庁は判断したのだ。事実それが最も効果的だった。強盗への反撃自体を多くの世論は問題にしていなかった。問題は「自衛隊員が国民に対し反撃した事実」だった。二人の除隊は「禊《みそ》ぎのようなものだ」と本池一尉は言った。世間を納得させるための儀式が必要だった。

吉良と加成屋は本池一尉の言葉に従った。自衛隊員としての立場とレンジャー徽章を、自主的に返上した。そうするよう命じられたのだと思った。かといって自分たちの判断と行動を否定する気はなかった。真木が告げた、「単に多くの国民が、今どういう状況にあるのかわかっていないだけだ」という言葉を信じるようになっていた。国民を恨む気持ちなどまったくなかった。それはレンジャー訓練をやり遂げる前からわかっていたことだ。自分たちを批判するかしないかで、相手を守るか守らないかを決めるわけではないのだ。

二人が練馬駐屯地を去るとき、大勢の隊員が無言の敬礼で見送ったが、屋内でのみそうするよう指示されていた。敷地周辺では、まだ各種メディアの目が光っていた。

吉良と加成屋は、堂々と駐屯地の玄関から出て行った。二人とも私服で、あまりに平然とした態度で現れたため、玄関付近で張っていた記者たちの誰も、二人が出てきたことに気づかなかったという。

こうして、吉良と加成屋は自衛隊を去った。

それから、七年が過ぎた。

第2章

第一想定

The First Assumption

1

「吉良三曹と加成屋三曹」の名が連日メディアで取り上げられ、ほどなくして忘れ去られてから、七年後の秋のことだった。

警視庁では、春に次いで人事異動の通達が多い季節だ。中でも目玉とみなされたのは、とある人物の復職である。

真木宗一警部は、警視庁内の講堂の一つで、その人物の来庁を待ち構えていた。これから特別捜査本部として用いる予定の講堂だが、まだ張り紙もなく、運び込まれたテーブルと椅子が部屋の隅に固めて置かれている。

ふらりとそこへ入ってきたのは花田礼治《はなだれいじ》警視（五十八歳）だった。飄々《ひょうひょう》とした様子でホットの缶コーヒーを手に、隙あらば冗談を口にしようと狙っているような愛嬌のある笑みを真木に向け、「よう、真木か」と気軽に挨拶をした。

「戻ってきて下さると信じていました」真木は、にこりともせず真顔で言った。

「戻る気はなかったよ」

「休職なんですから戻るでしょう」

「退職させてくれればよかったんだ。定年間際だってのに」花田は苦い顔を作って缶コーヒーの中身を口にし、思い出したように言った。「ああ、警部になったんだってな。おめでとう。おれの後釜になるまでもう少しか」

「だいぶ先ですよ」

「組織犯罪対策部じゃ対応できない任務だって？」

「かねて対応は無理だとわかっていたことです。花田警視が、磐生修《ばんしょうおさむ》を逮捕したときから」

「人の古傷を引っ掻くんじゃないよ」

「れっきとした功績です」

「磐生修が帰ってきたなんて言わないでくれ」

「聞いてないとは言わせませんよ」

「お前は変わらんな」花田は大げさに溜め息をついてみせた。「少しはこっちの気が楽になることを言ったらどうだ」

「花田さんこそ、全部知ってるくせに茶化さないで下さい」

「ユーモアだよ。きつい仕事には必要だ」

花田は笑って椅子ではなくテーブルの一つに腰を下ろした。その優しげな笑みを、花田が一瞬で鬼の形相に変えることができるのを真木は知っていた。急に態度を豹変させるテクニックは被疑者相手の聴取にも、部下の叱咤激励にも有効だが、花田は依然として、真木が知る気迫に満ちた顔を笑みの下に隠したまま言った。もうそんな顔をする気はないというように。

「じゃ、仕事の話でもするか。特別銃装班だって？」

「はい。昨今の武装犯との火力と機動力の差は歴然です。制圧は年々困難となり、人質を取られた場合は犯人が解放するのを待つ以外にないほどです」

「だがかつて、それをたった二人でやり遂げた者たちがいた。非武装の状態から的確に抵抗し、銃を奪い取り、現金輸送車を追跡しながら通報を続け、最終的に警察に代わって制圧し、人質を無傷で救出した」

「はい。素質と訓練の差を見せつけられました」

「羊の群は狼の群にかなわない。その狼の群も、高度な訓練を受けたシェパードの敵ではない。かねての、お前の主張通りにしたいわけだ」

「少数精鋭を遊撃的に運用することで、捜査に支障をきたす要因を排除し、各捜査本部の負荷を軽減させます」

「まさかその二人を招くんじゃあるまいな」

「わかっていて訊かないで下さいよ」

「正気の沙汰じゃないからな。当時、二人がどれだけ批判されたか忘れたか」

「不当な批判です。むしろ彼らが自衛隊を追い出されたときに招くべきでした」

「そんなこと、考えたとしても口に出すのはお前くらいだよ。恥も外聞もなく、追放された元自衛官に助けを求めるなんて、警察も世論も誉めてはくれんぞ」

「何が世論です。多数の若者が強盗を賛美していることはご存じでしょう。平山史也の移送を武装犯に襲撃され、逃走を許したときのインターネット上の騒ぎなどまさに無法状態でした。犯罪者が国民から応援され英雄視される世論を変えることが急務です」

「政治家が言いそうなことだぞ」

「政治家はなんて言っているんですか？」

「政府はやると言ってるさ」花田は、当然だろうという調子で請け合った。「特別銃装法案は超党派的な支持のもと、試金石として都議会で即可決される見通しだ。全国に広がるかはわからんが、警視庁は全面的に従う。お前のとんでもない考えも、政府、都議会、警視庁が筋を通してくれる」

「捜査二課の鬼も」真木が花田を見つめて言い添えた。「犯罪組織だけでなく、政界と財界に誰よりも通じた警察官なんですから。辞めさせてもらえなくて当然です」

捜査第二課は、横領、贈賄、オレオレ詐欺のような知能犯に加え、選挙法違反を捜査し、政治的デモの監視にも人員を派遣する。自治体の長、国会議員、政党関係者の過去や裏の顔を調査し、重大な贈収賄事件を東京地検特捜部に持ち込む。政界のみならず財界の秘密を網羅することにもなり、捜査第二課長ともなれば国家公安委員会にも影響力を持ち、内閣官房に招かれる者もいる。

捜査第二課長は、キャリア（国家公務員採用総合職試験の合格者）の指定席とされるが、そこで花田はノンキャリア（一般職試験の合格者）として管理官を務め、抜群の情報収集力で各界から恐れられるとともに多くの行政機関にパイプを持つ人物だった。

だが花田は盛大に顔をしかめて手にした缶を真木へ投げつける真似をしてみせた。

「入庁してから二課しか経験がないみたいな言い方して、貶《くさ》すんじゃないよ。警察学校以来の仲だろう」

「誉めてるんですよ」真木の方が呆れて言った。

「他にどんな面倒なやつを引っ張ってくる気だ？」

「警視庁タスクフォースと民間人です。ファイルを送りましたが」

「電子画面を見てると目が痛くなるんだ」

「六人の詳細な履歴を口頭で述べますか？」

「暗記してるのか、お前」

「はい」

「ｉＰａｄで見るからいい。お前を入れて七人か。大昔のＳＩＴなみの小班だな」

「大部隊はすでにありますからね」

「半数が民間登用だって？　駐禁摘発を民間委託するのとはわけが違うぞ」

「駐禁摘発とはわけが違いますよ。先月の現金輸送車襲撃で何が使用されたと思います？　ロケット弾です。一発で車体に穴があきました」

「中身まで焼いちまったって馬鹿な話だろ。ユーチューブで四万枚の一万円札が焼けながら飛び散る映像を見たよ」

「見るんですか？　ユーチューブ」

「今どき見るだろ。プライドの高いシェパードがお前に懐くとは限らんが、やってみろ。警視庁内の反発は抑えてやる。世論を変えられるだけのチームを作れるんだろう？」

「変えねば、この国はジム・ロジャース的な未来を迎えるほかありませんよ」

「ジム・ロジャース？」

「若い日本人がまともな生活をしたいなら、日本を出るか、ＡＫ－四七自動小銃《カラシニコフ》を持って内戦に備えろ。そう主張する億万長者のアメリカ人投資家です」

「ろくでもないクソ野郎だな」

「ろくでもないクソ野郎だと証明するのが我々の使命です」

「なんで投資家の名前が出るんだ。投資なんてしてるのか？」

「しますよ。薄給ですから」

「寂しいこと言うなよ」

「現実ですよ」

「リスクを取ってリターンを得るってわけだ。リターンの最大化ってやつを見せてみろ」

「やってるんですか？」

「何を？」

「投資ですよ」

「そりゃ薄給だからな。政府も老後に備えろと言ってる。リターンに期待してるぞ」

「化けさせますよ。でなきゃ警視庁そのものが解体再編されかねません」

「怖いこと言うんじゃないよ」

「現実ですよ」


真木警部と花田警視が講堂でそのような会話を交わしたとき、吉良はイタリアで、銃を撃つことを仕事としていた。

狙うのは宙を飛ぶ皿か、障害物の向こうにあるターゲットである。六年前にローマに拠点を移して以来、クレー射撃のアスリート・シューターとして、ベレッタ・シューティングアカデミーの認定を受けたコーチとして、またプロのハンティング・ガイドとして活動していた。

除隊後間もなく、クレー射撃の道に入ったのは、民間で就職先を探していた際にある人物と出会ったのがきっかけだった。日本企業のクレー射撃部にコーチとして招かれていたプロのアスリート・シューター、イタリア・ロンバルディア州出身のカルロ・ベルルスコーニである。

当時、日本に住んでいたカルロは、吉良と加成屋がバッシングされるニュースを見て、「強盗をやっつけて人質を解放した兵士に勲章を与えないのは日本人くらいのものではないか」と思ったという。「これでは兵士になろうとする日本人がすっかりいなくなってしまうだろう」と。

カルロには母国の警察官や兵士の知り合いが大勢いた。中にはクレー射撃やスキート射撃のアスリートとして活動する者もいた。武装した相手を射殺した人間も、多くはいないが、ゼロでもない。吉良が受けたバッシングには腹を立ててもいた。

「体の軸を支える強靭な下半身、プレッシャーに耐える精神力、優れた動体視力など、まさにクレー射撃に求められるものを吉良は全て備えていました」とカルロは吉良をスカウトした理由を述べた。

「どう考えても彼は優れた選手になると確信しました」

だが日本企業は、吉良を選手として迎えるというカルロの考えに、難色を示した。当時の状況からして、企業のイメージアップに貢献する人物とは到底思えなかったからだ。

代わりにカルロは、吉良をイタリアに連れて行くことにした。アスリート・シューターの世界に入り、彼が懇意にしているベレッタ・シューティングアカデミーや各地の射撃場などで働かないかと誘ったのだ。

吉良はこの思いがけない申し出に驚いた。スポーツとして銃を扱うことは考えてもいなかった。除隊後も銃を持つことでまたバッシングされ、母や周囲に迷惑をかけるのではないかと不安を覚えた。

だがカルロの熱心な誘いに、結局応じることにした。「イタリアであなたが批判されることはないと断言しますよ」と彼は流暢《りゅうちょう》な日本語で言った。彼が語るアスリート・シューターの世界に、吉良は興味を抱いた。過酷なトレーニングを乗り越え、百発百中を目指す世界のシューターたちの話には、正直なところ胸を熱くさせられるものがあった。

吉良は、イタリア語をみっちり学習してのち、カルロに連れられてイタリアに渡った。カルロの協力のもと、現地の就労ビザのほか、ガンクラブ入会証、シューティングアカデミーの認定証、銃所持許可証、運転免許証等を取得することができた。

以来、イタリア国内外の複数のクレー射撃大会をはじめ、様々なシューティング・イベントを経験した。成績はかなり良かった。どこでも日本で行った銃撃戦を称えられた。人殺しの技術を身につけた同国人殺し、といった批判をする者は皆無だった。

やがてアスリート・シューターとしてだけでなく、ガイドハンターの資格も取った。吉良が新たな暮らしを得たその世界では、銃は生活の道具であり、スポーツの競技であり、そして金持ちたちの観光のお供だった。

シューティング・イベントで出会った女性と付き合うこともあった。久々に真木から電話があったときも、吉良は同世代のエミリア・ロマーニャ州出身の女性ジーナ・ロッシとのデートの下調べのために車を走らせていた。

真木からの電話に、吉良はさして驚かなかった。自衛隊を除隊してのちも、たまに連絡があった。吉良がシューティング・アスリート仲間の勧めでフェイスブックにアカウントを作ったときも、当時フランスにいた加成屋だけでなく、真木ともすぐにつながった。

毎年六月十二日に、吉良は加成屋と連絡を取り合い、互いの状況を報せた。二人がレンジャー訓練をやり遂げて練馬駐屯地へ帰還した日を二人は「行進記念日」と呼んでいた。ダイヤモンドと月桂冠の徽章を返上した二人にとっての、ゆいいつの勲章だった。

カードを送り合うだけのこともあれば、日本で再会を祝うこともあった。うち二度も、真木が顔を見せてくれた。その二度とも、真木から国内の治安の悪化や銃社会化について聞かされた。今なら吉良と加成屋が批判されることはなかった、などと真木は言った。吉良も加成屋も、それについては疑問だった。二人にとって、日本の風潮はいつも変わらず昔のままに思えた。

「次の六月はだいぶ先ですよ」

吉良は、ローマのテベレ川沿いに車を停めて真木と話した。近くにスマッシュ・アリーナという、ペイントボール・シューティング場があった。ガールフレンドのジーナは、十二歳のときから銃に親しむシューティング・アスリートで、世界選手権の出場経験者だった。ペイントボールを撃ち合って汗をかこう、とジーナの方から吉良を誘った。そのあと食事をし、ワインを飲み、そして別の汗を二人でかこうとも。シルクのシーツの上で。ジーナは熱心なカトリックだが、親密になった男に対しては遠慮することがなかった。

《あくまで臨時措置だが》と真木は前置きして言った。《七年前の君たちの働きをもとに警視庁で特殊捜査班が結成される。参加してくれないか》

「民間人ですよ」

《民間登用だ》

「七年前とは違う人間です」

《先週の大会の記事を読んだよ。グーグルに翻訳してもらったから文章がおかしなところもあったが、君が今も変わらず優れた射手であることはよくわかった》

「加成屋も誘うんですか？」

《ああ。君と加成屋くん以外にもあと一名に打診する予定だ》

「加成屋は受けますかね？」

《さて。君はどうする？》

吉良は、様々な動物がいるラゴッテロ公園の景色を眺めていた。その向こうにローマ・ウルベ空港がある。そしてふと、日本で強盗集団を追いかけたきっかけも、デートの下調べだったことを思い出していた。

日本の警察に協力すると言ったら、ジーナは「馬鹿じゃないの」と言うだろうと思った。なぜ自分を追い払った国のために危険な仕事をするのかと。アスリート業に比べて、きっとまったく儲からない仕事を。

吉良は、自分を今の世界に招いてくれたカルロに心から感謝していた。第二の父親であるとさえ思っていたし、特に彼の誕生日では乾杯のとき彼をパパ・カルロと呼んで感謝するのが当たり前になっていた。華やかなシューティング・アスリートの世界で、吉良は新たな目標と、豊かな生活と、大勢の仲間と、そして数々の称賛を得た。

だが使命感は得られなかった。

亡き父が赴いたような誰かの命を守る任務はなかった。

気づけば吉良は、長年口にすることを避けていた言葉を、真木へ返していた。

「レンジャー」

「あなたを追って日本に行くかも」ジーナはにっこりして言った。「あなたに素敵なキモノを買ってもらうためにね」

それがポーズに過ぎないことはわかっていた。ジーナは情熱的で、自己主張がはっきりしていて、そして経済的な面では現実的でドライな考えを持つ女性だった。自分が「薄給の公務員の仕事」を辞めて再びアスリートとして戻って来ない限り、電話一つ寄越さないだろうという吉良の予想は当たっていた。

カルロは、吉良が一時帰国するという急な報せに目をまん丸にして驚いたが、「お前が本物の戦士であることを、日本人が今度こそ感謝することを祈っている」と言って、準備を整えた吉良を空港まで送ってくれた。ジーナとシュータ一仲間も大勢来て、イタリア人らしい親身で大げさな別れの挨拶とともに、吉良は帰国の便に搭乗した。

真木から連絡を受けた十日後、吉良はドイツ経由で羽田空港に到着した。そこで先に帰国していた加成屋が、レンタカーを借りて迎えに来てくれていた。

トランクに荷物を入れる吉良に、加成屋が言った。「変わってないよな、この国」

「いや」と吉良は空港へ顎をしゃくった。「MP五を持った警官を日本で初めて見た」

それはドイツで設計開発された、れっきとした短機関銃だ。全長五十五センチ、ストックを展開しても七十センチで、重量は三キロ余だが、きわめて扱いやすい。十発から三十発超の拳銃用九ミリ弾を装填し、拳銃弾との互換性という優れた利点もさりながら、反動の小ささ、制圧力の高さ、そして百メートルレンジでの命中精度は群を抜き、世界中の対テロ部隊や特殊部隊の必需品とも称される優れものだ。大人気商品であることから多数のモデルが開発され、うちMP五AやMP五Fといった仕様のものが日本国内の様々な部隊で採用されている。空港警備のため東京空港警察署が配置する特殊警戒班の人員が、堂々と抱えていたのもその一つだった。

「前からけっこういるよ」加成屋がトランクの蓋を閉めながら、七年前と変わらず吉良の言うことに反論した。「今まで目立たないようにしてただけだって」

「銃を目立たせるなんて、日本じゃなかったことだ」吉良もさらに言い返して助手席に乗った。間違っても加成屋が運転してくれと言い出すことはないとわかっていた。

「バディを持ったやつは相変わらず奥に引っ込んでるよ」加成屋が引かずに言って運転席に乗り込んだ。「レンタカー代は奢ってやるよ。高速代はもらうけど。両替はした？」

「カードがある。アメックス使えるだろ」

加成屋が口笛を吹いて車を出した。「吉良がカード持ちだよ。変わったねえ」

「ヨーロッパかぶれみたいなリアクションすんなよ」

「ヨーロッパかぶれなんだから仕方ないだろ」

「変わったって言えば、第一偵察隊がなくなったんだってな」

「吉良が日本のニュース知ってるの、珍しいな」

「本池三佐がフェイスブックで書いてた」

「第一偵察戦闘大隊に再編だよ。本池三佐も勝長一佐も朝霞《あさか》駐屯地に再配置。偵察と戦車に分かれてた特技もだいぶ変更されるでしょ。まさか練馬の古巣が本当に消えるとはね。ちょっと寂しいよな」

「そうでもないよ」と吉良は言った「非合理的な運用をされるより良いだろ」

「ほんとドライだね、そういうとこ」

「最近はどこにいたんだ？　フランスでレースか？」

「まあ、そういうのもやってるよ。金ばっか、かかるけど。そういや、日本で住むところは見つけたのか？」

「真木さんが寮を使わせてくれるって」

「相変わらずケチだね。おれのマンション、部屋空いてるから使うか？」

「賃貸？」

「区分所有者」

「買ったのか。何で稼いだんだ？」

「まあ、いろいろね」

「フランス外人部隊《レジオン・エトランジェール》だっけ？　ずいぶん儲かるんだな」

「年収一千万いかないよ。スポンサー付きのアスリート様が何言ってんのさ」

「スポンサー付きのレーサー様だっただろ」

「お前と違って車に金がかかるんだよ」

「本当は何してたんだ？」

「砂漠で十八時間ぶっ続けで運転したことがあるよ」

「お前ならやるだろ。レーサーなんだから」

「パリダカに出りゃそうだけど、レースなんて二、三時間で終わるよ。それだって、めちゃくちゃ金かかるんだから」

「二時間も同じ場所をぐるぐる回るんだから変態だ。他に何した？」

「戦闘ヘリを撃墜したり」

「ヤバいことしてるなお前」

「支給された正規品を撃っただけ。密輸品で撃ったわけじゃないんだから」

「とんでもねえな」吉良は感心した。「ガチの対空戦闘かよ」

「その話はよそう」加成屋が真顔で言った。「お母さんは元気？」

「ああ。もう少ししたら年金もらって、地元の友だちとのんびり暮らすって言ってるよ」

「うちはまだ頑張るってさ。おれが店継がなかったから」

「車とかタイヤの形した和菓子作れよ」

「冗談じゃないよ」

「で、何やってたんだ？」吉良が改めて訊いた。

「喋ると契約違反になるんだって」

吉良は長々と口笛を吹いてみせた。「よっぽどヤバいことしてんだな」

「ヨーロッパかぶれみたいな反応するなよ」加成屋が顔をしかめた。

「かぶれてんだから仕方ないだろ」吉良は笑って言った。

加成屋が購入した2LDKのマンションは田町にあった。

吉良は、物置になっていた一室に荷物を置いた。それ以後、務めが終わるまでそこに居座り続けることになった。

「ヤバいなお前」吉良は加成屋が購入したマンションの部屋をあちこち偵察して回って言った。「何して稼いだんだよ」

「正規契約」とだけ加成屋は言い、冷蔵庫から缶ビールとつまみを出してダイニングテーブルに並べた。「ヤバいのはこの国だって。ユーチューブとか見る?」

「最近はインスタばっかだな」吉良が椅子に座って缶ビールを手にした。

「は、セレブかよ」加成屋が鼻で笑って缶ビールのプルタブを引いて差し出した。「アスリート様はこれだから」

「周りに合わせてるだけだ」吉良が缶を打ち合わせ、それからプルタブを引いた。「ユーチューブがどうしたって?」

「日本戻って、何日間かいろいろ調べたけど、ヤバいね」

加成屋はそう言って携帯電話のアプリで、いくつかの動画を吉良に見せた。一つは『Attica!!』とやたらと連呼するもので、何週間か前に国内で発生した武装強盗の監視カメラ映像などの報道映像を継ぎ接《は》ぎした、『ＫＯＲＯＵ９９・虎狼九十九《つくも》』というユーチューバーが、事件について語り、現場から逃走した強盗犯たちを褒め称えていた。

「ああ、アッティカ。アル・パチーノの『ドッグ・デイ・アフタヌーン』だっけ」

吉良は言った。ニューヨーク州の刑務所の囚人暴動を示唆する『アッティカ』という言葉を、銀行強盗を題材にした映画で主演俳優が連呼する際の音声を転用しているのだ。

「お前ね、『狼たちの午後』って言えよ」

「そんな題だったか？」

「日本じゃそうなんだよ」

吉良は肩をすくめた。動画ではKOROU99が、強盗で奪った金の一部はLGBTQの支援団体に寄付されたと主張していた。「性的少数派への差別を続ける保守政党が支配する政府との戦いの一つ」であるのだと。実話を元にした映画『狼たちの午後』で、主人公が恋人の性別適合手術のために銀行強盗を試みたことや、映画の収益の一部がその恋人に実際に提供されたことに言及した。そして今回の強盗も「ジョン・レノンやマザー・テレサが生きていたら『いいね！』をクリックしたはず」と言い張った。

「するか、タコ」吉良は呆れた。「どこかの団体が、犯罪で得た金をもらったってことにしたいのか？　回りくどいゲイ差別っぽいことしやがって。なあ、この事件——日本で起こった方だが、民間人が死んでるよな？」

「銀行職員二名、現金輸送車を担当していた警備会社職員四名、通行人一名が死亡」加成屋が淡々と言った。「全部、政府と警察のせいだってさ。やむを得ざる戦闘ってやつ」

吉良は口をへの字にして鼻息をついた。自分は同様に戦闘を行ってさんざんバッシングされたのだ。

「ずいぶん狂った国になったたな」

他の動画では、ホスト系強盗団サポーターを自称する『歌舞伎町ウルフ』というユーチューバーが、THE HUというバンドの『ウルフ・トーテム』という歌を勝手に流用して強盗を賛美していた。お前たちがどんな風に攻めようともチンギス・ハンのようにお前たちを殺す、と警察に警告する動画だ。

「人が作ったものをよく平気で使うな」吉良はまた別のことに呆れた。

「それでよく削除されるけどね」加成屋は肩をすくめた。「過激なフェイクだからって理由とは別に」

動画では、揃いの馬と鹿のマスクをかぶった強盗集団が、どこで手に入れたのか特殊閃光弾と催涙ガス弾を次々に投げつけて警察の機動隊員を「鎮圧」する様子が映されていた。

「強盗が特殊弾使って逃げただけだろ。なのに警察は弱ってるから攻めるチャンスだって言って扇動してるわけだ」吉良が呆れ顔で言った。「この強盗団のサポーターって、百万以上も再生数稼ぐのか。とんでもないな」

「一千万いく動画もあるよ。このサポーター系の他に、解説系ってのがあるんだよね」

加成屋が見せたのは、いかにして武装強盗がなされるかという、まるでどこかの工場の仕事でも紹介するような動画だった。

まず武器の流通を担う者たちがおり、売買された武器の保管と組み立てを行う者たちがいた。そうした武器を渡されるのは「勇気と実力と使命感に富んだ」らしい、使い捨ての末端人員だ。ときには「政府の犠牲になった路上生活者」に声をかけ、そうした実行犯に仕立て上げることもあるといい、「この国のために戦う人たちを応援します」とそのユーチューバーは言っていた。

かと思えば、国を憂える自称ジャーナリストによる動画もあった。デリヘル業者などセックスワーカーの女性が、過去二十年にわたり、銃密売の流通ルートの一端を担わされていると訴えていた。

「昔からあったことですが、こんなに大規模に行われるようになるなんて」と、そのジャーナリストは嘆息し、「政府と警察が、意図的に銃を流通させ、利益を分け合っているとしか思えません。強盗団はその銃を奪い、一矢《いっし》報いていると言えます」と馬鹿げた推測を述べた。

下らない解説のオンパレードだが、現実に行われている犯罪の構造については確かに有力な情報を提供してくれていた。規制をかいくぐるためのダークウェブの活用、完全に匿名でやり取り出来るアプリの存在、強盗で得た金のマネーロンダリングとしてホストクラブやキャバクラ、はたまた仮想通貨取引が活用されていることもわかった。

どの動画も、奪われた金が保険で賄われることを根拠に「銀行強盗は悪事ではなく世直しである」などと、おかしな大義名分を強弁していた。社会の何が改善されたかは不自然なほど説明しない。他方で、極右と極左のグループが「正義のために協力して戦う」など、プロレスのショーじみた印象操作の手法も活用されていた。やっていることは馬鹿げているが、情報戦において巧みである点が不気味だった。

「昔は右派も左派も、ヨーロッパで強盗や恐喝を働いたって聞いた」吉良は言った。「日本でも、政治団体が銀行や大企業を標的にしただろ。それと似てるんじゃないか」

「そのものだよ」加成屋も珍しく吉良に同意した。「一般市民が抱く不満をエクスキューズにして、犯罪を正当化する手法は珍しいものじゃないし。どの動画も妙に主張が共通してるから、背後にPRマンがいてもおかしくないと思う」

「紛争当事者の片方を敵に仕立て上げるプロか？　儲かりそうだよな」

「信じられないくらい儲かるらしいね。まあ、税制改革反対のデモ隊に発砲した件については、さすがに批判的な意見が多いね。なんせお金がない人たちを攻撃したんだから」

「そんなことしたのか」

「自称、右派系の武装集団がやらかしたってさ。あと、強盗集団同士の抗争もエスカレートしてるみたい」

「潰し合いで自滅してくれるのを傍観してりゃいい、ってわけにもいかないか」

「かなり組織立って連携が取れてるから、片っ端から自滅するってことはなさそう。そうなるとしても、その過程でかなりの民間人の被害が生じるだろうし」

「どっちにしろ、この連中にとっちゃ全部『正しい人殺し』なんだろうな」吉良は淡々と、その皮肉な言葉を口にした。

「七年前、吉良が撃ち始めたときに比べて、悪い意味でだいぶ変わったろ」

「あのとき撃った弾数は、お前のほうが多いだろ」

「援護射撃なんだから当たり前だ」

「あのときみたいな感じの仕事になりそうだな。情報収集はこのくらいにして、なんか普通に面白いもの見せろよ」

「じゃあ、これ聴こうか。日本で流行ったたってやつ」

加成屋が動画のサムネイルをタップした。「うっせぇわ」と連呼する動画を視聴しながら、吉良は真顔でビールを飲んだ。動画が終わると、「上官の前で歌ったら連帯でボコられるやつだ。良いパンクだな」と言った。

「面白いよな。こういう部隊、よくない？　天才ですけど何か、みたいな」

「お前、フランスで頭のネジ外れただろ」

「え、普通だよ」

「どうやって戦闘ヘリを墜としたんだ？」

「スティンガーだよ」

決まってるだろう、というように加成屋がぽろりと口にし、ぱっと口元に手を当てた。アメリカ製の携帯式防空ミサイルの名称だった。エイなどが持つ毒針にちなんだ名で、高性能な誘導式で知られ、一撃離脱、一撃必殺の代名詞ともなっている兵器だ。

「マジか」吉良は目をみはった。「実物を発射したのか？　フランス国内じゃないよな？」

加成屋は頭上を仰ぎ、「アフリカ」と呟くように言った。

「マジでヤバいな」

「うん。マジヤバかった」加成屋はそう言って、ニットの上着を脱ぎ、シャツをまくって背中と脇腹の傷痕を見せた。「ヘリの機銃で撃たれた」

「よく生きてたな」

「二ヶ月、病院にいたよ。その間ずっと、おれを撃ったやつを殺すことを考えてた」加成屋はそう言って当時の思いがよみがえるのを拒むように頭を掻いた。「もう低空飛行で襲撃されてさ。パイロットと射手の顔が見えたんだ。仲間と一緒に全力で逃げたんだけどね。あ、撃たれるって思った瞬間、実際に撃たれた。仲間は死んで、おれは運良く生き延びて救助された。で、こう思うのをやめられなかった。おれたちを撃ったあいつらを殺す。家族ごと皆殺しにしてやる。全員捕まえて吊してやるって。で、これは違うなって思って、自分が元に戻るまで戦うのをやめた」

加成屋が淡々と告げる言葉に、吉良は共感を込めてうなずきながら、さらに尋ねた。

「戦線復帰したあとは？」

「冷静にやれたよ。必要なことだとわかってた。戦術的にじゃなくて、戦況的にっていうのかな。六日間、岩と砂に囲まれて、他の三名と待ち伏せした。みんなベーコンみたいに干涸《ひか》らびてた。で、七日目にヘリが来た。おれたちの奇襲は成功した」

吉良はまたうなずいた。加成屋が、シヴィリアン・コントロールについて語っていることはわかっていた。制御を受け入れる意思と能力について。個人的な報復が戦闘の動機になった時点で、兵士ではない別の何かになるしかなかった。だが加成屋はそうならなかった。七年前に強盗を追跡して戦闘を果たした自分のままでいることを成し遂げたのだ。

「故に、進みて名を求めず、退きて罪を避けず、唯民を是れ保ちて、利を主に合わせるものは、国の宝なり」と吉良は言った。

賢明な政治指導者は慎重で、軽挙妄動を避ける。そうした指導者があれば国家は安泰だという孫子の言葉だ。「主は怒りを以て師を興すべからず。将はいきどおりを以て致すべからず」ともある。目的を達成するために武力を行使するべきであり、それ以外の目的で行使することは不利益を生ずる。憤激に従って得る喜びなど、被害の方が大きい、という警告だった。

「ほんと、かぶれてんね」加成屋が呆れた。「孫子とか、マジでエリートぶってるし」

「かぶれてねえよ。高校で読んだろ」吉良も呆れて返した。

「なあ、この七年で何人撃った？」だしぬけに加成屋が訊いた。

「撃ってない。皿なら何千枚も撃った」

「そうなんだ」

「残念そうな顔するな。前より腕は上げてるし、人間以外ならけっこう撃ってる」

「何撃ったの？」

「鳥が多いけど、象とかピューマとかも、な。馬鹿でかいライフルの使い方を覚えたし、金持ち相手のヘビーハントのツアーは実入りがいいんだ。大きな声じゃ言えないが」

「ほんとセレブだな。動物愛護派からしたら犯罪だぜ」

「密猟はしてねえよ。お互い、大きな声じゃ言えないことやってたわけだ」

「これからやることもそうだろ。特殊部隊なんて、普通は存在を隠すもんだし」

「隠さなかったら特殊部隊じゃない。日なたに出ちゃいけない仕事だ」

2

二人の予想は外れた。

隠されたのは世論を変えるための施策であるという意図だった。その班は当初から広報とセットだったのだ。犯罪者を賛美する世論を変えるため、あえて世間の注目を惹くことを企図した、「戦闘広報部隊」とでもいう性格を当初から有していた。

真木警部は、花田警視とともに、警視庁の組織犯罪対策部内に、銃器事犯統轄捜査本部を設置した。その上で、専属として特別銃装班（ＳＧＵ）を設定し、「事件の状況と進捗に応じて柔軟に運用する完全遊撃隊」とした。

以後、特別銃装班と連携あるいは情報共有を行った主な部隊は、以下の通りである。

総務部――広報センター。

交通部——交通機動隊。
警務部——庶務担当、人事第一課。
警備部——第一課、特殊部隊（ＳＡＴ）、航空隊。
地域部——通信指令本部、自動車警ら隊、鉄道警察隊。
公安部——公安機動捜査隊。
刑事部——鑑識課、機動捜査隊、捜査第一課、特殊犯捜査係（ＳＩＴ）、捜査第二課、捜査第三課、科学捜査研究所、捜査支援分析センター。
生活安全部——生活環境課、サイバー犯罪対策課。
これらの組織と連携し、情報を収集整理した上で、臨時運用班であるＳＧＵが出動することになった。ただしあくまで「政治色がなく、特殊犯罪等の他班の分掌に属しない凶悪銃器事犯」に対応することが主眼とされた。銃器事犯から政治色を拭い去ることなど無理筋ではあるのだが、表面上はそのように言いつくろわれた。
また、「他班の分掌に属しない」というのが具体的にどういった活動であるかは、実働するまで不明のままだった。どこまで成果を挙げることが可能か、現場指揮官をふくめ「実働させるまでわからなかった」というのが実情だ。
その成果は、「当初の想定以上のもの」となった。あらゆる面でそうなったのだ。
秋がいよいよ深まるその日、真木警部は、警視庁の捜査本部となった講堂に、銃装班員として招集された人員を集めた。それがメンバーにとっての初顔合わせの場となった。
男性七名。女性一名。二列に並べられた長机と椅子に班員となった面々が座ると、花田警視が缶コーヒーを片手に彼らの前に立った。

「本官は、当捜査本部統轄者の花田警視である」と言って、笑った。「ちなみに本官なんて言う警察官はいないからな。じゃ、自己紹介してくれ。真木、お前からだ」

真木警部が咳払いをし、花田に代わって、厳粛な面持ちでみなの前に立った。

「真木宗一です。銃装特別班班長として、当班の指揮を執ります。任務についてはのちほど説明しますが、当班員においては、私から打診をした全員が、重責にもかかわらず参加を承諾されたことをここに感謝し、ともに任務を遂行することを嬉しく思っています」

そして「絵に描いたように立派な」と班員の三津木陽介《みつきようすけ》が評する敬礼をしてみせたため、花田をふくむ全員がつい、敬礼を返していた。

真木が手を下ろして言った。「では、みなにも自己紹介をしてもらう」

「もう解散するのかと思った」加成屋がこそこそ言った。吉良も同感だった。

「三津木さん」と真木が呼んだ。「お願いします」

「はい、真木警部」三津木が立ち上がり、「三津木陽介警部補です」と名乗った。

四十一歳。警部となるかならないか、というところで、本人いわく「スキル習得を優先したせいで昇進については立ち往生している」人員だった。FBIの訓練に参加するために渡米し、銃器の鑑識、射撃訓練、プロファイリングを学び、専門技術を全国の警察官に伝授するタスクフォースの一員となってのちも、ひたすら「興味の赴くまま」に技術習得に明け暮れる男だ。

「このたび特別銃装班員としての任務を承りましたのは、先月の健康診断でステージフォーの膵臓癌《すいぞうがん》が発覚し、余命幾ばくもないこの身をいかに国家国民のために用いるか、熟慮した末の決断であります」

　三津木が朗々と告げた。花田がぽかんとし、真木が愕然となった。他の班員たちが怪訝《けげん》な顔で注視するのへ、三津木は「馬鹿、冗談だよ」と笑って着席し、「じゃ、次は暁《あかつき》な」と言った。

　班で唯一の女性人員が立ち、男性全員を睥睨《へいげい》するように見回した。機動捜査課から追跡班に移った三十歳の巡査長である。ひとたび食らいついたら決して追うのをやめず、また狙撃手としても優秀であることなどから「トラバサミ」と異名されていた。相手が熊のように凶悪な相手でも、身動きできなくなるまで追い詰めるという意味だ。

「暁真奈美《まなみ》巡査長です」と仏頂面で名乗り、こう告げた。「現在、妊娠二ヶ月目ですが、国民の安全のため尽力したいと思います」

　花田が先ほどにも増して、ぽかんとなった。真木が驚愕して目をみはった。他の面々は言葉もなく、あえて表情を変えず、彼女を見つめていた。

「冗談です」暁が淡々と表情を変えずに言い加えて着席した。

「おいおい」三津木が彼女を振り返った。「おれの子かと聞くところだったぞ」

　暁が挙手した。「ハラスメント講習の申請をしてよろしいでしょうか」と眉を動かさず真木へ言った。

　真木が、二度咳払いをした。「ありがとう、暁巡査長。静谷、頼む」

　暁が手を下ろすのを待って、静谷がすっくと立った。

「静谷猛、巡査部長、機動捜査隊員。先年、組織犯罪対策部の特別捜査中、同僚の妻と不倫関係となったことが発覚して以来、閑職に追いやられていましたところ、真木警部に当班班員として抜擢《ばってき》を頂きました」

みなが冗談だと思って笑った。だが真木がきつく眉をひそめて静谷を見据えていることに気づくと、笑うのをやめた。

「警部の期待に応え、初心に返り、粉骨砕身の思いで任務をまっとうします」静谷が言った。「そして彼女の離婚が成立したときは心から愛し――」

「ありがとう静谷巡査部長」真木が遮って静谷を座らせた。「桶川《おけがわ》さん、お願いします」

ひょろりとした背丈の男が、やたらと猫背の姿勢で立ち上がり、みなを見回した。

「民間登用の、桶川劉生《りゅうせい》と申します。どうぞ一つ宜しくお願いします」そう言って、へへへ、と意味もなく笑った。「私、防衛装備庁の下請け会社でもあるスカイホープ株式会社の取締役かつ創業者の一人でして。エンジニアなもんで。射撃訓練とか免除してもらうのが条件で参加してます。ああ、はははは、冗談ですよ。射撃訓練とか、一応ね、ひと通り受けてますから安心して下さい」

誰も笑わなかったし、安心した様子も見せなかった。

「あー、説明しますとですね」誰にもそうしろと請われないまま桶川は言った。「私は、例のものの改良国産版の開発製造と、運用試験を担当してましてね。操作技術もですね、ライダーなんて呼ばれてるくらいです。チャンピオンシップなんかでも表彰されたりしましてね。あ、ちなみに我が社は、eスポーツのチーム、品川ライトニングも所有しています。私、そっちの方でもけっこう名が知られてたりするんですね。eスポーツに興味がある方、いませんか？」明らかに誰もいなかったので、桶川は話題を戻した。「それで、我が社が開発しているのはですね、防衛装備庁がさんざん嫌がって、経産省と財務省がなんだかんだ言ってる、あれです」

彼が言う「例の」「あれ」が何か、真木以外の誰にもわからなかった。

桶川は面々を見回した。花田が窓の外を見て缶コーヒーに口をつけていた。真木が桶川へ小さくかぶりを振った。残りは無表情に桶川を見つめていた。桶川は、期待に満ちた熱狂的な反応は得られないことを悟って肩をすくめた。

「軍事偵察用ドローン、ブラック・ホーネット。ノルウェーのプロクスダイナミクス社が開発した、軍用マイクロ無人航空機の、国産改良品です。僅か二十グラム以下の機体に、多種多様な機能を搭載。静音設計で、音もなく侵入し、犯人の頭上を跳び回り、三台ものカメラでとらえた映像をリアルタイムで、指揮官、通信センター、現場の戦闘員などと共有することを可能とします」

これでようやく班員たちが、班の最年少人員である桶川に関心を持った。

「警察でも自衛隊でも、機動偵察ドローン部隊の設立は急務です」桶川は勝手にそう断言した。「しかし長年、戦車一筋の防衛省関係者の手前、変則的な導入経緯とならざるを得ませんでした。また、都市部ではドローンそのものが規制の対象となり、いかに民間のドローンを警察のドローンで捕まえるかということが主眼となってしまいました。今回、真木警部よりご指名を頂いたことで、初めて、偵察機動力の主体としてのドローン運用の実効性を証明して御覧に入れたいと思います」

花田が窓枠に缶コーヒーを置き、おもむろに手を叩いた。桶川を黙らせるためだった。溜め息をつく真木以外、他の面々もそれに倣った。桶川はさも嬉しそうに顔を紅潮させて着席した。

真木が吉良と加成屋へうなずきかけた。吉良は「元自衛官のクレー射撃選手」と、加成屋は「元自衛官のレース経験者」と短く告げた。二人が過去に何をしてのけ、そしてどのように世論の平手打ちを食らったか、その場にいる全員が知っている様子だった。かつて吉良と加成屋の聴取に参加した静谷などは、順番に立つ二人へ、むしろ挑もうとするかのような敬礼をしてみせた。

「以上が、当班のメンバーだな。冗談みたいな面子《メンツ》だと思われんよう、諸君が活躍することを期待している」花田が、もうすでに冗談だと思っているような調子で言った。

真木がまた咳払いし、今度はプロジェクターの画像とともに装備と支給品の説明をした。

席に座る者たちが思わず目をみはる装備であり、吉良と加成屋はうっかり口笛を吹かないよう、しっかりと口を閉じていなければならなかった。

用意される拳銃からして多彩だった。世界のベストセラー製品であり、独自の撃発システムと自動安全装置によって「暴発しない銃」として知られるグロック・シリーズ。耐久性の高さで知られ、水没しても作動するシグ・ザウエルP二二六。携行のしやすさ、装弾数の多さ、そして誤射を防ぐ安全装置で知られ、熟練者でなくとも扱いやすいことから人気を博すベレッタM九二。銃身回転式を採用してコンパクト化し、四種の弾薬を使用できるベレッタPX四。アメリカ警察の支給拳銃であったM一九一一の軽量版であるコルトコマンダー。ホルスターは腰、脇、太股《ふともも》用のものがそれぞれあり、個人の特技に従って選択することができた。より多くの銃を身に備えたい者には複数支給されるとのことだった。

全員の装備が均一でない時点で、警察のどんな部隊のあり方からも逸脱している。個人の裁量に任せがちな、アメリカの保安官事務所のような装備方針だと誰もが思っていた。

自動小銃では、バディこと八九式五・五六ミリ小銃が吉良と加成屋のために支給されるほか、M四カービンの強化型と謳《うた》われるＨＫ四一六アサルトライフルが用意された。

狙撃銃は、レミントンM二四ＳＷＳ。ボルトアクション方式の王道と言われる、光学照準器やパラシュート投下用ケースなど関係装備がセットで開発されたライフルだ。

機関銃は、特殊部隊の必需品たるＭＰ五に加え、きわめて小型化されたイングラムＭ一〇、同様に拳銃サイズにまで小型化されたマイクロウージー。

ショットガンは、警察特殊班の支給品である他、陸上自衛隊の特殊作戦群、海上保安庁の特別警備隊でも採用されているポンプアクション式のレミントンＭ八七〇。

「これらの装備のいずれにも、紛失盗難防止用の紐であるランヤードを装着するためのリングはついていない」

真木は大真面目に告げた。だが複数の銃を装備するのだから当然で、三津木が笑いをこらえるために口角を上げていた。真木の生真面目さがおかしくて仕方ないのだ。

銃以外の品も豊富だった。まず特殊音響閃光弾あるいはガス弾が用意された。

犯人拘束のための樹脂製手錠も支給される。結束バンドのようなもので素早く固定できるし滅多なことでは切れも外れもしない。ヘッドセット型の通信用小型無線機と、ワンタッチで操作できるＰＴＴ装置は、いずれも特殊部隊用の品だ。

防御は、フェイスシールドつきＭＩＣＨ二〇〇〇と、抗弾プレート入りボディーアーマー。衣服は対テロ装備に準じ、いずれも耐火性・難燃性・防刃性に優れた、上下のアサルトスーツ、バラクラバ（頭部保護フード）、弾倉などを収納するタクティカルベスト、特殊部隊用タクティカルグローブ、野戦用タクティカルブーツ。さらには一見して普通のスーツにしか見えない、ＳＰが着るようなタクティカルスーツまで用意された。

「さらに民間登用組には、巡査扱いとして、階級章三個、識別章三個、手錠一個、警察手帳一冊、警笛一個、警棒一個が支給される」

この真木の言葉に、警察組が一様に面食らった。

「パーまで渡すのか」三津木が民間登用組を振り返って言った。「お前ら、絶対なくすんじゃないぞ。というか庶務の金庫に入れといてもらえ。もしなくしたら班どころかここの上層部まで責任が問われるくらい面倒なことになるからな」

「えっと、なんですか、パーって？」桶川が訊いた。

「警察手帳だ」と静谷が説明した。「今はほとんど手帳なしの折りたたみ式身分証入れだが」

「なんでパーって言うんです？」桶川が質問を重ねた。

「ぱっと取り出して相手に見せて、またぱっと引っ込めるからだよ」三津木が言った。

「またまた」冗談だと思って桶川が暁へ笑みを向けた。

暁にじろりと見つめ返され、桶川が首をすくめた。「なるほどわかりました」

吉良と加成屋が、目を見交わして互いに相手に近いほうの肩を持ち上げた。自衛隊もそうだが、警察のような組織は「自分たちとそれ以外の人種」を見分けるための隠語を作りがちだ。その一つ一つを覚えることも仕事になりそうだった。

真木がまた咳払いした。注目を集めるときの癖なのだ。

「三津木警部補の言う通り、警察手帳やその他の支給品は形式上発行せねばならないが、紛失は大問題となる。そのため私が管理し、必要に応じて渡す」

だが吉良は、偵察で必要になりそうだな、と直感した。加成屋も同感だった。警察手帳はただの身分証ではない。一般市民に協力を促したり、威圧して情報を得ることにも便利だろう。情報収集のためには有用な品に思われた。

「また我が班には、スカイホープ株式会社から提供されたガンレコード・バッジが支給され、出動時には全員の装着を義務づけることとする」

これについては三津木が逆に桶川へ訊いた。「なんのバッジだって？」

「ガンレコード・バッジ、通称ガンレコ」得意げに、かつ勿体ぶったような軽薄な調子で桶川が言った。「アメリカの警察官や急襲部隊が装着するボディカメラの小型改良版です。これ、行動記録システムの他に、通信システムと、発砲音を自動検知するシステムも備えているんですね。発砲音を検知すると、通信指令本部の特別通信ラインに自動的につながってカメラが作動を始めます。特別通信ラインを中継して全員の通信が可能ですし、専用アプリを用いて、携帯電話やタブレットなどで、互いのガンレコの映像をリアルタイムで共有できるんですね」

「へえ」と三津木が言った。「勝手に犯人を見つけて撃ってくれる銃も造ってくれよ」

「いいですねえ」桶川が朗らかに笑った。「相貌認識システムさえあれば、パトカーやロボット犬、ドローンやヘリなどに、オートタレットを搭載できます。一般化したら、犯人を検知し次第、即射殺可能ですよ」

「冗談じゃない」静谷が眉を逆立てた。「そんな狂ったものを造られてたまるか」

「はあ」桶川は何が悪いのだろうと不思議そうだ。

暁が、その桶川ではなく、三津木をじろりと見た。馬鹿を焚きつけるなと言うのだ。今度は三津木のほうが首をすくめていた。

「テクノロジーってすごいね」加成屋が小声で呟いた。「そのうち本当にロボットと戦うことになりそう」

「その前に、携帯電話の画面を見ながら戦闘することになりそうだな」吉良が早くもその点を予期して口にした。

車両については、覆面パトカー三台、覆面バイク三台が配備され、航空隊の小型航空ヘリ一機と常に連携が取れる体制が敷かれているとのことだった。街中で、自前の車を用意しなくていいというのは吉良と加成屋にとって初めての体験だ。「しかも警察の車を運転できる日が来るなんてね」加成屋が感慨深そうに呟いた。

「なお、当班では勤務の他に、訓練が義務づけられる」真木が、装備以上に重要だとでもいうように告げた。「神奈川県横須賀市に駐留する、NCIS（米海軍犯罪捜査局）の極東方面本部の協力のもと、射撃、捜査、追跡、突入の訓練が実施される」

SITなども同様に、米海軍から手ほどきを受けている、と真木は言った。かねてアメリカは日本の警察に様々な知識や機器の提供を行ってきた。在日米軍が存在する日本で、治安が悪化の一途を辿るというのは憂慮すべきことなのだ。

「現時点では、訓練の進捗に従い、任務の内容が異なってくる。みなには一日も早く、一体的な連携を身につけ、あらゆる事犯に対応できるようになってほしい」

おや、と吉良恭太郎は思った。

射撃訓練のため、支給品の受け渡し場所に行くと、どこかで見た女性警察官がいた。

女性は、ペーパーホルダーに挟んだ紙に何か手書きで記入し、てきぱきと班員に銃と必要な装備を渡していった。そして吉良の番になると、手を止め、顔を上げて目を丸くした。吉良も、そこでやっと相手が誰であるかわかり、「あっ」と声を上げていた。

七年前、吉良が救助した、橋本水紀だった。当時は巡査部長だが、警部補に昇進しており、警務部の庶務担当を務めていた。

「吉良恭太郎さんですよね」橋本警部補がそう言って深々と頭を下げた。「その節は、生命を救って頂いたにもかかわらず、ろくに御礼も申し上げられず、すみませんでした」

「いいんですよ」それどころではなかったので、助けたことすら忘れがちだったし、と吉良は心の中で呟きつつ言った。「こんなところで会うとは思いもしませんでした」

「私も。まさか警察にご協力頂けるなんて。てっきり同姓同名と思い込んでいました」

「真木さんに呼ばれました」吉良は自分でも驚くほど嬉しさを覚えた。「健康そうでよかった。警務部に移られたんですね」

「一部、障害が残って。長時間の運転は無理なんです」

橋本警部補が、襟の上から過去に撃たれた箇所に左手を当てた。吉良は失言を悟ったが、橋本警部補は気にせず微笑んでいた。その左手の薬指に指輪がはめられているのを見て、吉良は再び嬉しさが込み上げてくるのを感じた。

警察が、彼女を見捨てなかったことに安心させられていた。せっかく助けたあとの彼女の人生が、孤独で悲惨なものになっていなくてよかったという安心だった。実戦で負傷した海外の兵士には、そういう者が多いのだ。退役軍人の集まりでは、怒りと孤独を募らせる者のためのセラピーが必ず設けられるほどに。

「あのとき吉良さんに銃を渡したのは、正しい判断だったと今も信じています」橋本警部補は言った。「あのまま強盗犯に命を奪われるのではなく、自分を救助してくれた方が自衛官だったという幸運に賭けてよかったと思っています」

そんな風に、ありがたい言葉で報いてくれる彼女が、今後、吉良が使用する強力な銃を管理するのかと思うと、奇妙だが心地好い因縁を感じた。彼女の銃を使ったときのような緊張に満ちた射撃は、その後のクレー射撃で何度も味わっている。だが負傷者の血の温かさと脈を手に感じながらの射撃は、あれがゆいいつの経験だった。

一方の手で守るべき命を感じ、他方の手で命を奪う。それが自分の務めであることを、橋本警部補との会話が確信させてくれていた。

「武器管理の担当と良い感じだったじゃないか」加成屋がにやにやした。

「阿呆か」吉良は馬鹿馬鹿しくなって返した。「指輪してるだろ」

「ときにはモラルより大事なものがある」静谷が真剣な様子で割って入った。「民事ではおおごとになるが犯罪ではないんだ」

吉良も加成屋も、静谷の主張に対して何の意見もせず受け流した。

彼らは武器を携え、厳重に場所を秘匿された訓練所へ向かった。武器の運搬方法も完全に機密だった。

訓練に協力したＮＣＩＳのアンドリュー・ナラザキ先任曹長の評価によれば、特別銃装班のメンバーは「驚くべき速度でまとめ上げられて」いった。「ばらばらで個性的な紐を撚《よ》り合わせて、一本の強靱なロープにするのに何の苦労もなかった」と。

「みんな、やることも考えることも違いすぎて、かえってわかりやすかったよ」と三津木警部補は言った。「ポジションを奪い合ってぶつかることもない。お互いが得意なことに専念するだけで、自然と班員のサポートになる。まずもって、班員を揃えた真木警部の人事能力がずば抜けてたってことだ」

訓練は真木が告げた通り、射撃、捜査、追跡、突入のスキル習得を主眼とした。チームワークを前提としたスキルである。ロープ降下訓練やＩＥＤ（即製爆発装置）の講習でさえ、班の誰が何をすべきかはおのずと明白だった。

「意外だったのは」と暁巡査長は言った。「会議室では無駄にべらべら喋るでかい幼稚園児みたいな電子機器オタクが、訓練では有能な通信指令員になることでした」

桶川自身は、射撃にも自信があると主張した。「射撃場は、僕がアメリカで共同技術開発をしていた頃、最高のストレス発散の場でした」

銃に関しては誰も彼を信用しなかった。的を撃つ技術は確かにあったが、突っ立ったままでのことだった。それも一発一発、やたらと時間をかける。しばらく撃つと、手が痛いと訴えて銃を置いてしまう。俊敏さも体力も忍耐力もなかった。

だが、桶川は天才だった。目と手と頭の使い方が、誰の追随も許さぬほど洗練されていた。彼は自身が開発を主導した超小型偵察用ドローンとその操作用アプリおよび通信指令アプリとｉＰａｄで驚くべきことをやってのけた。巧みにドローンを操作するだけでなく、誰にも気づかれず偵察し、適切な情報を仲間に送り、取るべき行動の選択肢を伝えた。仲間の五人の位置と行動を常に把握しながらのことだ。

「偵察のありがたさを自分が味わうなんて変な気分です」吉良はそう言って笑った。「左腕の内側に端末を装着するんですが、自分のガンレコの映像も、仲間の位置も、ドローンが入り込んだ壁の向こう側も見えるんです。訓練中、端末を見たままターゲットを撃った自分に気づいてびっくりしましたよ。それで弾が当たるんですから、二度びっくりです」

訓練には、桶川が提供するテクノロジーを五人が理解し、習得し、活用するという課程もふくまれていた。みな速やかにその課程を修了した。

その頃には、互いの呼び方も決まっていた。自衛隊は姓と階級で呼ぶという一律のルールが一般的だが、警察では部や課によって文化が微妙に異なる。ニックネームをつける、階級で呼ぶ、姓で呼ぶ、名前で呼ぶなど様々だった。

彼らは、真木と花田は姓と階級で呼び、班員同士は姓で呼び捨てにすることにした。階級も年齢も関係なかった。職能の違いを超えた連帯が必要だった。

あえて付記しておけば、訓練は決して和やかなものではなかった。ちょっとしたことで相手を皮肉り、やり返し、誰もが自分の考えを押し通そうとした。

「さすがに吉良の片手で撃つ訓練は無意味だと思いましたね」静谷は競争心を隠さず言った。「片手で負傷者の応急処置をしながら撃ったっていう、過去の経験を自慢したいのかって。そんな状況にならないための訓練ですし、片手でガチャガチャやられると危ないし気に障って仕方ありません」

「静谷は、何をしても綺麗なフォームだし、動作も正確で素早いと思いますよ」吉良のほうは静谷についてこう述べた。「それだけです。特にすごいと思う点はありません」

始終、こんな調子だった。強烈な自負の持ち主たちを一つの箱に入れるとこうなるという典型だった。そして三津木が言うように、真木警部の人事能力は確かに優れていた。ほどなくして特別銃装班のメンバーはパズルのピースがはまるように結束した。互いの個性と特技を尊重するのではなく、いかに自分のために活用するかという態度が、結果的に全員のパフォーマンスを最大化させた。

個々の力を発揮しながら、群れをなすことでその力を倍増させた。彼らはただの牧羊犬の集まりではなかった。ＮＣＩＳの幹部の言葉を借りるなら「集団で狩りをすることを何より得意とする、猟犬の群《パック・オブ・ハウンズ》」だった。

3

「我々が最も注目すべきは、プリーチャーと呼ばれる人物だ」

訓練と並行して、真木は花田とともに班員六名に、各部の捜査情報と、自分たちの捜査目標を開示した。場所は、晴れて銃器事犯の特別捜査本部となった講堂である。

以後そこでは捜査会議だけでなく、最新の犯罪の事例をもとに、射撃、捜査、追跡、突入の手法の検討が行われ、より効率の良い戦術が話し合われた。

これらを、吉良と加成屋が自衛隊風に「課業」と呼び、ほどなくして他の班員もそうするようになった。三津木はその理由について「捜査手法よりも戦術開発が急務だったからだな。他の部署とやってることが違いすぎて、別の呼び方のほうがしっくりくるんだ」と述べた。

そしてその最初の課業で、真木は早くも、銃装特別班の宿敵となる存在を示した。

「過去六年にわたり十八件の捜査線上に浮上したものの、いまだ所在がつかめない。国内外の犯罪組織を結ぶ、多角的な犯罪ブローカーだ。首都圏に大量の銃器を出回らせる流通ネットワークを築き、犯罪者に戦闘訓練を施し、そして多数の襲撃計画を提案した疑いがある」真木はそう告げると、プロジェクターを操作してある男の画像を表示した。「私と花田警視は、このブリーチャーこそ、元警察官の磐生修であると考えている」

吉良、加成屋、桶川にとって、画像の男はまったく見知らぬ相手だった。いかにもタフそうな精悍《せいかん》な顔つき、格闘が得意そうな大柄な体格、やけに高価そうなスーツ。東京地方裁判所から出てきたところを撮影されたもので、傍らには弁護士身分証を首から下げた男性の弁護士がいる。そして二人の周囲はマスコミだらけだ。写真もマスコミが撮ったものだろうと吉良は思ったが、そうではなかった。最近では、警察とマスコミ間での写真の提供はプライバシー保護などの観点から批判が集まることが少なくないため、独自に警察が撮影したものだった。

なんであれ三人にとっては、どこの誰とも知らず、何の感情も刺激されない相手だった。だが警察組にとっては違った。その男は警察の汚名そのものたる裏切り者であり、とりわけ警視庁の組織犯罪対策部においては、最優先の捜査対象の一人だった。

「ここにいる警察組にはよく知られた男だが」と真木は言った。「民間組のために説明すると、磐生修は六年前、組織犯罪対策部の第四課および第五課による合同捜査班、薬物銃器対策の特別捜査班長を務めるさなか、麻薬と銃器の密売に関与したとして懲戒免職、起訴された男だ。銃刀所持、虚偽公文書作成、偽証、さらには殺人の容疑がかけられていた」

殺人の容疑は、磐生修による密売が発覚する前後に死亡した、二名の警察官と三名の民間人に対するものだった。

二名の警察官は、特別捜査班員であった第五課所属の五十嵐珠樹《いがらしたまき》巡査長（当時三十二歳）と、第四課理事官であった安田謙一《やすだけんいち》警視（当時五十九歳）である。「第四」は長らく暴力団対策の代名詞ともなっていた部署だ。

他にも、麻薬銃密売の関係者と思しき者三名の遺体が発見された。みなSと呼ばれる情報提供者だった。Sとはスパイのことをいう。警察側から接近し、犯罪組織の内部情報を漏洩《ろうえい》するよう仕向けるだけでなく、ときには覚醒剤使用などの罪を見逃す代わりに、囮《おとり》捜査や潜入捜査にも活用する者たちだ。そうしたS三名はいずれも他殺体と判断されたが、容疑者不明の未解決状態のまま、今に至っている。

「なお、磐生修が主導した囮捜査や潜入捜査は、いずれも高裁判断により合法とされた」

真木は眉をひそめ、複雑な表情で述べた。長年、特に刑事の捜査手法においては、情報提供者に接近し、食事などを振る舞い、親しくなることは避けられないとされている。だがそのSに命じ、逮捕予定者の飲食物に覚醒剤を混入させ、逮捕後に覚醒剤使用で検察に起訴させるといった強引な捜査が、しばしば違法性を問われることも事実だった。

磐生修の逮捕がきっかけで、線引きが難しいSの扱いについて、世間が厳しい目を向けるようになったものの、裁判所は捜査そのものの違法性は否定したのだった。

「これに伴い、結果的に虚偽公文書作成と偽証に関する容疑で、磐生修を追及することが困難となり、起訴猶予処分となった」と真木はその複雑な表情の理由を告げた。「また、麻薬の使用、麻薬と銃器の密売、薬物および銃刀法所持、そして計五件の殺人が疑われたものの、多くの点で嫌疑不十分で不起訴とされた。特に麻薬の使用は一切認められなかった。これは、当時の警視庁が混乱のきわみにあり、検察から不審の目で見られたのに対し、磐生修が優秀な弁護士によって守られていたことが大きい、と私は思っている」

警察組の三人がうなずいた。悪徳警察官を守った弁護士に対しても敵愾心《てきがいしん》を抱いているというように。だがこのときの吉良、加成屋、桶川にとっては、どの人物像もまだ具体的ではなく、大まかな情報の一部に過ぎなかった。

真木も、ここでは弁護士について言及せず、ただこう告げた。「磐生修は、薬物および銃刀所持でのみ起訴され、執行猶予となって釈放されてのち、姿を消した。それから間もなく、警察の捜査手法をかいくぐるようにして麻薬と銃器の流通ネットワークが首都圏で形成された。組織犯罪対策部をはじめとする多くの部署が、磐生修の暗躍によるものであると確信している。経歴等は各人で参照し、攻略の参考としてほしい」

その最初の課業のあとで、吉良、加成屋、桶川は、さっそく磐生修のファイルを読み漁《あさ》った。一方の三津木、暁、静谷は、「もう何度も読まされた」と言って、桶川が提供するファイル管理アプリにアクセスしなかった。

吉良は、磐生修に関する様々な情報にふれた感想として、「警視庁のエースだったことは確かですね」と言った。

事実、磐生はノンキャリアのエースだった。出世は必然とすら思われるほどだった。

若い頃から、柔道、空手、キックボクシングなど複数の格闘技を学び、警察官になると格闘技特別訓練隊員として警備部機動隊に配属された。すぐに機動捜査隊に移され、そこでSを利用する捜査手法を学ぶと、たちまち隊内で最も多くのSを抱えるようになった。

多数のSを一手に扱うことから「機捜の鵜飼《うか》い」などとあだ名され、巡査部長に昇任するとともに刑事部の捜査第四課に移った。暴力団の取締りで名を馳《は》せた部署だ。やがて組織犯罪の増加に伴い、組織犯罪対策部が発足し、捜査第四課は組対第四課となった。

磐生は警部補に昇任し、組対第四課で働いた。当時国内で急激に増加した、外国系マフィアなどの小規模な犯罪組織と国内暴力団のつながりを暴き、傘下で働く窃盗グループなどを次々に潰すことで資金源を絶っていった。その過程で、磐生は日本人以外のSを多数抱えることとなった。ロシア、中国、韓国、北朝鮮といった近隣諸国だけでなく、アメリカ、メキシコ、プエルトリコ、ベトナム、パキスタン、タイ、イランなどから来た者たちとも親交を持ち、積極的に捜査に用いた。

「どうしてそんな数のSを使えるのか」と当時、磐生とともに組対第四課で働いていた巡査部長は不思議に思ったという。「そんなに金があるようには見えなかったのに」

Sとのつながりを維持する費用は、基本的に警察官個人が出すものとされていた。今でこそいくらか支給されるようになったが、当時はSを抱えれば抱えるほど、警察官の経済状況は悪くなるのが当然だった。

だが磐生は、どこからか金を工面してSの網を維持するだけでなく、拡大していった。彼が警部補になる頃には、工面するのは金だけではなくなった。暴力団同士の麻薬の流通ルートを多数解明して監視下に置くと、結果的に「首無し銃」と呼ばれる、所持者不明の銃を次々に押収するようになった。

上層部から「麻薬だけでなく、とにかく銃も押さえろ」と強く命令されたからだった。

これは、九〇年代に国内政治家への銃撃事件が続き、さらには警察庁長官までもが狙撃されたことと、アメリカ司法当局から「日本が密輸入の中継基地になっている」という警告があったことが大きい。

治安が良く、警察の監視も比較的緩い日本は、外国系マフィアにとって違法な品を貯蔵しておける格好の国だった。日本人に売るのではなく、外国の犯罪組織同士の取引や受け渡しの場とされたのだ。香港、北朝鮮、タイ、カンボジア、イラン、アフガニスタン、ウズベキスタンなどから麻薬が、中国・台州《だいしゅう》、ロシア、フィリピンなどから銃が運び込まれた。

北朝鮮では国内の農作物の不作が続いたため、輸出品としての麻薬栽培が盛んに行われ、日本を経由して諸外国に売られた。また冷戦終結に伴い、旧ソ連領の各地の武器庫から大量に横流しされたソ連製の武器が一部、日本を経由してアフリカなどへ渡った。

これらの中継基地を維持するため、結果的に、日本国内での麻薬および武器の取引が急増し、トカレフといった旧ソ連製の銃のコピー品が急に出回るようになった。全国の暴力団は、外国マフィアの「貿易」を保護する代わりに、自分たちにも商品を卸すよう促した。

こうした背景から、銃刀法が改正され、麻薬特例法と合わせて、アメリカ司法当局や国際的な捜査手法を参考に、「泳がせ捜査」、「囮捜査」、「潜入捜査」、「譲り受け」などが許容されることとなった。

コントロールド・デリバリーと呼ばれる捜査手法で、銃の運び屋を即逮捕せず、流通ルートと密輸入組織の解明を優先し、一網打尽とする手法である。解明の過程では、Sを用いた売買のみならず、警察官本人が、違法な品を直接売買したり譲り受けたりすることも認められた。ある密売の情報を得るため、他の密売を黙認する。銃の流通ルートを押さえるため、Sを通して麻薬取引を黙認することが許されたのだ。

全国の警察は、この新たな捜査手法に従い、麻薬対策と銃器対策に奔走した。そしていつしか「成果を挙げねばならない」というプレッシャーから、コントロールド・デリバリーによる犯罪組織の一網打尽という目的が忘れ去られ、目の前の「押収点数」が全国の警察で重視されるようになってしまった。警察庁および警視庁の上層部にとって、複雑な組織犯罪を説明するよりも、「押収点数」を示すほうが明快に世間から評価されたからだ。

とりわけ「首無し銃」は、警察官にとって手っ取り早く成果を挙げられる押収物だった。何しろSに頼んで、銃を手に入れればいいだけなのだ。

そして磐生は、ごく短期間で三桁を超える銃を集めた。一部を自前で借りた倉庫に保管し、上司から「上層部の命令で、月内にあと何丁か押さえなきゃならん。首無しでいいからどうにかしてくれ」などと請われることに備えた。ときにでっち上げの自白でSの誰かを自首させて銃を持ってこさせ、自首減免によってすぐに釈放するといったこともした。

こうした「成果」と並行して、磐生は警部の昇任試験に合格し、薬物銃器対策特別捜査班の班長となった。暴力団を対象とする第四課と、薬物銃器を捜査する第五課の、合同捜査班である。なおこの捜査班は、数ヶ月おきに銃の情報が入るたびに設定され、当時の検察いわく「両課が分け前にありつくあさましい交流イベント」になっていったという。

捜査班が設定されるたび、磐生はひたすら銃を手に入れるため、ありとあらゆる犯罪を見逃した。数百キロから数トンにまで及ぶ麻薬取引を黙認した。ATM強奪、高級車窃盗、富裕層邸宅への侵入強盗殺人、暴力団同士の抗争、組織的な未成年売春、無修正ポルノの販売などが、銃を押収するために見逃された。たとえ国内の多くの大学で麻薬が大流行しようとも、犯罪者から銃を手に入れることのほうが大事だった。

やがて磐生は、コントロールド・デリバリーの趣旨に従って、Sを駆使し、部下を潜入させるうち、自らが銃器密売の流通ルートの一部となった。捜査のために銃を買うための多額の金を、麻薬などの違法な品を「さばく」ことによって得た。暴力団から怪しまれないよう悪徳警察官として振る舞ううち、「墨に近づけば黒く、朱に近づけば赤くなると言うように、犯罪に根から染まっていった」とのちに検察は主張した。

こうした磐生の「活躍」は、しかし彼のSである三人が共謀して磐生の上司だった第四課理事官安田謙一を脅迫したことで異変をきたした。

三人は、元ヤクザで当時無職の木場進一《きばしんいち》（当時四十歳）、六本木のクラブ経営者で麻薬の常習者の葛木克之《かつらぎかつゆき》（当時三十六歳）、旅行代理店勤務のかたわら主に香港産大麻を扱っていた売人の新条勝彰《しんじょうかつあき》（当時五十一歳）である。彼らは、香港マフィアが日本国内に運び込む麻薬を見逃す代わりに、十丁を超える銃を手に入れるという、当時常套《じょうとう》手段となっていた取引に関与していた。

この三人が特捜班の密売見逃しを公表すると脅迫してのち、事態は混沌をきわめた。

まずクラブ経営者の葛木克之が、深夜、自宅で寝ていたところを、射殺された。

ついで、新条勝彰が勤務先からの帰宅途中、銃撃されて死亡した。

元ヤクザの木場進一が、銃を持って警視庁品川警察署に出頭し、磐生修が麻薬を売って銃を買っていることを告発した翌月、拘置所で自殺した。

木場の出頭から数日後、第四課理事官の安田謙一警視が、東京湾岸のひとけのない一画で遺体で発見され、頭部への銃撃による死亡であることが判明した。

最後に、第五課から特別捜査班に加わっていた五十嵐珠樹巡査長が、非番の日にこれまたひとけのない湾岸で胸部と腹部を撃たれ、出血多量で死んでいることがわかった。

そして、種々の容疑で磐生修が逮捕されたものの、メディアが「でっち上げ捜査」で警察を激しくバッシングするさなか、嫌疑不十分で釈放されたのだった。

「警察組織というプログラムにパッチを重ねていった挙げ句、その行為自体が深刻なバグを生んだわけですね」と資料をひと通り読み終えて、桶川が言った。「本来複数の目的のもとで作られた別々の仕様を無理やり一つにまとめようとして失敗したってことでしょう」

吉良と加成屋には正直彼が何を言っているのかわからなかったが、磐生が何かを無理やり一つにまとめさせられていた、ということには同意した。銃という成果のため、あらゆる犯罪の拡大に加担したのだ。まるで銃さえ押収すれば、他の犯罪は犯罪ではなくなるとでもいうように。

その過程で、磐生個人がどれほど利益を得たのかは定かではない。全体像が解明される前に、関係者が死に、磐生本人は消えてしまった。ただ当時の検察が「被疑者磐生修は、各取引によって通算数億円もの利益を得た可能性がある」と示唆するだけで真実は闇の中だった。

磐生修という元警察官の捜査資料には、過去の任務とは打って変わって、銃流通を首都圏に広めていることを示す証言が、長々と添付されていた。

それらの大半を読んでも吉良と加成屋が、警察組三人のように相手の存在を自分事としてとらえることはなかった。警察組織が生み出した鬼子《おにご》が、利益のためか腹いせのためかわからないが、銃密売に血道を上げているだけのことだった。武器商人は世界にごまんといたし、銃による国内の死者が増大する一方であるという事実には不快な気分を刺激させられたものの、磐生修という個人はあくまで、今後制圧すべき目標の一部に過ぎなかった。

だが二人のそうした態度が、ある捜査資料によって一変した。

磐生が主導したらしい、被疑者移送時の襲撃事件に関する資料に、平山史也の顔写真が添えられていた。七年前、吉良と加成屋が遭遇した現金輸送車襲撃事件のときの顔と、その後の顔の両方が。顔面を撃たれた平山史也は、生き延びて治療を終えてのち、拘置所へ移送される際、武装集団による襲撃により、他の被疑者ともども逃走していた。現在、「プリーチャー」とともに潜伏していると目される」だけでなく、今なお複数の強盗事件に加わっているのだ。

「懐かしい顔じゃないか?」加成屋が、最も新しく撮られた平山の画像を、タブレットで拡大した。都内で現金輸送車を襲撃する平山を、商店街の出入り口に設けられた監視カメラがとらえた映像の一コマだった。

特殊部隊員みたいなバラクラバをかぶっていて目と鼻の付け根しか露出していないが、それで十分だった。左の目元に引き攣《つ》れた傷痕が見えた。そちらの眼窩は瞼がしなびて黒い穴と化していた。左眼球を失ったあと、義眼を入れず傷をそのままにするようにしたらしい。義眼は見た目をつくろうだけでなく、眼窩に埃や雑菌が入らないようにするためにつけるものだ。それを戦闘時にもつけないとなると意図してそうしているとしか思えなかった。吉良も加成屋も、義眼がないほうが恐ろしげに見えるからだろうと結論した。

吉良は、昔と同じようにM四カービンを抱える平山の画像を見ても、仕留め損ねたとは思わなかった。せっかく生き延びたのに馬鹿な奴だと哀れんだ。また誰かに撃たれるために銃を握る愚か者に過ぎなかった。

平山の捜査資料は、磐生の捜査資料の末尾に列挙された関係者リストにリンクされていた。さらにその平山の捜査資料の末尾には『ドライバー』という項目があり、これが加成屋の目にとまった。

「現金輸送車などの特殊用途自動車を巧みに走行させて強盗犯の逃亡を扶助する人物」の存在を示すだけの短い記述だったが、加成屋は強く興味を惹かれた。七年前、追跡した現金輸送車が、猛スピードで複雑なジャンクションを走り抜けたことを思い出していた。

「あのとき平山が現金輸送車を運転していたのかも」と加成屋は言った。「平山とこの『ドライバー』が同一人物ってことはない？」

吉良は首を傾げ、当時のことを思い出そうとした。「人質を撃つぞ！」と叫んだ人物が現金輸送車に乗り込んだような気がしたが、それが平山だとは断言できなかった。

「片目で危険な運転してるなら、そのうち事故って死ぬんじゃないか」吉良は淡々と返し、ついでにこう言い加えて、桶川をぎょっとさせた。「でなきゃ、もう片方の目も撃つことになるな」

4

警察官と民間人からなる特別銃装班は、早々に初陣を迎えた。

訓練と課業に専念したのは二週間弱であり、すぐさま現場に出動したのだ。真木警部から即戦力とみなされた人員として、彼らは存分に期待に応えてみせた。

この頃、強盗による立てこもりの大半は、警察を待ち構える罠だった。

あらかじめ逃走経路を用意するだけでなく、襲撃現場で態勢を整え、機動隊、特殊部隊、特殊犯罪捜査係との交戦を積極的に行った。強盗犯たちは銃だけでなく、武器流通ルートで手に入れた閃光弾などの特殊手投げ弾、手榴弾、対人地雷、3Dプリンターなどで製作した銃や爆発物、携帯電話や玩具の電子装置を利用したIED（即製爆発装置）を使用した。そして、警察官や巻き添えになった一般市民を殺傷することを「正義と自由と公平のための戦い」と称した。

銀行をはじめ現金を扱う店舗は、なるべく少ない現金を、可能な限り短時間のみ置くよう工夫した。だが強盗犯は、銀行支店への「突入」後、行員を脅して銀行の決済システムを操作し、「電子的に金を奪う」という強盗手法のデジタル化を確立しつつあった。

現金輸送車のセキュリティ強化と強盗犯による無効化は、完全ないたちごっこというより、明らかに強盗犯側が優勢だった。どんなシステムも、たちまちSNSなどを通して解析され、「攻略法」が考案されるとともに流布されてしまうのだ。

警備補償費は増加し続け、保険料が高騰し、あらゆる銀行、企業、都区が、職員や従業員への給与支払を維持するための、かつてない経費上昇に頭を悩まされた。

警備会社職員の銃の所持も議論されたが、せいぜいテーザー銃の支給が許可されるにとどまった。目の前にいる一人を電撃で痺れさせる間に、自動小銃や軽機関銃を持った集団に囲まれるのだから焼け石に水だった。ある警備会社の職員はメディアの取材に対し、「強盗が現れたら、抵抗せず人質になるか、現金輸送車と現金を置いて逃げるよう指示された」ことを明かした。事実それ以外に現実的な対処法がなかった。

銃を持つ者たちによる強盗だけでなく、「非武装のフラッシュモブ強盗」も頻発した。これは、SNSを通して主に数十人から百人超の不特定多数の人間が集まり、一斉に強盗行為を働くという、インターネット時代ならではの犯罪だ。あらかじめ参加者が募られることもあれば、突発的に発生することもある。最初は四、五人でも、「モブ発生」を知った人々がどこからともなく集まり、電化製品店、パチンコ店、コンビニエンスストア、質屋などに殺到して片っ端から金品を奪い去っていくのである。

警察は、この「モブ強盗」一件につき何十人という容疑者の特定に奔走せざるを得ず、他のあらゆる任務を逼迫《ひっぱく》させる最大の要因となった。

人手不足はいたるところで深刻化していた。全ての警備会社が、職員の給与を大幅に増額したものの、離職者は増加し、応募者は減少する一方だった。これは警察も同様であり、深刻な人員不足に陥っていた。ただでさえ警視庁全体が慢性的な人手不足に悩んでいたところへ、殉職者や離職者が相次ぐだけでなく、若い志望者が大幅に減った。警察学校への入学者は、五年連続で、史上最低人数を記録した。

アメリカであればただちに州軍の出動を大統領が発令しているところだが、日本ではあくまで自衛隊の出動はないものとされた。自衛隊は深刻な災害において出動することはあれども、国民が起こす犯罪へは対処しないことが、たびたび政府により周知された。その是非がどれほど問われようとも、かつての「治安維持法」と「軍国主義」の記憶が重しとなり、自衛隊による治安協力は否定された。

こうして警備会社と警視庁がともに弱体化し、首都圏の治安が急速に悪化するに伴い、強盗集団は驚くほどの速さで、より警備が厳重な都心へ——丸の内、千代田、虎ノ門、霞が関といった、日本の政治経済の中枢たる地域へ「進出」していったのだった。

またときを同じくして、複数の政府要人およびその家族の誘拐が、何ら政治的背景もなく身代金目的で計画された。多くの人質救出に失敗し、とりわけときの法務大臣の子息で民間企業に勤めるNさんが誘拐され、遺体で発見されたことは、かつて誘拐事件での失敗の反省から特殊捜査係が生まれたことや、南米の麻薬カルテルが政治家やジャーナリストを誘拐して政府を脅迫したことなどと比較されて多くのメディアで語られた。

（一九六三年の村越吉展《むらこしよしのぶ》ちゃん誘拐殺人事件で、犯人は検挙されたが、身代金を奪われた上に四歳の吉展ちゃんが殺害されたことから警察の捜査態勢が強化された。一九九〇年、コロンビア共和国の元大統領の娘でありジャーナリストであったダイアナ・ターベイが、麻薬王パブロ・エスコバルとコロンビア政府の闘争の犠牲となった。）

これらの事件が、特別銃装法案の成立を後押ししたことは明白である。どの銃器事犯も、ただの犯罪ととらえる規模ではなくなりつつあった。多発する凶悪犯罪が、首都圏全域を混沌とした無政府状態へと陥らせ、経済を麻痺させかねないという危機感が、ようやく政府と多数の国民との間で共有されていったのである。

そして特別銃装班の最初の出動は、まさに都心で発生した強盗事件への対応となった。

八重洲《やえす》にある大手銀行の中央支店と、業務を終えて出発しようとした現金輸送車二台が、十名もの強盗集団による襲撃を受けた。自動小銃で武装し、ヘルメットとアーマーを装着した四名が、支店正面につけた乗用車から降り、行内の行員と客の大半を一箇所に押し込めた。ついで、同様に武装し、防御を固めた六名が、その場から逃げた警備会社の職員たちいわく「どこからともなく突然現れて」現金輸送車二台を奪い、ただちに車両のセキュリティシステムを無効化しにかかった。

この六名のうち一名が、銀行の裏手にあるビルの貸し会議室を偽名で借りていることがわかっている。その会議室に、残りの面子が集合して武装を整え、堂々とビルから出て現金輸送車を収奪したのだった。

十名は、事件発生から間もなく急行したパトカー七台と、さらには現場に到着したSAT一個班二十名を相手に、多数の自動小銃、拳銃、散弾銃、爆発物を用いて、激しい銃撃戦を繰り広げた。多数の流れ弾が駅前の瀟洒《しょうしゃ》なオフィス街を飛び交い、周囲は騒然となった。斜《はす》向かいにある十二階建てのビルでは計八発もの流れ弾の被害が生じた。うち一発が、七階のオフィスで地上の騒ぎを見ていた男性従業員の左太股に当たって重傷を負わせた。

十名は建物の搬出入口に集まり、現金輸送車を盾にしながら激しい銃撃を放って警察を牽制した。その間にも、さらに応援のパトカーが到着して周辺道路を封鎖し、包囲は強固なものとなるかに思われた。

だがそのとき、今事件で最も深刻な被害をもたらす攻撃が行われた。強盗集団が銀行正面に乗り捨てた乗用車には遠隔操作式のＩＥＤ（即製爆発装置）が仕掛けられていたのである。犯人の逃走用車両とみなして警察が確保しようとしたそれが突如として爆発したことで、警察官一名が無惨にも五体を引き裂かれて殉職、同七名が重軽傷を負った。パトカー二台と警備車一台が横転し、銀行正面口は、爆炎と爆風によって破壊され尽くした。

爆発直後、隣接するビルの駐車場からバンが飛び出し、道路を封鎖する警察の背後に回り込んだ。搭乗する四名のうち運転手を除く三名が、車内から自動小銃で撃ちかかり、警察の後方攪乱を行ったのである。

虚を衝かれた警察は退避を余儀なくされた。建物の搬出入口にいた十名が、ただちに二台の現金輸送車に分乗して出発し、援護に現れたバンともども警察の包囲を突破し、現場から逃げ去った。

このときすでに五キロ圏配備が発令されていたが、パトカーや白バイでの追跡はできなかった。犯人による走行中の乱射を誘発し、被害を拡大するおそれがあるからだ。包囲を突破された時点で、行く先を推定して封鎖線を敷き、そこに特殊部隊を再配置するか、犯人が再びどこかで停車するのを待って、再び包囲するしかなかった。

三台の車両は一列になって呉服橋交差点を右折し、永代《えいたい》通りを猛スピードで直進した。日本橋交差点を越えて一・二キロ先の新川一丁目交差点を左折して橋を渡ると、すぐにまた左折し、高架道路の下へ潜り込んで箱崎インターチェンジから首都高速六号向島線《むこうじま》へと入った。

警視庁の航空隊のヘリは、その時点でいったん三台の車両を目視できなくなった。

その先の箱崎ジャンクションはロータリー構造となっており、そこは十以上の道路が複雑に接続し合う、首都高きっての難所だ。

そこにある箱崎パーキングエリアは、六号向島線の下り上り両線、九号深川線の上り、さらには浜町《はまちょう》入り口からも利用することができ、どの出口へも出て行ける。

犯人たちが、箱崎インターチェンジから首都高速六号向島線に入ったことで、警察は多数の他の道路への乗り入れや、箱崎パーキングエリア内での車両乗り換えを考慮する必要に迫られた。

なお同パーキングエリアには違反者取締りのために高速道路交通警察隊のパトカーや白バイが待機することが多い。また頻発する強盗に備え、通報および一般市民の避難誘導を主な務めとする私服警官を各パーキングエリアに配置することが常となっていた。

しかし犯人たちはパーキングエリアには入らず、首都高速六号向島線の下りへ進入していった。パーキングエリアからじっと目を凝らして見ていたとしても一瞬で通り過ぎてしまっただろう。また入って来たとしても、犯人の足止めはもとより、その後の逃走経路を確認できたかも怪しいところだ。迂闊《うかつ》に近づけば攻撃を誘発するし、一般市民が人質にされないよう待避を優先し、犯人の追跡は二の次とするほかない。

なお箱崎パーキングエリアは駐車スペースが限られており（首都高速道路株式会社の東京東局三階にある）、利用客が増えないよう、あえて案内をしないという方針が採られている。存在を知る者が少ない「幻のＰＡ」と呼ばれるゆえんだが、とはいえ利用客は決して皆無ではなく、むしろ知る人ぞ知るスポット目当てに車好きが集まることもある。

「そんな場所に追い込んで出入り口を封じるといった作戦は断じて許可できない」と真木は言った。このとき警察でゆいいつ正確に犯人の逃走車両を追跡していた特別銃装班の一人、桶川の提案を、即座に却下したのだ。

「言ってみただけですよ」桶川は、厳しい調子で否定され、不満げに呟いた。アーマーとスーツは着込んでいるが、ヘルメットを座席下に転がしたままだった。真木が運転する覆面パトカーの後部座席で、銃撃に備えて仰向けに寝転がり、自前のタブレットでターゲットの位置、進行方向、移動速度を正確に把握し、それらの情報を班員全員と共有していた。

ターゲットとは、犯人たちが分乗する三台の車両のうち、先頭を走る現金輸送車だった。その車体内部に入り込み、運転席の下に潜り込んだ超小型偵察ドローン、改造型ブラック・ホーネットこと「陽炎《かげろう》一号」が、情報を送ってくれているのだ。


その事件で、特別銃装班はまず包囲の外で待機していた。真木と暁と桶川、三津木と静谷、吉良と加成屋が、装備を整えて覆面パトカーで出動し、銃撃戦の現場からそれぞれ数百メートルほど離れて位置についた。銀行支店前の大通りの北に真木たち、南に三津木と静谷、東に吉良と加成屋。どの方向に犯人が逃げても誰かが追えるよう位置取った。

桶川が、昆虫ほどの大きさのドローンを起動させ、現場まで飛ばした。そこでまず、現金輸送車一台の運転席側の車体屋根に、機体の電磁石でぴたりと吸着させた。最大飛行時間は二十五分。GPS、撮影、集音といった機能は一時間も持続し、もし壊れても桶川のポーチの中に予備が二台もあった。

この時点で、突入と制圧はSATの務めだった。警察組織の基本原則は、「他班の分掌に属しないこと」を務めとすることにある。しばしばSATとSITなどが、この分掌を巡って議論になり、そのつど住み分けがなされている。SATは速やかな強襲制圧の要があり、特に政治的背景が推測される現場で出動し、SITは冷静な交渉の要があり、特に人質の存在が明らかな現場で出動するといった具合だ。それ以外の特殊犯罪においても、逐一区別が必要となるのが警察組織だ。

今回は、犯人に人質を取る様子がなく、銃による乱射が確認されたためSATの出動となった。だがやがて自動車爆弾が爆発し、道路の一画が爆煙に包まれた。ついで犯人に味方する伏兵が現れ、警察官の包囲を突き崩しにかかった。

桶川は彼方でもくもくと立ちのぼる煙にぽかんとなったが、ドローンが車両ドアの開閉音を検知すると、すぐに操作して屋根から離れさせ、運転席に乗り込む犯人ともども車内に入り込ませたのだった。

犯人がＳＡＴの強襲を退け、多数の警察官の包囲を突破したことで、真木は事件が「特別銃装班の分掌に属すものとなった」と判断し、ただちに班員たちへ「これが初となる出動」を命じたのだった。

三台の覆面パトカーが、ただちに桶川がつかむ情報をもとに犯人の車両を追跡した。犯人たちに悟られないよう、三台とも別の経路を進んだ。咄嗟にそうしたことが可能だったのも桶川のドローンのおかげだ。

敵が箱崎ジャンクションを通過し、首都高速六号向島線の下りへと進行したところで、真木が運転する覆面パトカーの後部座席で、桶川が声を上げた。「あ、犯人たちが、例のパーキングでトラックが待っているとか言ってます。乗り換える気でしょう」

「例のってどこ？」助手席の暁が、寝転がったままの桶川を振り返って鋭く睨みつけた。

「知りませんよ」桶川がタブレットを抱いて縮こまった。「犯人に聞いて下さい」

「パーキングと確かに言ったんだな？」真木が訊いた。

「はい。録音聞きます？」桶川がタブレットで再生した。《オーケイ、例のパーキングでトラックが待ってる。もう少しだが気を抜くんじゃないぞ》という野太い声を、真木と暁だけでなく、通信を通して班のみなが聞いた。

真木は犯人の車両を追いながら、自ら通信マイクを取って通信指令本部へつなげた。

「至急、至急」と、普通通話ではなく至急通話であることを告げ、「SGUより非常要請、都高六上下、C2、オールPA。非常要請、都高六上下、C2、オールPA。E6、C3不明、E6、C3不明」と要請を発した。

C2は中央環状線（C1が都心環状線）、オールPAは線上の全パーキングを意味する。このとき間もなく犯人たちは堀切《ほりきり》ジャンクションに差しかかろうとしており、そこで北へ向かうか南へ向かうかは不明だったが、いずれにせよC2に入ることは確かだった。

また、首都高六号線は加平《かへい》から南が首都高三郷《みさと》線、北が三郷線および埼玉県道高速足立三郷線とされるため上下と総称している。C3は東京外かく環状道路、E6は三郷以北の線のことで、三郷ジャンクションでいずれの方向にも進めることから、不明としたのだ。

この要請で、まず、首都高速六号線およびC2ルート上の全パーキングエリアに待機する警察官たちへ非常要請が発令された。現地の警察官が放送で、パーキングエリアにいる一般客に「銃撃事件の発生」を告げ、「屋内への退避」を命じ、「車両に乗ること」を禁じたのである。その支援のため、ただちに高速道路交通警察隊のパトカーと白バイが多数出動し、各パーキングエリアへ急行した。

さらに犯人が通過した地点より以前の路線で、一斉通行止めが実施された。こちらも高速道路交通警察隊が出動するとともに、非常用レーンを走りながら、「車両を停止し、車内に待機して下さい。銃撃事件が発生しました」と呼びかけた。

さらには文字情報板および所要時間表示板の内容が一斉に切り替わり、『銃撃事件発生のため一時通行止め』と表示された。

それを見た人々は呆然と車を停め、家族連れは不安から互いに手を握り合い、トラック運転手が慌てて運送会社に確認の問い合わせをし、多くの人々が携帯電話で「事件」を検索しようと躍起になった。

そしてその多くが、「事件」という検索ワードに導かれて、花田警視の記者会見をリアルタイムで視聴することとなった。

警察の全域的対応は、大きく二つに大別される。取締り強化か、放置黙認である。蛇口の栓を閉めるか開くか、という喩えが最もしっくりくるだろう。

基準はひとえに世論がどちらへ傾くかによる。警察は良くも悪くも自分たちで捜査方針の根本を定めないし、そうするわけにはいかないよう規定されている。民事不介入の原則が世論の絶対多数の支持を集めるのであれば家庭内で人が死のうと事前に捜査せず、家庭内暴力がメディアを連日賑わすのであれば民事不介入の原則を拡大解釈して捜査する。

交通事故が多発して「交通戦争」などと世間で言われるようになれば厳格な交通取締りを一斉実施する。未成年の暴走行為を止めようとした警察官の追跡の結果、その未成年が事故死したことに世間が同情を示せば、現場の警察官がどれほど反対しようとも、上層部は暴走族の取締りのいったん中止を命じる。

ことほどさように警察全体の行動原理とは俯瞰《ふかん》すれば「世論」であり、多くの、もしくは「多い」という印象を持つ声に従うのである。

だがときとして警察の側から、その世論を動かそうとする場合があった。特定の犯罪が都心部などで流行し、さらに全国へその被害が広がる兆しを見せたときである。そうした犯罪拡大の抑止のため、広報によって被害実態を強調し、国民に未然の防止を訴える。そのために、明白にそうしろとは言わないが、国民に「警察の目となり耳となること」を暗に頼む。

そして特別銃装班の実働は、はなからそうした広報と裏表だった。通常、特殊部隊は個別の報復にさらされることや、捜査手法が解明されて悪用されないよう、設置当初は存在が秘匿されるものだ。しかし、東京都公安委員会の要請においてさえ「速やかな世論の正常化」が求められていたこのとき、特別銃装班はその旗手として期待されていた。

そしていわばその旗を最初に掲げ、かつ激しく振ってみせたのが、花田警視の記者会見だった。

「今、多くの危険な銃犯罪の現場で、警察官は葛藤に直面しています」と花田警視は言った。「これまで警察官は容易に発砲を許されず、自制あるのみ、威嚇ありき、と叩き込まれて来ました。そしてそれが今、銃犯罪者によって逆手に取られているのが現状なのです」

数年前であれば、この時点で花田の発言は問題視され、議論の対象となっていたはずである。吉良と加成屋が強盗集団を制圧した直後など、警視庁は「今後も決して警察官は容易に発砲することはない」などと約束するばかりだったのだから。

だが風向きは明らかに変わっていたし、花田はたとえそうでなくとも、変えるつもりだった。それが現場とは異なる、そしてまた現場を全面的に信頼しての、花田の務めだった。

「警察官は、たとえ銃を所持した相手に対してさえ、このように銃を構えて参りました」

花田はそう言って、テレビカメラや記者たちの前で、右手を銃の形にしてみせ、左手でその手首を握り、頭上へ掲げてみせた。

「バン！　銃を捨てろ！　と、このように威嚇する。ですがもはや、これでは通用しない。そのことを殉職者たちが我々に告げているのです」

記者たちが花田の気迫に押されたように小さくうなずいていた。花田は彼らを眺め、そしてテレビカメラの一つを真っ直ぐ見た。のみならず、両手をそのままそちらへ向けるということをしでかした。これに場がざわめき、同席した警視庁幹部ですら、腰を浮かすほど驚いていた。右手を銃の形にしたまま、カメラに向かって銃口に模した指先を向けたのだ。これは視聴者からすれば自分たちが銃口を向けられたように見えることから、テレビでは「御法度」どころではないポーズだった。間違っても警察官がすべきことではなかった。

だが花田はあえてそうした上で、にわかに凄《すさ》まじいまでの「鬼の形相」となった。

そして、即時即日、「花田BANG」「花田会見」「指鉄砲」「花田戦争」などといったキーワードをSNS上に溢れ返らせ、何十万何百万と様々な動画で再生され、ミームとなって国内外に広まり、おびただしい批判と同時に、絶大な支持をも得た言葉を発した。

「はっきりと申し上げましょう。この特別銃装班の設置とは、すなわち国内全ての銃犯罪者に対する、警察からの宣戦布告であります」

八重洲から逃走した犯人たちは、二十分とかからずその地点に到着していた。

堀切ジャンクションを北に向かってすぐ、首都高六号線下りにある足立区の加平パーキングエリアだった。

そこへ、二台の現金輸送車と一台のバンに分乗した計十四名の強盗集団は、パーキングのこぢんまりとした売店の前で、三台を縦に並べて停めた。駐車場は狭く、空きスペースは一つもなかった。だが彼らは構わなかった。はなから道路上に車両を停める予定だった。パーキングエリア内の他の車両を動けなくさせ、追ってくる警察への盾にするためである。必要とあらばその場にいる一般客を人質とし、容赦なく警察を迎え撃つ魂胆だった。

ただし、その狭いエリアに立てこもる気はなかった。出口付近の駐車場には、強盗集団による銀行襲撃の三時間前には大型トラックが停められており、運転手が待機していた。そのトラックのコンテナに、十四名全員が現金の入ったケースを抱えて乗り移り、逃走するというのが彼らの計画だった。だが彼ら全員が、乗ってきた車両を降りた時点で、異変に気づいた。おそろしく静かだった。駐車場が満杯であるにもかかわらず、人っ子一人見当たらなかった。売店のシャッターは閉められていた。さらには閉ざされた自動ドアの内側に、ベンチや商品棚を用いたバリケードが築かれているのが見えた。

彼らの逃走手段であるはずのトラックは出口付近の大型車両用の駐車場に停められていた。だが運転手はいなかった。運転手は彼らが到着する五分ほど前、パーキングエリアに配置された警察官の呼びかけに従い、一般客ともども屋内に入るしかなかったのだ。そのトラックの運転手は、キーをトラックの右前輪の上に置き、携帯電話でひそかに、『ケーサツいる。キーはタイヤ』と犯人の一人にメッセージを送っていた。

強盗集団のリーダー役である那波江《なばえ》亨次《りようじ》（三十五歳）は、携帯電話を見て、遅れてそのメッセージに気づき、抱えていたツァスタバM二一と呼ばれるアサルトライフルの銃口を売店へ向けた。セルビア生まれのこの銃は、ロシアの超ベストセラー製品である自動小銃ＡＫ－四七の基本構造をもとに、使用弾薬を五・五六ミリＮＡＴＯ弾に変更し、耐久性を高めるとともに、グレネードランチャーや様々なアタッチメントの搭載を可能とした銃だ。いわゆる西側仕様となったため販売規模が拡大し、素人でもとにかく銃撃が容易なＡＫシリーズの後継たる密売銃として人気を博しつつある銃だった。

「警察が中にいる！」銃を構えて那波江がわめいたとき、とてつもないタイヤの擦過音が辺りに響き渡った。

「なに、あの走り」加成屋が呆気《あっけ》にとられて言った。「真木警部って、レースの経験あるのかな」

吉良はよくわからなかったが――複雑きわまる首都高のジャンクションを難なく走る時点で、車狂いだな、としか思えなかったが――加成屋が言うなら相当だった。

「なんせ機捜時代はカミカゼ真木と呼ばれてたくらいだからな」と三津木が笑って加成屋に教えたのは、それから一時間ほど後のことだ。「それと餓鬼の頃は、暴走族の総長だったんだぜ、あいつ。特攻服姿のあいつの写真、見せてやろうか」

階級差はあれど同期であったせいか、真木がいないところでは、三津木はこういう口の利き方をするのだ。後日、加成屋がその真偽についてそれとなく尋ねたところ、真木からまったく無表情に、「誰から聞いた？」と質問で返されることになった。

三津木警部補だと答えると、真木は無言でうなずいて立ち去ってしまった。「それでどうなんですか？」と問いを重ねられるような雰囲気ではなかった。

「それ以上訊いたら撃つぞと言われてる感じでしたよ」加成屋はそのときのことを思い出して寒気を感じるというように首筋を撫でた。

その後しばらくして、加成屋は、三津木に真木のことを重ねて尋ねた。

「そんなこと言ったか？」と三津木はしらばっくれた。その顔に青痣《あおあざ》が複数浮かんでいた。加成屋が痣のことを尋ねても、「ああ、警察官にはよくあるんだ。現場好きのやつほど、何か気に入らんことがあると、すぐ拳で解決するんだな」と言って笑った。これ以後、加成屋は真木に、彼の過去について尋ねることをやめた。

だがこのときの加成屋は、猛烈にむかつき、競争心を煽《あお》られていた。「あんなに走れる人だと思わなかったよ」と呟き、追いすがろうとして、やたらとアクセルをふかしながら不満をこぼした。「パトカーなんだから、もう少し良いエンジン載せろってんだよ」

吉良は、右手でバディを抱えながら、助手席のアシストグリップを左手で握り、加速で揺れる体を支えた。十分以上の速度なのだからそろそろスピードを落とせとは言えなかった。加成屋が完全に夢中になっているときにそんなことを言えば、余計にかっかさせるだけだとわかっていた。

一方で真木は、後部座席にいる桶川の「僕はここで寝ていていいんですよね」という声を背後からしきりに投げかけられていた。「銃撃戦の最中にドアノブより上に顔を上げる気はないですからね。いいんですよね」

「うるさい」真木に代わって、暁がわめき返した。「好きにしてろ、オタク野郎」

桶川はうなずいてそうした。

真木が、左胸のPTTスイッチを押してヘッドセット越しに通信した。「加成屋、先行を許可する。目標PA出口を押さえろ。三津木、入り口を頼む」

その後方、百メートル弱の位置で、加成屋がこめかみに青筋を立て、怖い笑みを浮かべて小さく首を傾げた。「許可されなくても追い抜けますが？」

「やめろ、馬鹿」助手席の吉良がたしなめた。「レースじゃないんだぞ」

「頼もしいな」真木の笑いをふくんだような声が返ってきた。「行け」

加成屋はものすごい勢いで覆面パトカーを加速させ、一気に真木が運転する車両を追い抜いた。吉良からすれば、とても停まれないのではと、ぞっとするほどの速度だった。

だが加成屋は、けたたましいほどのタイヤの擦過音と、アスファルトの粉塵による煙を盛大に上げながら、高速道路上で見事なUターン、というより、Vターンと言っていい方向転換をしてみせた。

加平パーキングエリアに降りた強盗集団にとって、それは完全に意表を衝く急襲だった。彼らは、まさか警察が、高速道路を逆走し、出口側からパーキングエリアに入ってくるとは思わなかったのだ。

だが加成屋は当然のようにそうしてのけた。そもそも後続する一般車両はこのとき一台もなかった。緊急道路規制によって首都高六号線の堤通《つつみどおり》料金所以北、三郷ジャンクション以南では、一般車両の一時通行停止、または高速道路からの順次退避が行われていたのである。

三郷線の上りの高架道路に頭上を覆われたエリア出口で、加成屋は、ほぼ百八十度のターンを披露して空の下へ出るや、優れたブレーキング・テクニックで車体を転倒させることなく、ぴたりと覆面パトカーを停車してのけた。直後、助手席から、吉良がバディを抱えて素早く転がり出ると、伏射姿勢でただちにスコープ越しに狙いを定め、短連射を放ち、売店の前で呆然と突っ立っていた那波江の顔面を撃ち抜いたのだった。

ヘッドキラー、あるいはヘッドハンター、などという異名がつくほど、吉良は二つの意味で、「頭を撃つこと」に長《た》けていることが、このときもその後の事件でも、たびたび証明されることとなった。ただ単に標的の頭部を正確に狙い撃ち、即座に無力化する——即死か行動不能にする——だけではなかった。どうした判断力のなせるわざか、瞬時に集団の戦闘指揮官を、すなわち戦闘員に指示を与える「頭」たる人間を見抜き、真っ先に撃ち倒すのである。

「ただの偶然でしょう」と吉良自身は、その点については否定するばかりだ。「目にとまった相手から撃ってるだけです。一秒か二秒で、そこまで判断できませんよ」

だが、彼の「ヘッドキル確率」は、桶川によれば八割超に達し、「普通に才能ですよ。彼の視線移動方式と認識基準をプログラム化したら、最強のスナイパーマシンが誕生するんじゃないですか」と称賛するほどだった。

その吉良が、開いた助手席のドアのそばで伏せたまま、さらに先頭の現金輸送車の周囲にいた一名を撃ち倒した。加成屋はMP五を抱えて車を降り、駐車された一般車両を遮蔽物としながら、射撃し、目視しうるターゲットを倒し、そして前進した。大腿部にはベレッタPX四を装備しており、もし万一、MP五が作動不良になればすぐさまそれを抜くつもりだった。同様に吉良のほうはグロック一七を装備していたが、二人とも銃の好調に恵まれ、手にした銃の作動に不安を覚えることはなかった。

吉良が最初の射撃を行ったすぐあと、真木が、加成屋が停めた車両の後ろに停車した。助手席から暁が飛び出し、こちらはM四カービンを抱える他、グロック二六を装備しており、ただちに吉良と加成屋を援護し、犯人たちが逃走に使うはずだったトラックを遮蔽物としながら射撃を行った。

パーキング入り口および売店へ注意を向けていた強盗集団は、僅か一分未満のうちに、吉良の射撃で那波江と二名を、加成屋の射撃で二名を、暁の射撃で一名を撃ち倒された。残り八名が、慌てて現金輸送車を盾にして固まった。うち一名が、現金輸送車の後部扉に取りつき、屋根に上がって迎撃しようとした。

　そこを、パーキング入り口に遅れて到着した三津木と静谷が急襲した。

　助手席から降りた静谷が、ＭＰ五を抱えて走り、一般車両を遮蔽物として射撃を行った。出口側へ注意を奪われていた強盗集団の一人が、背中と後頭部を撃たれ、のけぞって倒れた。強盗集団の面々が、挟撃されていることを理解する前に、「フォアー！」という怒鳴り声が放たれ、特殊閃光音響弾が投げ込まれた。いずれも、三津木の仕業だった。

「その昔は、高校球児だったんだよ」後日、三津木は自慢の投擲フォームを披露しながら言った。「外野手でな。バックホームじゃ誰にも負けなかった。今でも七年連続で、特殊弾の投擲指導官に任命されてるんだぜ」

「なのに、なんで叫ぶのが『フォアー』なんですかね？」と疑問を呈するのは静谷だ。「ゴルフでしょ、あれ」

　なんであれ、三津木が投擲した特殊弾は、密集する強盗集団のど真ん中に、ものの見事に投げ込まれた。一瞬後、無傷だった七名の犯人は、とてつもない閃光と轟音に襲われた。後部扉に取りついていた一名が、三津木いわく「木に登ろうとしていた蝉の幼虫が、ぽとっと落ちたみたいに」両手で耳を押さえたまま背から地面に落下してのけぞった。残り六名が、膝をつき、あるいは小走りにその場から離れ、抱えた銃を乱射しようとした。

　吉良がバディで撃った。加成屋と静谷がＭＰ五で撃った。暁がＭ四カービンで撃った。三津木が抱えていたＨＫ四一六ではなく、「これで十分だった」というベレッタＭ九二で撃った。そして車両から降りるや、真っ直ぐ現場へ歩み入った真木が、コルトコマンダーを構えて五連射した。

不思議なことに、誰一人ターゲットが重複することなく、はたまた挟撃において最も懸念される同士討ちの危険とてなく、六人が別々のターゲットを無力化していた。

一瞬のうちに強盗集団の六名がくずおれた。先ほど背から地面に落ちた一名が慌てて起き上がったとき、彼らの周囲を、銃を構える吉良、加成屋、暁、静谷、三津木、真木が取り囲んでいた。桶川は相変わらず車両の後部座席で横たわりながら、軽快にタブレットをタップし、現金輸送車の車内から外へと飛ばしたドローンで、犯人を取り囲むSGUの様子を上空から「記念撮影」した。

生き残った犯人一名は、呆然と銃装班の面々を見回し、両手を挙げて投降した。

「状況終了」と吉良が言った。

「他の言い方しろよ」と加成屋が肘で吉良を小突いた。「警察なんだから」

「犯人確保だ」真木が、吉良と加成屋に微笑みかけて言った。そして暁に顎をしゃくって、無傷の犯人一名へ手錠をかけるよう促した。ついで倒れたまま、おのれの血に沈んで微動だにしない十三名の犯人たちを見回し、言い加えた。「制圧完了、とも言うな」

吉良と加成屋が肩をすくめ合った。自分たちが何を目標とするか、それで明らかとなった。そしてそこで、二人にとっては意外なものが贈られた。

パチパチと手を叩く音が、小さく聞こえてきたのだ。自動ドアの内側に築かれたバリケードの隙間から、一般客が外を覗きながら、手を叩いていた。

同じとき、高速道路の文字情報板が『犯人は制圧されました。間もなく交通が再開されます』と表示するとともに、高速道路交通警察隊のパトカーが「ご協力ありがとうございました。犯人は逮捕または制圧されました」と告げたことに対し、多数の車両の窓から一般市民が身を乗り出し、拍手を贈るということが起こった。

どうやら安全になったらしいと判断した桶川が、のこのこ車両から出てきた。飛行させていたドローンを回収すると、バラクラバをかぶったまま、わざわざ真木の隣に並んで売店の中にいる人々へ手を振ってみせた。そのとたん、同じくバラクラバをかぶったままの三津木から、思い切り尻を引っぱたかれた。「いい仕事だったぜ、テクノボーイ」

桶川は痛みで涙目になりながらも、勇ましげに口角を上げて見せた。以後、班内での彼のあだ名は、このとき三津木が口にしたものになった。

なお、犯人が乗って逃走するはずだったトラックの運転手は、暁が目敏く見つけていた「前輪のタイヤの上に置かれたキー」が怪しまれ、逮捕されてのち犯人たちに雇われたことを自供した。

強盗集団十四名のうち十三名は射殺され、一名が逮捕された。かつて吉良と加成屋がしてのけたときよりも死者は多く、放たれた弾丸の数は何倍も多く、地にばらまかれた薬莢は一部回収が諦められたほどだった。

だが吉良も加成屋も、銃装班全員が、その場だけでなく以後かなりの長期間、称えられることとなった。花田いわく「この現場と広報の成功」により、強盗集団とそれを賛美する者たちに対し「警視庁の反転攻勢」が本格化した。またさらに、強盗事件の被害者遺族の会や、殉職者遺族の会が、相次いで記者会見をし、「罪もない人々が銃で死んでいる」ことが訴えられた。

警察が強盗犯を射殺することを「過剰な武力行使」とみなす者は、この日を境に少数派となった。

現場における制圧と、広報による世論へのカウンターという両面で、特別銃装班は、華麗な成果を挙げたといってよかった。

初陣ののち特別銃装班ことＳＧＵは、待機のみに終わった事件を合わせれば、ごく短期間で、三十七回もの出動要請を、そして二十一回におよぶ班単独での銃撃戦を経験した。これは出動総数だけ比較しても、昨今の他国機の領空侵犯に対する空自のスクランブル出動や、海上保安庁の不審船発見に匹敵するものだ。

まさに国家規模の内憂外患に対応したと言えた。首都高パーキングエリアにおける銃撃戦だけでも、実に十一回もＳＧＵが制圧に貢献することとなった。また、強盗犯の襲撃現場からの逃走先は、首都高だけとは限らず、東京都内を網の目のように走る水路もふくまれた。八回もの銃撃戦が、道路上を逃走すると見せかけて船に乗り込んだ強盗犯との間で繰り広げられたのである。陸路であれ水路であれ、桶川が操縦するドローンの追跡を防ぐことはできず、強盗犯は「なぜ追跡されるのか不思議だった」と口を揃えて言った。

超小型偵察ドローンこそ、ＳＧＵの秘密兵器であったが、彼らの成果を受けて、いよいよ防衛省がドローン部隊の設立を発表したことが、結果的にＳＧＵに不利に働いた。強盗犯側が、ＳＧＵにドローン操縦員がいることを悟ったのである。そして磁気反応スキャナーをはじめ、小規模な電磁パルス兵器や、携帯型の音波攻撃兵器などを、どうやってか入手し、ドローン対策を重ねたことで、桶川の方も逆対策を講じる必要に迫られた。

そうしたテクノロジー面での攻防の他、警視庁組織内での、ある種の内紛もＳＧＵにとっては一時的に逆風となった。ＳＡＴ、ＳＩＴ、機動捜査隊などが、いわゆる「分掌」を巡って、ＳＧＵと対立したのである。

だが花田警視が、この組織内の分掌議論を速やかに収束させた。彼いわく、「警視庁内の統制的調整、すなわち適材適所の力学を使って早期にことを落ち着かせたまで」だった。花田は、SGUを「あくまで臨時的措置」とし、首都圏における銃器事犯の規模を縮小させ、国内銃流通の主犯格であるブリーチャーの逮捕さえ果たせば、その役を終えるのだと言って回った。また、広報作戦は「いつでも解散できる班」にしか担えないとほのめかした。いつまた世間の風向きが変わり、誰かが貧乏クジを引くはめになるとも限らないのだと。多くの者が、七年前に吉良と加成屋がどのような扱いを受けたかを思い出した。

そしてあらゆる特別捜査班が、「臨時的措置が効果を発揮しているうちに好きなように活用したらどうか」という花田の意見を受け入れた。

SGUは、どんな部署の応援にも駆けつけるのだ。相手が麻薬密売者か、集団窃盗犯か、殺人犯か、特殊詐欺集団か、違法風俗経営者かも問わない。そうした者たちを捕まえるのではなく追い立てて逃走させればその時点でSGUの出番だ。わざわざ撃たれる危険を冒す必要はない。真木が意図した通り、それは警視庁全体の「負荷の軽減」となった。警察官全員が強力な武器を与えられたわけではない。大半が今なお拳銃一つで、何を持っているかわからない者を相手にせねばならなかったのだ。

こうした花田の「外交手腕」が功を奏し、SGUはほどなくして、警視庁内のあらゆる部署との連携を深めていった。そして全ての銃器事犯において「逃走者の追跡と制圧」、および「銃流通の主犯格の情報収集と逮捕」を分掌するようになった。

大半の班員が、初の出動以後、「逃亡者の追跡と制圧」が任務と信じていた。「主犯格の情報収集と逮捕」は結果としてそうなるだろうという漠然とした予想や期待しかなかった。銃流通の捜査は、他の部署がすでに大人数を投入して行っていた。六名しかいない班員が、出動の合間に、どこにいるかもわからぬ相手を捜して回るのは現実的に不可能だと考えられた。

だがやがて吉良と加成屋は、捜査にも時間を割くべきではないかと思うようになった。それは彼らがかつてアイデンティティとした「偵察」に通じるものがあった。僅かな情報をもとに、あらゆる手段を用いて、より有意義な敵主力の情報を持ち帰ること。

八回目の出動で、二人は自分たちのそうしたアイデンティティを思い出すことになった。かつて自分たちが追放された事件の記憶とともに。

首都高速は長らく、銃にものを言わせる強盗集団にとって、万人の想像を超えて優れた逃走経路と化していた。首都高速への逃げ込みは、巨大な建物に立てこもって人質を取りながら逃走するのと同じだった。一方通行で、出入り口が限られ、退避可能な場所が極端に少なく、監視、突入、周囲の民間人の脱出といった手段はないに等しかった。

犯人が目指す出口を予測するのは不可能であり、見晴らしが良いためヘリをふくむ追跡はすぐに察知されて狙撃される危険があった。またもし追跡を続けられたとしても先回りできる人員には限りがある。少数の犯罪者が建物に立てこもって何時間も出てこなければ千人超の人員を配備できるが、二十分から三十分で二十キロ以上先の「どこか」へ移動する相手に対して、効果的な配備を行うには途方もない人数が必要になる。

警視庁の高速道路交通警察隊が保有する車両は六十台余、人数は百七十人超と言われており、そこにＳＡＴ隊員を配備するとしても数が足らない。そもそも配備自体が不可能だ。八都道府県に配置された特殊部隊員の総数は現在、三百人ほどとされ、首都高速の警備のために全国の特殊部隊員をかき集めれば、他地域の守りががら空きとなる。警察庁が警視庁へ応援を送ることを渋り続けたのも、そうしたところで到底、強盗集団を包囲制圧するには数が足らないのが明らかだからだ。東京線、埼玉線、神奈川線、東京と千葉を結ぶアクアラインを完全にカバーする場合、専門家によって意見は大きく異なるが、最も少ない数でも二千人超を必要とする。中には一万人は必要だとする意見もある。

連日、警視庁の警備部および公安部をフル稼働させ、最大人数を展開し続けたとしても――事実、集団強盗が頻発し始めた頃に試みられたことだが――別の問題が生じることになった。展開する人員を「どれほど武装させるのか？」という問題だ。

銃の支給数の問題は、訓練の問題も伴う。大量の銃を支給した挙げ句、誤射が続いたり、片っ端から犯罪者に奪われては目も当てられない。全人員が銃のエキスパートである必要があった。日本ではそうした全警察官の一斉武装は考慮されたことがなく、「警察が犯罪者に先んじて銃社会化に適応する」ことへの世論の抵抗は、きわめて激しかった。

そして、このような八方塞がりの状況を果敢に打開したのが、ＳＧＵだった。

僅か三台の車両と、班長をふくむ最大七名が出動することで、たとえただちに制圧することができなくとも、犯人の戦力を削り、足止めし、立てこもらせることで、特殊部隊による効果的な包囲と制圧が可能となったのである。また彼らが逃走中の犯人の情報を通信指令本部と共有することで、民間人の退避と、犯人の待ち伏せがきわめて容易になった。

「警視庁も警察庁も、いまだに認めたがらないことですが」と真木は前置きし、自分たちの成功についてこう述べた。「一つに、偵察ドローンの導入が決め手でした。スカイホープ社の偵察ドローンは、追跡、監視、盗聴を同時に行います。もちろん優れた操縦技術があってこそですが、ドローン一つで出動すべき人員を大幅に減らせたのは事実です」

だが偵察ドローンは、警察組織にとって「強力すぎる武器」だった。極小の空飛ぶ監視カメラ兼盗聴装置を積極的に導入すれば、「銃社会化を防ぐという名目で監視社会化を推進している」と世間から猛烈に批判されるからだ。またもし偵察ドローンが一般的な道具となったら、犯人側も用いるようになるに決まっていた。

このため、スカイホープ社が提供するドローンの存在はもとより、SGUに偵察ドローン操縦係がいることは極秘とされた。その詳細な仕様や性能は、今に至るも未発表のままだ。わかっているのは「陽炎一号」という機体名だけで、何号まで作られたのか、何機が配備されたのかも不明である。

ガンレコも、警察が全面導入を渋っているシステムだが、これは事情が異なった。

「欧米では、ボディカメラなど、すでに一般的な装備となっていますが、日本ではまだ抵抗が強いです。職務質問、逮捕、聴取など、何もかも自動的に記録されれば、警察官が萎縮すると……」と真木は言いにくそうに説明し、こう言い加えた。「実際は、位置情報や銃声の検知によって早急な支援を可能とし、行動の証拠を示し、警察官の命と正当性を守るはずなのですが」

SGU班員は誰も、ガンレコの装着に抵抗を覚えなかった。真木と桶川が、現場指揮と情報分析を速やかに行う上で、必要な装備であると当初から認識していたのだ。

こうしたテクノロジーの活用が、戦闘のエキスパートたちのポテンシャルを最大限発揮させたことは疑いようがない。その証拠に、あれほど警備が困難だった首都高速が、SGUの登場以後、たちまち強盗集団にとって魅力的な逃走経路ではなくなっていった。

一方通行で、出入り口が限られ、退避可能な場所が極端に少ないことに変わりないが、ドローンにより追跡と監視が容易となり、民間人の退避マニュアルが整備された上に、まさしく強襲と呼ぶべき苛烈な突入を行う少数精鋭が揃えられたのだ。ＳＧＵは成功を重ねながら、高速道路上での追跡と制圧の手法をあらゆる面から検討した。ほどなくして首都高速に逃げ込む犯人は、三津木いわく「飛んで火に入るなんとやら」に過ぎなくなった。

ある現場では、強盗集団が地下高速道路で車両を乗り捨て、整備用通路から徒歩で逃走をはかったが、同じだった。ＳＧＵは群となって追いすがった。複雑な地下トンネルで迷うことなく相手を追い詰め、短時間で制圧してのけた。

こうした新たな警察の体制に対抗するため、強盗集団は逃走手段を複雑化させた。異なる逃走手段が組み合わされ、高速道路以外の様々な移動手段が用いられた。船を用いて河川へ逃げる手法も生み出された。ただし湾岸に出たが最後、悪天候でない限り見晴らしが良く、海上保安庁の船に追われれば万事休すだ。ゆえに水路の活用は限定的で、もっぱら追跡を逃れるため一時的に身を隠す手段として用いられることが多く、それとて強盗集団にとって確実な逃走手段とはならなかった。

強盗集団の逃走計画は、結局のところ、一般道路を複数の車を乗り換えて走り去ることを主眼とせざるを得なかった。重要なのは逃走経路だけではない。経路を頭の中に入れ、迷わず確実に安全な場所へ仲間を連れて行くことができる人材が必要だった。

優れた『ドライバー』が。

七年前に吉良に撃たれたにもかかわらず生き延び、仲間の協力で移送中に脱走してのち姿をくらました平山史也は、今なお凶悪な犯罪者として強盗集団を率いていた。この人物が容易に捕まらなかった理由はいくつかある。

彼自身が狡猾で機転が利く人物であったこと。強盗集団の監督役として興正会から重宝され、巧妙に匿《かくま》われていたこと。現場は下っ端に任せて自分は安全な場所にいることが多くなったこと。そして現場に出るときは必ず優秀な逃がし屋である『ドライバー』に自分の脱出を優先させていたことが、主な理由だ。

加成屋は、「平山、すなわち、ドライバー《セ・タ・ディア》じゃないか?」と言って、両者が同一人物であるという直感にこだわった。そして実際に、平山が乗り込んだらしい中型SUVであるトヨタのハリアーを追跡したことで、加成屋は確信を強めた。そのハリアーが、それだけ優れた逃走ぶりを見せたからだ。

助手席にいた吉良も、相手の滑らかで危なげない運転に感心させられた。わざと混雑する道路に紛れ込み、羽毛のように他の車両をすり抜けていった。狭い道路でもスピードを落とすことなく、さりとて事故を起こしそうな気配は微塵《みじん》も見せない。純粋に運転技術だけで追跡を困難にするほどの腕前だった。

そのハリアーのウィンドウは盗難防止用スモーク仕様(車内を見えなくさせることで、物色する車上荒らしを避ける役に立つとされる)で、追跡中に運転手を確認することはできなかった。偵察ドローンは、当初ハリアーと一緒に逃走していたバン一台と現金輸送車二台のうち、バンのほうに潜り込ませていたので、車内の様子をつかめずにいた。

ハリアーには平山の他、強盗犯二名、人質一名が乗っていることがわかっていた。報告したのは、最初の現場を包囲した警察官たちである。彼らはバンにも人質一名が乗せられるのを目撃していた。

平山たちが襲撃した最初の現場は、日本の銀行の総本山である、東京日本橋の日本銀行本店だった。SGUの登場に対抗心を燃やしたか、警察の武装をふくむ警備体制がいよいよ強化される前に大仕事を成し遂げるつもりだったか、はたまた事前に計画していたことをただ実行に移しただけかは不明である。だが都内で連携し合う強盗集団にとって大きな意味を持つ襲撃であったことは確かだ。

平山のもとで実行を担ったのは、『憂国連合』を自称し、「右派と左派が日本のために手を組んだ」と主張する十八名で、「今最も人気の高い強盗集団」だった。彼らが政府への攻撃的で過激な言動によりインターネット上で人気を博したのも、全員日本人であることが大きい。

前述したように、暴力団は外国系マフィアに実行を任せることが多く、強盗集団も「多国籍軍」になりがちだった。中でも、難民や外国人労働者の子孫で、日本で学校に通うことも働くことも許されないまま放置された若者たちで構成される『山王ファミリー』は、独自の勢力を築いていた。ネパール、タイ、クルド、イランなど民族ごとに若者が徒党を組み、それらが連合して犯罪組織を形成したのである。彼らは、教育を受ける機会も働く機会も奪った日本政府と入管を激しく憎悪した。インターネット上で、たびたび入管職員とその家族の「処刑」をほのめかし、実際これまでに四名の入管職員が殺害されている。

こうした「外国勢」は暴力団にとって便利な存在だが、「強盗集団の人気」を支えるのはあくまで日本人の実行犯だった。とりわけ日銀襲撃事件では、「サポーターから英雄視される平山」が指揮したことで、インターネット上で喝采が起こった。

強盗サポーター系ユーチューバーのうち、総再生回数でトップを誇るKOROU99は、事件発生直後からリアルタイムで「緊急配信」を行い、「憂国連合と我らが英雄が、ついに大勝負に出た」ことを熱狂的な口調で称賛した。

銃と軍用装備で身を固めた平山たちは、二台の中型SUV、一台のバン、二台の現金輸送車に分乗して現れた。現金輸送車はいずれも、彼らが実行数日前、都内を走行していたところを強奪したものだった。どちらも中身が空であったことから乗車していた警備会社職員はただちに車両を捨てて逃走している。当初は強盗犯の失敗と目されたが、そうではなく、最初から襲撃に用いるために車両を手に入れたことが判明したのだった。

彼らは銀行本店に押し入ると同時に、中央警察署日本銀行警備派出所を攻撃した。複数の手榴弾の投擲があり、連続する激しい爆発が、銀行の内外に大混乱を引き起こした。

また、乗りつけられたSUVのうち一台にはIED（即製爆発装置）が載せられており、警察の包囲に打撃を与える目的で、路上に放置された。だが強盗犯が車爆弾を用いる手法が周知されていたため、警察官がその車両に近づくことはなく、周辺の退避が速やかに行われた。実際にそれが爆発したときも、盾として配置された特型警備車と周辺の建物が損壊したものの、人的被害は防がれている。

その後の捜査で、襲撃の目的は、二つあったことが判明している。このうち一つは長らく捜査対象にすらならなかったが、襲撃を実行した強盗集団にとっては、どちらも重要な強奪対象だったことは間違いない。

一つは損耗紙幣の山だった。紙幣の寿命は、一万円札でおよそ四、五年、五千円札と千円札では一、二年とされている。どんな新札も、人間の手から手へと渡っていくことでたちまち汚損し、ときには火災などで多数の紙幣がいっぺんに焼損することもある。そうした紙幣は日本銀行の本店や支店で回収され、細かく裁断されてトイレットペーパーなどにリサイクルされるか、焼却処分される。

処分予定の紙幣は、ナンバーを記録されることがない。そのため、もし銀行外に持ち出されたとしても追跡はできず、ユーチューバーKOROU99は、自身のチャンネルサイトの動画で「尻を拭く紙に生まれ変わるお札を奪ったところで誰も損はしない」と繰り返し主張した。

そして平山たちは、どうやってか（日本銀行に内通者がいたことは確実と思われたが、警察は特定できなかった）、この回収済み損耗紙幣が「最も多く集積されるタイミング」を狙って襲撃し、ビニールシートでシールされた四十万枚を超える各紙幣を――およそ二十億円を、まんまと奪って二台の現金輸送車に載せた。

そのときには、平山と他数名が、迷うことなく屋内を進み、銃撃で職員を脅しつけて追い払い、金融機構局の金融システム調査課のオフィスに押し入ってデータのコピーと送信を終えていた。

データは、主に国内の金融システムの状況に関する調査と分析結果であり、とりわけ信用秩序の維持に影響する、ある調査報告書が丸ごと流出することになった。

メガバンクにおける決済システムの不備不調は、日本銀行にとって悩みの種であった。メガバンクが構築したシステムが、大手の合併に伴う社内政治を（それぞれの銀行が異なるシステムを導入していた）もろに反映する、複雑で矛盾したものとなっていたからだ。これにより突然、ATMが使用停止になったり、取引自体が不可能になったりすることが繰り返し起こったことを、日本銀行は信用秩序を毀損するものとして大いに問題視していた。そして全銀行のシステム調査をたびたび行い、是正するよう勧告してきたのである。

つまり日本の銀行システムの全ての仕様が流出したのだが、そのことが判明するのは、まだずっと後のことだ。この襲撃からかなりの間、平山たちが屋内を移動した理由を、深く考える者はいなかった。初期の捜査では、平山たちはなるべく立場が上の職員を人質にしようとして歩き回ったが、職員が速やかに退避したため果たせなかったと結論された。

送信もオフィスの端末から直接行うのではなく、自前のラップトップにコピーしてからそうしていた。そのためオフィス側に送信記録は残らなかった。また、平山は逃走の過程でそのラップトップを海に捨てており、そのことも長らく警察は知らないままだった。

平山たちの襲撃に対し、ただちに警察は千名規模の包囲と配備を行った。SATが突入したが、理事をはじめとする行員の救助を優先してのことだ（総裁および二名の副総裁は、行外での会議に赴いており不在だった）。

しかしこの襲撃で平山たちが人質に取ったのは、「汚損した紙幣の交換をしに来た一般人の二名」だった。一人も人質を取らなかったなら、平山たちが行内を動き回ったことはもっと不審に思われたかもしれない。だが『憂国連合』の実行犯たちが、損耗紙幣を強奪する際に人質を取ったことから、平山たちは行員を人質に取ることに失敗したとされた（行員の救助も、突入したSATや包囲した警察の手柄となったため、襲撃の第二の目的に対する疑念は生じなかった）。

実行した『憂国連合』は気勢を上げて二台の現金輸送車と一台のバンに乗り、可能な限り激しく乱射しながら包囲を突破した。彼らにとっては過去最大の収穫だ。それにこのところ収穫は目減りするばかりだった。どの銀行も強盗を恐れ、ATMの稼働数を減らすなどして置いておく現金の量を制限していたからで、銀行以外のパチンコ店なども同様だった。皮肉にも、おびただしい強盗の流行が、東京の電子決済導入を加速させていたのだ。

このときの収穫で、彼らはしばらく遊んで暮らせるはずだった。インターネット上の「名声」はかつてなく高まるに違いなかった。史上初めて日本銀行で強盗をしたのだから世間は自分たちを称える声で沸き立つに決まっている。誰もがそう信じていた。

すっかり気を良くした彼らは、しかし数々の失敗を犯した。先頭を走っていた現金輸送車一台が、日本銀行本店前から走り去り、信号を無視して呉服橋交差点を左折した時点で、さっそく事故を起こした。直進する軽自動車と衝突したのである。

その現金輸送車を運転していたのは『大日本帝国防衛軍』の『神風無双攻撃隊』を自称する佐藤高《さとうたか》志《し》（三十六歳）である。大手飲料製造企業で働き、日々、大型車を運転して自動販売機の補充をして回ることから、運転には自信があったという。

現場からさして離れていないその場所で、佐藤高志は、車体の重量に任せて軽自動車を吹っ飛ばし、スピードを上げて進み続けた。衝突された軽自動車に乗っていたのは、日本橋で人気料理店を営む小《こ》金《がね》谷《や》昌澄《まさずみ》（七十歳）とその妻の小金谷眞子《まさこ》（六十七歳）であり、二人とも衝突による横転で頸椎等を負傷してその場で死亡した。

佐藤高志も、同乗した『大日本帝国防衛軍』の五名も、自分たちの進路を妨げるほうが悪いと考えた。彼らは助手席の窓や車両後部の扉の隙間から銃口を突き出し、自分たちに近づいてきそうな車両、人間、あるいは目についた信号、看板、コンビニの自動ドアなど、何でも撃った。

みな興奮状態だった。進路を塞がれることや、覆面パトカーの追跡を警戒してという以上に、彼らは撃ち過ぎた。愚かなほど誤った威嚇だった。撃たれた車両に乗っていた民間人や通行人、たまたまコンビニから出てきた者などに命中し、死傷者が続出した。彼らを追う誰もが、放置できないと考えた。そして当然のように、追跡するSGUと周辺に配備された警察官に、警視庁上層部の決定として、即時封鎖および制圧が命じられた。

都内に銃が蔓延した当時、逃走する犯人を路上で立ち往生させての制圧は決して望ましいものではなかった。あえて密集地ではない場所まで行かせるのが常套手段だった。しかし強盗集団の先導を担った者たちは、そのまま走らせるにはあまりに危険だった。

またこのとき、桶川の偵察ドローンは、犯人たちが「ディズニーランド！」と連呼しつつ口ずさむミッキーマウスの歌を盗聴していた。そして彼らが、首都高速九号を進むこと（犯人の一人がカーナビに表示される交通情報を口にしたことで判明）、舞浜にある東京ディズニーリゾート周辺のリゾートパーキングの一つに向かうこと（犯人が「第六」とパーキングエリアを特定する言葉を口にしたことで判明）、全員でそこに停められた八台の乗用車に分乗する気でいることを（八台も目立たず置いておける駐車場は多くないという発言で判明）、早々につかんでいた。

日本銀行本店前から強盗集団の目的地まで、およそ十五キロ、早ければ二十分で到着する。すぐさま警視庁から千葉県警に、SGUが犯人追跡と制圧を担うことが通達されたが、最初の制圧は、そのはるか手前で行われることとなった。

周辺配備された警備車兼輸送車三台が、ただちに永代通りの霊岸橋東側で列を作り、封鎖した。機動隊員四十名余が展開し、急行したパトカー四台が道路周辺の人々および河川上の船へ、退避と通行禁止を呼びかけた。

これに佐藤高志および『大日本帝国防衛軍』の面々は驚愕し、怒り、そして馬鹿げた突進を敢行した。現金輸送車を、道を塞ぐ警備車の列に突っ込ませたのだ。

警備車は軽自動車のようには跳ね飛ばされなかった。傾き、もう少しで横転しかけたものの、衝撃に耐えた。

後続の現金輸送車とバンが、橋の上で急停車した。ハリアーはすぐさま橋の手前で右折すると、ためらうことなくスピードを上げて南下し、強盗集団の本隊から離れ去った。

警備車に突っ込んだ現金輸送車と、後から橋に乗った二台が、慌ててバックした。だが橋から出ることは出来なかった。彼らの後方からは、ＳＧＵの車両三台と、日本銀行本店へ駆り出された銃器対策警備車が二台、ＳＡＴ隊員を乗せて駆けつけてきていた。

「特三、逃走するハリアーを追跡」真木が、車両を停めながら命令した。「目的地まで行かせろ。霊岸橋の制圧を終え次第、態勢を整える。ジャックを逃すな」

特三とは、特殊車両三号のことだ。この頃すでに、ＳＧＵに配備される車両は、ただの覆面パトカーではなくなっていた。それは、走行速度を著しく犠牲にしない範囲で可能な限りの防弾仕様が施され、パンクすることがないエアレスタイヤを備えた特殊車両だった。

「了解、ジャックを追う」ヘッドセット越しに応じたのは吉良だが、運転は加成屋が行い、二人して目視でハリアーを追った。

ジャックとは平山史也のことで、ユーチューバーのＫＯＲＯＵ９９が、俳優マーロン・ブランドの古い西部劇映画『片目のジャック』（一九六一年公開）にちなんでつけたニックネームだ。もともとはトランプのカードで、スペードとハートのジャックの絵が横を向いていて片方の目だけ見えることに由来する（なおＫＯＲＯＵ９９は、平山史也を意図的に若い頃のマーロン・ブランドに重ねるような発言で知られている。将来、『地獄の黙示録』のカーツ大佐や、『ゴッドファーザー』のドン・ヴィトー・コルレオーネのような「大物」になると言いたいのだ）。

吉良と加成屋の背後の霊岸橋では、制圧に参加した静谷いわく「橋が血で染まる」戦闘が繰り広げられた。

橋は、上下合わせて六車線、両側に五、六人が並んで歩けるほど広い歩道を持つ。その広々とした橋で、現金輸送車二台、バン一台、十六名の武装した強盗犯が閉じ込められ、孤立した。両岸には多数の警備車両とパトカーが集合し、SGUの特殊車両二台、さらには高圧放水車まで到着していた。

SGUの真木が、まず車両の拡声機能を用いて、犯人へ投降と人質の解放を勧告した。これに、「大日本帝国万歳」と「プロレタリア革命万歳」という相矛盾する叫びが犯人側から返された。かと思うと、二台の現金輸送車が、バンを挟むようにして道路に対し直角に停められた。車体を盾にして応戦する構えだった。

桶川がドローンを操縦して人質の位置を特定した。男性が一人、バンのトランクに押し込められて丸くなっていた。犯人たちがいつ人質を盾にするかはわからなかった。

だがSAT側は、即制圧を命じられた以上、人質解放の交渉を待たずに攻撃を仕掛けるつもりだった。

真木は、「可能な限り身を伏せて」と犯人ではなく人質に呼びかけた。そうする間にも、機動隊のガス弾が多数、橋上に撃ち込まれた。強盗集団十六名は、包囲を突破できると信じ、反撃することを選んだ。『憂国連合』の中でも攻撃的な国粋主義者の集まりである『大日本帝国防衛軍』八名と、同じくらい攻撃的な革命主義者の集まりである『ラジカル・スーパー・ノンセクト』八名が、互いの背を庇《かば》い合って、橋の両岸、まさに左右に向かって自動小銃を連射し、あるいは爆弾を投げ放った。

ＳＡＴをふくむ警備隊員は、武装集団の突破を許さなかった。橋の両出口を塞ぎながら車両を前進させて接近しながら撃った。一部隊員が、同士討ちを避けるため亀島川の岸へ移動してそこから橋上の犯人を狙って撃った。ＳＧＵ班員の三津木、暁、静谷も、特殊車両のトランクからライフルを出し、岸から犯人を狙撃していった。

「くれぐれも人質がいるバンを撃つな」と真木は車内から班員に命じた。同様のことをＳＡＴ側にも要請した。だが内心では、こうして犯人を立ち往生させてしまったからには、人質が無傷で救出される確率は五分五分だと考えていた。いや、それも期待に過ぎなかった。現実にはかなり危険な状態だった。

戦闘は十分間余も行われた。警察と犯人、双方合わせて計千発余の弾丸が発射された。使用されたガス弾は二十発。橋上で確認された爆発は四箇所。警備車両と現金輸送車は弾痕だらけとなり、周辺の建物への被害は数百箇所に及んだが、橋に追い込んでのち一般人の被害は出さずに済んだ。人質もふくめて。

この戦闘で警察官七名が負傷した。強盗集団のうち十一名が射殺され、三名が重傷を負って倒れ、緊急搬送されてのち死亡。また二名が川へ飛び込み、泳いで逃げようとした。だが一名が溺れ、救助されたものの死亡した。最後の一名は——現金輸送車の一台を運転して事故を起こした佐藤高志は——現場から僅か二百メートル先の川岸で逮捕された。

橋はまさに血の海だった。戦場そのものだった。だがＳＡＴ隊員が、バンのトランクから、無傷の人質の男性を引っ張り出し、「救助！　救助！」とわめいた。それもまた彼らの手柄となった。

SGUの班員にも負傷者はなく、真木はすぐさま彼らへ命じた。「車両に戻れ。特三とジャックを追う」

霊岸橋で壮絶な銃撃戦が行われている間、逃走したハリアーは、巧みな運転で佃大橋《つくだおおはし》を渡って月島に入り、大通りではなく住宅街をジグザグに通過し、相生橋《あいおいばし》を渡った。そこでも狭い道をわざと通りながら、おおむね大横川《おおよこがわ》沿いに走った。ある地点で急に永代通りに出た。そして驚くほど素早く、首都高速九号ランプに入っていくのを、吉良と加成屋は辛うじて見逃さずに済んだ。

「行き先がわかってなきゃ見失ってたかもな」加成屋が言った。こと運転に関して、加成屋がそんなことを口にするのはよっぽどのことだ。「大したもんだ、よく片目で走れるよ」

「平山が運転してるとは限らないだろ」吉良は疑わしげに返した。ハリアーの走りは巧みすぎた。隻眼の者の運転とはとても思えなかった。

ハリアーは葛西《かさい》で首都高速湾岸線を出て、湾岸道路を進んだ。二百メートルほど遅れて加成屋が追った。ハリアーが左ウィンカーを点灯させた。桶川が傍受した通り、リゾートパーキング第六へ入っていった。かと思うと、猛然と速度を上げて料金所のバーを吹っ飛ばした。

「あ、バレた」加成屋も、すぐに特殊車両を加速させて追った。

「特一へ、追跡を感づかれた。ヘリの支援要請」吉良が、真木へ通信しながら、特殊車両のサイレンを鳴らした。

《了解。ヘリを要請。追跡に努めろ》真木の声が応じた。

ハリアーは駐車場の車列の中へ飛び込むと、一台分の隙間しかない場所を次々に狙って、途方もない正確さですり抜けていった。

「おい、真似すんな」吉良がアシストグリップを握りしめて言った。「頼むからやめろ」

だが加成屋は聞かなかった。目を爛々と見開き、歯を剥いて、相手の進行をそっくりなぞって追いかけた。吉良が息を呑んだ。「馬鹿、誰か撥ねるぞ」ぞっとして言った。幸運なことに、見通しの悪い車列から急に人が現れて撥ね飛ばされることはなかった。駐車車両のサイドミラーを片端から吹っ飛ばすこともなかった。吉良は、加成屋の腕前に感心させられるよりも、ぶん殴りたい思いで一杯だった。

ハリアーはパーキングのフェンスを吹き飛ばして道路へ飛び出すや、左折して若槻《わかつき》通りを北上した。かと思うと今度は素早く右折して、工場が密集する地域に飛び込んだ。加成屋がなんとか同じ経路を辿って相手を追った。ハリアーがまた左折した。猛スピードで進んでまた左折し、若槻通りへ戻る道へ消えた。

加成屋が追うと、ハリアーが京葉線の高架線路の下で信号待ちをしていた。

「舐めてんのか」加成屋が呟いて追いすがるや、ハリアーが赤信号を無視して交差点へ走り出て右折した。左右から来る車を当たり前のようにかわし、それまで以上に加速した。

「待て、馬鹿。真木さんに車を取り上げられるぞ」吉良が加成屋を制止し、サイレンに加えて拡声機能で周知した。「右折します、右折します」

左右から来る車両が片側に寄って徐行ないし停車してくれた。加成屋が、歯を軋《きし》らせ獰猛《どうもう》な唸り声を発して右折し、ハリアーを追いかけた。

「ヘリも追ってる。慌てんな」吉良が腹を立ててわめいた。

「慌てちゃいない」加成屋が言い張り、加速した。

ハリアーは住宅街をジグザグに突っ切り、高洲橋《たかすばし》を渡り、浦安東沿岸へ向かった。吉良も加成屋も、ハリアーがどこかで方向転換し、西へ向かい始めると考えていた。さもなくば行き場のない沿岸に追い詰められるだけだからだ。

だがハリアーは複雑な進路を見せながらも、東へ東へと向かっていった。カーチェイスは二十分以上も続き、真木と三津木が運転するSGUの車両二台が、サイレンを鳴らしながら追ってきた。

ハリアーは大江戸温泉物語の駐車場を突っ切り、浦安市墓地公園に入った。本当のどん詰まりだ。東側にはもう日の出海岸しかない。車ではどこにも逃げられなかった。

加成屋はハリアーを追い、真木と三津木が、公園の別の出入り口へ向かった。

「反撃を警戒しろよ」吉良が言って、後部座席からヘルメットを取ってかぶり、バディを抱えた。この頃には新たなバディの「にいまる」も一丁だけ支給されていた。二〇式五・五六ミリ小銃だ（陸上自衛隊は二〇を「にいまる」と読む。海上自衛隊では「ふたまる」だ）。陸上自衛隊が新たに制式化した自動小銃であり、八九式の後継銃だが、テスト用に支給されたばかりで試射と訓練が不十分な上、光学機器などのアタッチメントの製造数が限られているためまだ届いていないとあって、誰も使っておらず、吉良も従来のバディとグロック一七を装備していた。

ハリアーは墓地公園内で右折した。歩道の坂道をのぼっていって展望広場がある方へ消えた。

加成屋は歩道の前で車両を停め、自分もヘルメットを装着し、MP五を抱え、先に降りた吉良のあとについて行った。非常に見通しのよい場所だった。左手には赤いジョギング用の道と木製のアスレチック施設が見えた。二人は蛇行する道を無視し、草木に隠れながら音を立てぬよう注意して上り坂を直進した。

猛烈な寒さだった。凍りつくような風がひっきりなしに吹いてくるが、顔を覆うバラクラバとフェイスシールド、身にまとう装備、引き金を引く手がかじかまないようにするためのカイロのおかげで、震え上がらずに済んだ。

フェンス扉は開いていた。そこから展望広場へ入った。目の前に芝生と海が広がった。ハリアーが傾斜した木立に突っ込み、逃げ場のない海岸の手前で、アイドリングしていた。

「停車したハリアーを確認」吉良が真木に告げ、その場で伏射の姿勢を取った。

《ガンレコの映像を確認。総員、対象を包囲》真木が班員に命じた。

数百メートル先で、地元住民らしい誰かが軽装でジョギングしているのが見えた。その誰かが見えなくなるのを待って、吉良と加成屋は展望台の板床の上を這っていって木の柵のそばで銃のスコープ越しにハリアーを監視した。

何の動きもなかった。ハリアーからは誰も出てこなかった。窓が開いて撃ってくることもなかった。窓は閉じたままだった。

どこからか車のエンジン音が聞こえてきたが、こちらへは来ず、遠ざかっていった。

《総員、包囲完了》真木からの通信が来た。

桶川をふくむ全員が、その展望施設のあちこちに来て身を伏せていた。暁が、民間人退避の役を担った。近づく者を睨みつけ、「来るな、死ぬぞ」と言って自動小銃を掲げ、問答無用で追い払うのが彼女のやり方だった。睨まれた側は、ヘルメットとベストにプリントされた『ＰＯＬＩＣＥ』の字に目を丸くし、「来たら撃つぞ」と言われたと思って逃げ出すのが常だった。

桶川のドローンが、ほぼ音を立てずにハリアーへ飛んで行き、その屋根に貼りついた。

「会話は聞こえません。というか呼吸音が一つしかありませんね。あー、これ、一人しか乗ってないですよ」桶川が、途方もなく呑気《のんき》な口調で通信した。

「ただちに確保！」真木がわめいて身を起こした。全員が銃口をハリアーに向けて殺到した。三津木と静谷が一方の手に拳銃を構え、運転席と助手席の真っ黒くて中身が見えにくいウィンドウに、レスキューガンを押し当てた。緊急時にシートベルトを切断したり、車窓を割ったりするための道具だ。二人がその引き金を引くや、鋭い金属の杭がウィンドウに叩き込まれた。ウィンドウに蜘蛛《くも》の巣状の亀裂が走り、一瞬で砕け落ちた。

後部座席で、「ひっ」と悲鳴が上がるのが聞こえた。

車両前部には誰もいなかった。静谷と三津木が窓から手を入れてドアを開き、吉良と加成屋が車内へ自動小銃を向けた。

桶川が告げた通り、車内には一人しかいなかった。後部座席でうずくまり、抱えた膝に額を押しつける女性がいるだけだった。ジャックも仲間二名もいなかった。

「なんでだ？」吉良が、力なくバディを持つ手を下ろした。

「あっ、くそ、線路の下だ」加成屋が愕然となり、腹立ちまぎれに何度も踵《かかと》で芝生を踏みつけた。

「ちーっくしょう。あそこで誰か降りて、パーキングの車を取りに戻ったんだ」

後部座席に置き去りにされた人質の女性は、その後、加成屋の推測を裏づける証言をしている。ハリアーが、工場地帯を通って若槻通りへ戻る際、京葉線の高架線路の下で、信号待ちをしていたときのことだ。「上空のヘリから見えない場所」で、一人が降りてパーキングの方へ走っていったというのだ。やはり信号待ちは逃走のためのカムフラージュに過ぎなかった。

降りた一人は、パーキングで車を手に入れると、車内に残る仲間と連絡を取り合いながら、墓地に先回りして待機した。ハリアーを走らせる者は木立に突っ込むと、もう一人とともに女性を置いて車を降り、木々の下を駆けていった。これまたヘリからの視認を防ぐためだろう（航空隊のヘリが、狙撃を警戒して高度を保つよう本部から指示されていたことも視認を困難にした要因だった）。

この人質の女性は、「二人が、墓地の一画に停まっていた青っぽい自動車に乗るのが、ちらっと見えた」とその場で供述している。

真木がただちに捜索を要請したが、「青い自動車」の行方はつかめなかった。墓地から出る車両はヘリから確認されており、セダンと目されたが、追跡対象ではなかったため見落とされた。

捜索は追うべき対象の特徴に欠けたものとなった。ナンバーも正確な車種も製造会社も不明では、発見を期待することはできない。追跡に努めた吉良と加成屋からすれば痛恨の一事のはずだが、このとき二人の注意は、犯人とは別の対象に向けられていた。

ハリアーを包囲して犯人不在が確認されると、真木が顔を覆うバラクラバを外した。真木がハリアーのキーを取ってエンジンを切り、優しげに「警察です。もう大丈夫」と女性に呼びかけた。それで女性が緊張で青ざめた顔を上げた瞬間、吉良も加成屋も愕然となった。真木が犯人の行方について質問し、女性が怯えた顔で答える声に耳を傾けつつ、二人は互いの目を見交わした。

静谷と三津木が顔をさらし、同様に暁と桶川が近づいてきた。吉良と加成屋だけはバラクラバを外さないままだった。二人とも、相手の女性が自分たちの顔を知っていることを確信していた。彼女に顔をさらすべきかどうかわからなかった。

女性は、見城晶（二十七歳）だった。

かつて、平山が率いる強盗集団に人質にされた女子大学生が、七年の時を経て、再び人質にされたと主張していた。

第3章

威力偵察

Power Reconnaissance

1

「ＳＧＵは、そりゃ何かと前代未聞だがな」花田は、心底困惑した様子だった。「主犯格を逃がした挙げ句、人質にされていた人間を逮捕だなんて、お前、聞いたこともないぞ」

これには真木も、複雑な顔で、「ええ……」と返すしかなかった。

平山たちが襲撃した日本銀行本店に、「うっかりバッグに入れっぱなしにして破れてしまった紙幣数枚を交換しに、たまたま来行したところを強盗に捕まって人質にされた」という見城晶を、逮捕するよう吉良と加成屋が主張したのである。

真木は、吉良と加成屋の「人質のふりをした協力者であった可能性がある」という言い分を半信半疑で聞き、ひとまず事情聴取のため警視庁本部へ連れてきていた。

また、中央警察署では、霊岸橋で幸運にも救助された人質を保護し、事情聴取を行っていたが、吉良と加成屋はそちらの方も疑ってかかった。真木に、人質にされた男性の氏名を問い合わせるよう主張した。真木はむしろ吉良と加成屋に疑わしげな眼差しを向けたが、返ってきた答えは驚くべきものだった。

「吉川健、大手電化製品店勤務だそうだ」と真木は告げた。

これは吉良と加成屋にとって、虚脱しかねないほど衝撃的な事態だった。かつてダイヤと月桂冠の徽章を返上して自衛隊を去ってなお矜恃を失わずにいられたのは、「人命の保護」という使命に従ったという確信があったからだ。その確信は七年間、揺るぎないものとして二人の胸中にあり続けた。だが今、その誇りが根底から揺るがされようとしていた。見過ごすことなど到底出来なかった。

「見城晶も吉川健も、七年前の事件で人質にされたと主張する人物です」

吉良と加成屋の言葉に、ＳＧＵ班員はぽかんとするばかりだった。真木は険しい顔で腕組みし、花田は黙ってコーヒーの缶をもてあそんでいた。誰にとっても二人の主張はいかにも突拍子がなかった。

三津木は「世の中には、悪いときに悪い場所に入り込みがちな人間もいるぞ」と言い、偶然の一致で片付けられるのではないかとした。

桶川は「ものすごい確率ですけどね」と言って、「何か理由があると考えるべきでしょう」としたが、何の理由も思いつかなかった。

「で、どう罪に問いますか？」と吉良と加成屋に尋ねたのは暁である。「たとえば抵抗しない人質として犯人に雇われていたとして、何の容疑でしょっ引くつもりですか？」

「警察組の意見を伺います」吉良は言った。

「公務執行妨害……」静谷が悩ましげに呟いた。

「馬鹿言うなよ」たちまち花田が厳しい調子で遮った。「人質にされることが罪になるなんてことは間違っても言うな。ただでさえこの班は世間に喧嘩を売ってるんだ。人質を自己責任扱いし、救助に消極的な警察組織だと思われたら終わりだぞ」

花田が指摘した通り、ＳＧＵの広報戦略は、警視庁全体の命運を握るものとなっていた。その矢面に立つ花田としては、班員の失言こそ最も防ぐべきことだった。

静谷が背筋を正して、はい、と返した。吉良と加成屋は引き下がらなかった。見城晶と吉川健が人質として選ばれた理由を解明すべきだと主張した。

「もし、人質から主犯格につながる何かがあり、プリーチャーの逮捕に結びつくかもしれないなら、自分たちの任務です」と吉良は言った。しかしさすがに飛躍気味であることを彼も加成屋も感じていた。見城晶と吉川健について何の情報もないことに改めて気づいていた。当時、女子大学生だった女性と、電化製品を売るのが仕事の男性が、どのように武器流通の親玉に結びつくか想像もつかなかった。

もし彼らを逮捕する場合、起訴につながる根拠がなければ検察から白い目で見られる。日本の検察にとって——ひいては国民にとって——罪が軽微か重大かを問わず、逮捕の時点で有罪が確定したに等しくなければならない。さもなくば警察の失点とされる。逮捕されたからといって起訴されるとは限らないという考えが国民に浸透している欧米とは違った。

「とりあえず逮捕して取り調べを行うということはできない」真木はそう結論し、また吉良と加成屋へこう告げて宥めた。「人質事件を扱うＳＩＴの人員に話して、人質にされた見城晶と吉川健の聴取を頼む。また、二人を泳がせて探りを入れてもらう。ＳＩＴは詐欺などの知的犯罪もふくめて柔軟な捜査をしてくれるから安心していい」

真木はその場で携帯電話を取り出し、刑事部の捜査第一課に連絡した。七年前の現金輸送車襲撃事件と、今回の日銀襲撃事件で、同じ二人の人間が人質にされていたことを報せ、何か裏がないか探るよう、花田と班員の目の前で頼んでみせた。これで吉良と加成屋も「だいぶ気を落ち着かせることができた」という。

「やっぱり真木は人間を使うのが上手い」三津木がこっそり呟いた。真木が、すぐさま吉良と加成屋の反発や暴走を防ぎ、統率してみせたことに感心していた。

「みな、目前の任務に集中してくれ」

真木は言った。任務とは、現場から逃走した平山と仲間二名の追跡だ。捜査本部である講堂で首都圏の地図をプロジェクターで表示し、犯人が襲撃を開始する前の移動経路、浦安の墓地公園からの逃走経路を整理し、どこでどのような行動をすべきであったかもふくめて全員で分析し、今後の対応と対策について意見を述べた。

みな任務に意識を傾けた。やがて花田が真木の肩をさりげなく叩いた。その調子で班員を統率しろというのだ。そして講堂から出て行った。日銀襲撃事件に関する広報戦略会議の取りまとめが花田の役目で、班員たちは地図に釘付けだった。

それから間もなく——人質を連れて警視庁に戻ってから僅か二時間半後、真木の携帯電話が鳴った。

「平山史也のアジトについてタレコミ（情報提供）があった」という、組織犯罪対策部からの緊急連絡だった。


SGUは、ただちにSATとともに再出動を命じられた。補給は万全だった。消耗した弾薬も、車両のガソリンも、端末やガンレコやドローンの充電も問題なかった。気力と体力の面でも同様だ。

ただ、装備品の預かり証の発行手続きはおそろしく面倒で、使用後の報告手続きともども、桶川いわく「発射音を検知するガンレコのデータの存在を完全に無視した、おぞましいほど無駄で膨大なペーパーワーク」が必要だったが、班員は粛々と従った。桶川がどれほど憤懣《ふんまん》を述べようと、警察組織の業務改善は彼らの務めではなかった。

ＳＧＵは三台の特殊車両に分乗し、葛飾《かつしか》区へ急行した。新宿区、豊島《としま》区と並んで、銃を持った犯罪者による路上強盗やひったくりが急増した地域だ。指定暴力団の二次団体の本部が置かれている一方、組織を抜けた元構成員の更生を目的とした草野球チームなどが拠点を設けている。

情報提供者は匿名での通報を望んだが、結果的にすぐに判明した。

住宅街で銃声が聞こえたという通報があり、ＳＧＵやＳＡＴよりも早く駆けつけた所轄の警察官十六名が、アパートの一室で、下腹部を六発も撃たれて血の海に倒れた瀕死の男性（谷英継《たにひでつぐ》、六十歳）を発見した。この人物が所持していた携帯電話の発信履歴から、彼が情報提供者であることが明らかとなった。

アパートはいわゆる「無低」として活用されていた。これは「無料低額宿泊所」の略で、都道府県に届出をして設ける社会福祉施設の一種だ。

撃たれた谷英継は、ＮＰＯ法人ジャパンライフセイバーを運営する人物だった。生活困難者や生活保護受給者に宿泊所などを提供する多数の福祉事業を営むほか、家庭内暴力から逃げてきた人々を匿うセーフハウスを都内数箇所に構えていた。

その後の捜査で、このＮＰＯ法人が犯罪者から様々なかたちで悪用されていたことが判明した。路上生活者などの生活困難者を支援する一方で、そうした人々を犯罪組織に斡旋《あっせん》し、「悪事の片棒を担がせる」ことが常態化していた。また、犯罪組織から金を受け取り、指名手配犯の隠匿や、銃や麻薬などの保管も請け負った。

背後には興正会とブリーチャーという「銃密売の大物」がおり、谷英継はNPO法人関係者に「逆らえば殺される」と、こぼしていたという。

その谷英継を撃ったのは平山史也だった。持ち前の警戒心から、裏切りを瞬時に察知したのだ。下腹部を撃ったのは、わざと苦痛を長引かせるためだった。男性器、腸、腎臓、脾臓《ひぞう》、背骨、腰骨を銃撃で破壊された谷英継は、緊急搬送された四時間後に死亡した。「もし生き延びていたら、透析と人工肛門と車椅子生活だったろうな」と三津木は言った。

平山は仲間二人とともに、すぐにまた姿を消してしまった。目撃証言から「白いホンダのセダン」で逃走したことがわかった。浦安から逃げた後で車両を替えたのだ。その日の夜、白いセダンが荒川上流で乗り捨てられているのが発見された。平山たちが都内にいるのか、それとも埼玉県方面へ逃げたのかは不明だった。

谷英継が急に通報する気になった理由としては、強盗集団の壊滅がテレビやインターネットなどで中継されたからだろうと推測された。警察の「反転攻勢」によって銃犯罪が一掃され、平山ら犯罪組織の人間が一網打尽になれば、協力した自分も罪に問われると考えてのことだろうと。

かねて銃密売に関連して、多数の民間人が協力を強いられていると目されており、谷英継の通報は、たとえ平山逮捕につながらずとも警察にとっては朗報だった。いよいよ警察の働きによって、銃密売者や強盗集団の恐怖支配に逆らう者が出始めたことを意味するからだ。

犯罪組織だけでは、長期間、実行犯を匿ったり、かさばる銃器を保管し続けることは、かなり難しい。多数の民間人の協力がなければできないことだ。インターネットを通した「サポーター」による強盗集団の大義名分のPR」は、ひとえにそうした民間人の協力を促すことにある。その点でSGUの広報効果は抜群だった。犯罪組織の大義名分を打ち砕き、犯罪者と民間人を切り離すという、警察の常套手段が功を奏したのだ。

そういうわけで真木も、通報者が死傷したことには厳しい面持ちだったが、「積極的な通報自体は、望ましい成果だ」として、撤収を命じた。

その真木へ、再び警視庁に戻る途中、捜査第一課が連絡を寄越してきた。真木は、同乗する暁と桶川に聞こえる状態で、携帯電話と同期するハンドルの通話ボタンを押した。

《一課の貞村《さだむら》だ》と車内のスピーカーが声を発した。相手は、刑事部の捜査第一課係長の貞村駿《しゅん》（警部、四十四歳）だった。真木の同期であり、再出動前に、人質とされた二人の件を頼んだ相手だ。

《お前たちが引っ張った、グニゴム（人質）にされたマルヒ（被害者）だが、動きがあったので報せておく》

貞村が口にする警察の隠語に、後部座席の桶川が目を白黒させた。グニとは五（グ）と二（ニ）で七（シチ）すなわち「質」を意味する。警察官同士は捜査の内容や主体を隠すことが習慣になっているため、桶川が言う「違う国の言葉のような」話し方をするのだ。

「動きとは？」真木が訊いた。

《家族と主張する人間がBを連れて来た》

「なんだと？」真木は驚いて聞き返した。

助手席の暁も目を丸くしていた。後ろにいる桶川は、Bが弁護士（Bengoshi）のことだとは知らず、何が来たのかと不思議な気分で真木と暁の方へ首を伸ばしている。

《赤星亭《あかぼしとおる》だ》と貞村が告げると、真木と暁が鋭く息を呑んだ。二人の「異様にぴりぴりした雰囲気」

に、桶川がわけもわからず驚いて身を引いた。
《花田警視が対応してる。赤星亭はうちの鬼門だ。わかってるだろうが、お前のとこのマルヒを適当にパクって足止めするなんてのは無理筋だ》
「ああ、すぐ本部に戻る。ありがとう貞村。また連絡する」
真木はそう言って通話を切った。そして、桶川いわく「誰かが銃を持って警視庁に現れたと聞いたような怖い顔」で、特殊車両を走らせた。

警視庁の前で真木は車を停めた。暁に運転を任せ、自分だけロビーへ向かい、班員は地下の特殊車両用の車庫へ直行するよう命じた。そうしながら真木は、胸のガンレコのスイッチをオンにしていた。念のため人質の家族の顔を撮影しておきたかったのだ。このとき真木は、吉良と加成屋の主張とは別の意味で、人質にされた見城晶に注目していた。ガンレコが起動中であることを示す小さなLEDランプを相手から見咎められたとしても、任務中の規則だと言って撮影を続けるつもりだった。

おかげで班員たちも、地下駐車場に集まり、桶川のタブレットを通して、そのときの様子をリアルタイムで見て取ることができた。

真木は、ロビーで立ち話をする男女へ真っ直ぐ近づいていった。花田と、見城晶、女性一名、男性一名が、一見して和やかに何かを話していた。

男性の顔を見て、三津木、暁、静谷が、口々に「赤星亭だ」と驚きの声をこぼした。

女性の顔を見て、吉良と加成屋は、またしても衝撃に襲われて愕然となっていた。

彼らの様子を、桶川がぼんやり眺めた。「今日はみなさん驚くことが多いですね」

《よう、真木。出動お疲れ様》花田がやんわりと言った。《赤星さん、こちら私の部下の真木です》

《ええ。面識があります》男性――赤星も柔和な笑みをみせた。《こんにちは》

《お久しぶりです》真木が淡々と返した。《この方を迎えに来られたんですか？》

《こちらの、義理のお姉さんが心配して、わざわざ来られたんだそうだ》花田が女性のほうへ手を向けた。《必要な聴取とはいえ、ずいぶん長く引き止めてしまったからな。まことに申し訳ありません》

《いえ》と女性が礼儀正しく頭を下げた。真木への挨拶も御礼の言葉もなかった。強盗集団に人質にされた家族を助けてくれたことに言及せず、何かを警戒するように真木の方を見ていた。赤星も女性も、そして見城晶も、「ガンレコで撮影されていることを知っていて、余計な言質《げんち》を取られないよう気をつけているようだった」と班の全員が思ったという。

《まだ現場検証中で、今後疑問が生じるかもしれません》真木がきびきびと言った。《その際はぜひご協力をお願い致します》

見城晶が、ちらりと赤星へ目を向けた。赤星がうなずくと、見城晶も真木に顔を戻してうなずき返した。

《では我々はこれで失礼します》赤星が小さく頭を下げ、二人の女性とともにきびすを返した。

花田は大人しく見送る様子だったが、ふいに《ああ、赤星さん。最近また連絡があったりはしませんでしたか？》と声をかけた。

赤星と女性たちが、立ち止まって怪訝そうに振り返った。《誰からでしょう？》と赤星が訊いた。

花田が、わかっているだろう、というように親しげに微笑んだ。《磐生修ですよ》

赤星の表情が厳しくなった。《いいえ。ありません》きっぱりと返して花田に背を向け、今度こそ二人の女性とともにロビーから去った。
《録画してたろ》花田が、真木へ言った。《バレてたぞ》
《ええ。つついてみたくて》
《さっそく見せてくれ》
《はい》と真木が返したのを最後に、ガンレコのスイッチが切れた。

「赤星って人、みなさんご存じなんですか？」

桶川が訊くと、警察組三人が一様にわけありげにうなずき返した。吉良と加成屋は、このときまだ弁護士の方にはさして注目していなかった。

「昔、磐生修を弁護した男だ」三津木がその一言で全て察しろというように告げた。

「ははあ、フロント弁護士というやつですか」桶川が知ったような口を利いた。フロント弁護士とは、犯罪組織や暴力団に高額の報酬で雇われ、ときに違法行為にも手を出す弁護士に対する、蔑称のようなものだ。

「いいや。非常に優秀な、人権派弁護士として評判だ」静谷が訂正した。「昔も今もな」

「磐生修を無罪にしたわけですから、いわば警察の天敵ですね」桶川がいつものように調子に乗って余計なことを口にした。

「アキレス腱だよ」暁が、腕組みして桶川を睨みつけた。「捜査一課は特に頭が上がらない」

「なんでですか？」桶川が無邪気にしつこく訊いた。

三津木も目を尖らせ、桶川を黙らせるために早口で説明した。「赤星亨の妻子は、自宅に押し入った男に射殺された。ＳＩＴが救助にしくじった。まさか男が本当に撃つとは誰も思ってなかった。なぜならその男は、磐生修に殺されたとされる警察官の身内で、そいつも警察官だったからだ。なのに赤星を恨み、妻子を殺して自殺した。ぴりぴりする理由がわかったか？　一課でこの話をしたらタコ殴りにされると思えよ。おれの前でもな」

桶川は、怖《お》じ気《け》づいた様子で「はい」と素直に返した。だがすぐに「弁護士の家族だから助けなかったなんて批判されたら最悪ですよね」などと言わずもがなのことを口にし、警察組三人から「しっ！」と犬のように黙らされた。

その後、全員で武器と防具を返却し、書類に必要事項を記入した。吉良の隣で、加成屋が紐のついたボールペンを宙にさまよわせ、「わけがわかんなくなってきた」と言った。

「おれもだ」吉良も記入する手を止めて加成屋の横顔を覗き込んだ。「自衛隊やめたあと、連絡を取ったことは？」

「ないな」加成屋がボールペンを放り出して両手で顔を揉むようにした。「他人のそら似かもしれない。真木さんのガンレコの映像、ちゃんと見直そう」

書類の提出後、班の全員でガンレコの保管室に行き、真木が撮った映像を見た。

花田が、大きなモニターで何度も映像を再生し、見城晶と女性と赤星亭の表情の変化を注意深く観察した。そして独り言のように口にした。「この女性二人の素性を調べるか」

「シキテンするには人手不足ですね」と三津木が言った。これはターゲットを監視下に置くという警察の隠語だ。

「捜査一課は嫌がるだろうが頼んでおく」と真木が告げ、振り返って吉良と加成屋を見た。ほらお前たちの願い通りになったぞ、というのだ。しかし吉良も加成屋も、喜べる気分ではなかった。真木にどう説明したらいいかわからず混乱し、映像の女性を目で追い続けていた。

やはり間違いなかった。七年ぶりに見る顔だった。かつて加成屋が自衛隊時代に出会い、デートコースにこだわり、真剣に関係を築くことを考えていた相手。銃をもって戦った事件を境に、連絡を取ることもなくなった女性――桐ヶ谷結花（三十歳）だった。

2

ユーチューバーのＫＯＲＯＵ９９／虎狼九十九こと、池沼藍人《いけぬまらんと》（二十九歳）は、その頃すっかりプリーチャーこと磐生修に心酔するとともに、心の底から恐怖を抱いてもいた。彼に認めてもらうと不思議なほどの幸福感を覚え、失敗したのではないかと思うと夜も眠れぬほど恐ろしくなった。

その夜は、どちらともつかなかった。自分が何かの責任を取らされるとは思えずにいた。言われたとおり動画を配信したし、再生数もリアクションもまずまずだった。自分は役割をまっとうしたと胸を張って言えた。

ただ『憂国連合』の壊滅が全国報道されたその日に、携帯電話が鳴り、プリーチャーから直接集合を告げられると、どうしても不安になった。通信そのものは安全だった。「飛ばし」と呼ばれる、他人もしくは架空名義で契約された携帯電話を使用していたし、興正会の人間が毎週新しいものと交換してくれていた。通話記録をつかんだ警察が、突如として池沼藍人のもとに現れるということはありえなかった。

池沼藍人は当初、強盗サポートＰＲを依頼してきたプリーチャーのことを、暴力団に雇われた国際事情通の銃密売人程度にしか思っていなかった。多数の銃を外国から日本に運び入れるルートを開拓したことで、暴力団から重宝されているのだと。

だがその見方が誤りであることをすぐに悟った。完全に逆だった。プリーチャーが興正会やいくつもの暴力団を支配していた。金の流れを掌握し、下部組織の運用を司《つかさど》り、強盗集団を組織し、ＰＲ計画を管理し、首都圏での多くの犯罪をコントロールしていた。

プリーチャーこそ黒幕だった。日本に住まう若者を「解放」し、彼が言う「誰もが自由に、本音で生きることができる社会」を作り出せる男だった。

「日本人は今でも、お上を崇め奉って生きるよう教育される。お上が言うことは絶対だと信じ込まされるんだ」とプリーチャーは、池沼藍人や、平山史也など、大勢の若者の前で朗々と述べたものだった。「だがその昔、アメリカから黒船が来て、お上じゃ頼りにならないと悟ったとき、日本人は何をした？　刀と甲冑《かっちゅう》を揃えて、自分たちのために、社会を作り直したんだ。そのとき日本人は日本人になった。おれがお前たちに銃を渡す理由もそれとまったく同じだ。みんなで、国を作り直すためなんだ」

これぞ革命だ。少なくとも池沼藍人はそう信じた。最初にプリーチャーの「説教」に触れたとき、体に電気が走ったように感動した。その感動を世界に伝える仕事は、単にやり甲斐があって儲かるという以上に、信仰的熱狂の感覚を与えてくれた。

しかし日銀襲撃という大勝負に敗北した挙げ句、平山史也と極左主義のＲＳＮ（ラジカル・スーパー・ノンセクト）の二名が、あわや逮捕されるところだったと聞いて、プリーチャーが実は怒り狂っているのではないかと不安にさせられていた。彼の怒りのとばっちりを受けるのは絶対に嫌だった。そんなことで死にたくはなかった。

そうした不安の裏返しもあって、隠れ処《が》を運営する者が裏切ったことに、池沼藍人は強い怒りを覚えていた。動画配信で徹底的に罵ってやりたいとさえ思った。

無低（無料低額宿泊所）としては、全国でゆうに六百軒以上の施設がある。届け出のない者もふくめると三万数千人が住居し、うち半数ほどが生活保護受給者だとされている。

谷英継は、典型的なガイドライン無視の運営者だった（厚労省は無低などの住居環境を、原則四畳半以上の個室にするなど細かく規定している）。狭い空間に人を押し込め、受給者から生活保護費を取り上げ、路上生活者を拾ってきては犯罪組織で働かせて上前をはねた。首都圏に百軒以上の施設を有し、年間収入は五十億円を下らず、経営は「大幅な黒字」を維持し続けた。自治体も、そうした「無低事業者」に丸投げする方が楽なので、入所させられた者たちが「収容所じみている」と訴える施設を放置するばかりだった。

そんな、弱者を食い物にする、せせこましい地蜘蛛《じぐも》みたいな男の首根っこをつかみ、「解放」のための戦いに協力させたのがプリーチャーだった。谷英継が理事を務めるジャパンライフセイバーの施設を、まともな、世のため人のためになる存在に生まれ変わらせたのだ。ブロイラーハウスみたいだった狭小アパートを改装させ、警察に追われる者を匿う砦《とりで》に、負傷した者を癒す病院に、革命のための武器保管庫に、真の兵士を集めて鍛える訓練所に変えたのだ。

これほど重要な役目を任されておきながら、『憂国連合』の人々が倒れるのをテレビで見て、「警察が来る」と思い込み、自分だけ罪を免れるため通報したのが谷英継だった。彼が死ぬ前に地獄のような苦しみをたっぷり味わったことを、池沼藍人は心から願った。谷英継とは面識すらない彼ですら、このように怒りを覚えるのだから、プリーチャーの心境を思うと、空恐ろしいものがあった。

池沼藍人は、自前のメルセデス・ベンツを運転して（ユーチューブの収入で即金で購入できた）、墨田区にある集会所から、やや離れた場所にある駐車場に停めた。くれぐれも集会所の前に車をつけるような馬鹿な真似はしないようプリーチャーから教えられていた。来るルートも毎回注意して変えた。

そこから、「減圧室」と呼ばれる地点の一つを通過した。招集された者は、集会所の周囲に複数ある、通り抜けが出来るビルや、歩行者用トンネルなどを通るのがルールなのだ。各地点には尾行を見抜くプリーチャー配下のプロ――彼がスカウトしてきた元警察官や元探偵などがおり、集会に赴く者を誰かが追っていないかチェックするのだった。

そうして池沼藍人が入ったのは、大通りと住宅街に挟まれた、やや広めの木材業者の敷地にある倉庫だった。墨田区一帯は、江戸時代の頃に木材業で栄えた地域だ。今もそこら中に木材業者の建物がある。だが海外から来る安い輸入木材に押され、また木材に代わる建材が開発されたことから、国内の木を扱う業者は激減し、木材事業自体が縮小傾向にあった。使われることがなくなった木材用倉庫が買い取られ、カフェに改装されたり、イベントスペースやアート展示に活用されたりすることが多くなっていた。

集会所もそうした倉庫の一つで、木材を置くスペースはカムフラージュに過ぎなかった。奥はがらんとしたスペースになっており、何重もの防音壁で覆われていた。

中央には、火を灯す和蝋燭《わろうそく》が何本も立てられた丸テーブルがあった。テーブルはプリーチャーが呼ぶところの「火の祭壇」で、溶けた蝋でほとんど覆われ、縁から垂れ落ちた蝋が鍾乳石のようにつらら状になっていた。そのテーブルの周囲をパイプチェアが円を描いて並んでおり、すでに招集された者たちが揃っていた。

日銀襲撃戦を生き延びた、片目のジャックこと平山史也と、出撃者二名。民族もバラバラの若者たちが八名。『憂国連合』の二組織の代表者二名。NPO法人ジャパンライフセイバー副代表一名。

そしてプリーチャーが、ゆらめく蝋燭の火を瞳に宿しながら、池沼藍人を出迎えた。

彼はいつもの格好をしていた。クジラ革製品だという黒いレザージャケットを着て、同じく「クジラのペニスの革」で作られたというブーツを履いていた。「血を浴びてもすぐに洗い落とせる」優れた品らしいが、本当かどうか池沼藍人にはわからなかった。ホエールレザー製品は稀少すぎて手に入らなかったのだ。

下は、耐燃性素材のぴったりした黒いズボンを着用していた。銃から飛び出した薬莢が太股の上に落ちても火傷をすることがないように。こちらは池沼藍人も同じ物を手に入れ、その効果を実感していた。プリーチャーが撃った弾丸の薬莢がいくつも飛んできて、少々困ったことが何度かあったのだ。

プリーチャーの顔立ちは日本人にしては彫りが深く、濃い頬髭の剃り跡を浮かばせている。柔道やその他の格闘技で鍛えた大柄な体は今もがっしりとしており、身長は百九十二センチもあるため、立ち上がると多くの者が彼の顔を見上げることになった。

「もし鉄条網を巻いた野球用バットを持っていたら、そっくりだな」と、プリーチャーに会うたびに池沼藍人は思ったという。「ゾンビが出てくるアメリカのドラマ、『ウォーキング・デッド』の悪役、ニーガンに」

だがプリーチャーこと磐生修が、バットを振り回すことはなかった。人間に叩き込むのはたいていベレッタやトカレフといった拳銃の弾丸だった。長く同じ銃を使うことはなく、銃には詳しかったが、特定の品に愛着を持つ様子はなかった。銃は彼にとってあくまで道具であり、商品だった。

池沼藍人が無言で頭を下げて着席すると、磐生修は蝋燭の火を見つめるのをやめ、みなを見回した。彼は火を囲んで若者に話しかけるのを好んだ。どこかの国の古代の部族が、そうして集団の結束をはかったように。かつて同じ地域に住まう農民たちが火を囲み、自分たちの生活のこれからについて話し合ったように。火と物語が、絆を生むことをプリーチャーは知っていたのだ。

「今日は、道義的な孤立というものについて話そうか」プリーチャーこと磐生修が、腹に響くような低音の声をおもむろに放った。「戦争は互いの大義名分をかけた競争でもあると前に話したことがあるが、覚えてるか？」

平山ら若い男たちがうなずいた。池沼藍人もそうした。だが他の三名は、そうしなかった。『大日本帝国防衛軍』代表の高橋直樹《たかはしなおき》（五十七歳）、『ＲＳＮ』代表の菱田弘弥《ひしだひろや》（五十一歳）、ジャパンライフセイバー副代表の豊崎元《とよさきはじめ》（五十六歳）は、ただ座っているのではなかった。口元と四肢をダクトテープでぐるぐる巻きにされ、パイプチェアに固定されて身動きできない状態にされていた。

磐生修は、拘束された三人には目もくれず、若者たちへ語って聞かせた。「大義名分なしじゃ、戦争にならない。何のために戦うかも、それが正しいことなのかもわからんとなれば、どんな兵士もこう考え始めるもんだ。『よくわからないことで辛い目に遭うのはいやだし、なるべく自分の得になることをしよう』と。そして、目的もなく良い気分になるために銃を撃ち、敵からも味方からも物を盗み、女や子どもを捕まえて犯し、そして敵が襲ってきたらさっさと逃げ出すようになる」

磐生修は口をつぐんで、それがどれほどみっともなく馬鹿げたことか、若者たちが理解し実感するのを待った。磐生修がプリーチャーと呼ばれるようになった経緯がどういうものか誰も知らなかった。だが彼が、優れた説教師であり、熱心な教育者であり、その言葉の全てが正しいと思い込ませるすべに長けていたことは、まぎれもない事実だ。

「昔、ズアンシという、中国系マフィアのグループが日本に入ってきたことがある」磐生は火を囲む者たち一人一人に顔を向けながら語った。「ズアンシは、あっちの言葉でダイヤモンドという意味だ。と言っても、それが連中の目的ってわけじゃない。ダイヤモンドを盗みに来たわけじゃないんだ。まあ、実際に宝石店で強盗もしたが、こいつらが自分たちをそう名付けた一番の理由は、強固な意志の持ち主しかグループに入れないということを示すためだった。連中の大義名分を守れない奴に用はないと言いたかったんだ。それが連中のPR戦略だった。そしてその大義名分は、『日本鬼子』が──憎い『リーベングイズ』が、中国から奪った財産を、取り返すってなものだった」

この集団に限らず、一時、日本に入ってきた中国系マフィアは残虐さで知られていた。幼い頃から、日本は中国を苦しめた『鬼』の国だと政府によって教育されてきたため、日本人を相手にしたとき、同じ人間だという意識が薄かったのだ。日本の富裕層の邸宅に押し入り、銀行口座の暗証番号を聞き出すために拷問を施したあとで惨殺するといったことをしても良心の呵責《かしゃく》を覚えなかった。むしろもっと苦しめてやりたくなったという。

だが日本国内に拠点を設けて、強盗や窃盗を繰り返すうち、おのずと「裏切り者」が出るようになった。日本人の友人を持ったり、日本人の恋人が出来たりした者は、ズアンシのメンバーにふさわしくないとされ、手足を切り落とされたり、目を焼かれるなどの罰を受けた。だが、日常的に多数の日本人に囲まれた状況では、カルト的な大義名分を維持することは困難だった。買い物をするときに日本語を口にすることはどこまで許されるのかといったことで口論になり、同胞同士の殺し合いにまで発展した。

「ズアンシはすぐに崩壊した。ダイヤモンドはバラバラに砕けた。日本人と、どこまで仲良くすることが許されるのか、なんていう議論の末に、殺し合ったんだ。彼らの大義名分は死んだ。そして生き残った連中は、日本のヤクザの二次団体の、さらに下部組織に吸収された」

磐生修はこのように語り、そして「ズアンシの構成員はどうすればよかったと思う？」と若者たちに問いかけた。若者たちは口々に、「もっと頭を柔らかくすればよかった」「さっさと中国に帰ればよかった」「多数決で仲良くなっていいやつを決めるとかすればよかった」などと意見を述べた。磐生修は、彼らが何かを口にするつど、真っ直ぐ相手を見つめ、どんな意見も否定せず、しっかりうなずき返した。それだけで若者たちが嬉しい気持ちになることを磐生修はよく知っていた。

「道義的な孤立を回避する手段はたくさんある」磐生修は、若者たちの意見を総括するようにして言った。「ときには状況に応じて、大義名分を更新する必要もある。全然アップデートしないアプリを、いつまでも使わないのと同じだ。わかるか？」

わかります、と若者たちは口を揃えて言った。

「バグは修正しなければならん。必要なくなった機能にこだわってちゃ時代に取り残される」磐生修が笑みを浮かべて肩をすくめた。「わかるか？」

わかります、と若者たちは言って微笑んだ。

「こいつらは」と磐生は急に厳格な顔つきになって、拘束された三人を指さした。「おれたちの大義名分を死なせようとした。バグらせようとしたんだ。『大帝軍』は、デモを襲撃して何人も撃ち殺した。なんでかわかるか？　クソみたいな金満政治家に、小遣いをもらったからそうしたんだ。銃を持ってない弱い者をいじめて金を稼ぐのがおれたちの大義名分か？」

違います！　と若者たちがわめき返した。池沼藍人も力を込めて声を合わせた。

「日銀を攻撃したあとも、『大帝軍』のやつらは阿呆みたいに撃ちまくって無関係の人間を傷つけた。撃つべき警察官が何百人もいたのに、わざわざコンビニで三百四十五円の弁当を買って出てきた女性を撃ち殺したんだ。それでおれたちを応援してくれる国民が増えると思うか？」

思いません！　と若者たちが声を高めた。

「この『RSN』の愚か者と、NPOの臆病者は、平山たちを警察に売って自分たちだけ助かろうとしたことを吐いた。おれたちが警察に負けたと勘違いし、ろくに戦いもしないうちから、戦争を続けることが辛いと音《ね》を上げたんだ。なあ、教えてくれ。おれたちは、政府と警察に降伏しなけりゃいけないほど負けたのか？」

負けてません！　と若者たちが目を剥いて叫んだ。

「そうだ。平山は日銀でちゃんと計画に必要なものを手に入れた。使い古しの金をかき集めるのは、警察の目を逸らすためのついでの仕事だった。そのことをこいつらは理解できなかった。こんな大事なことが理解できないやつらは、残念だがバグとしか言いようがない。こんなあさましいやつらは、おれたちの大義名分を損ない、道義的な孤立を招く悪しき因子としか言いようがない。そんなやつらをどうすればいいか、お前たちがおれに教えてくれ」

平山がさっと立ち上がって、トカレフを抜いた。そばにいた二名と、他の八名が次々に席を立って、それぞれ所持していた拳銃を握った。池沼藍人は銃を持ち歩かないので、彼らと一緒に立ちながら耳を手で塞いだ。そして、高橋直樹、菱田弘弥、豊崎元が、十一発ずつ体に弾丸を叩き込まれるのを見届けた。首から上が粉々になり、胴体が風船のように破裂し、四肢が引き千切れるほどの銃撃だった。

池沼藍人は、とんでもない殺人の現場に居合わせてしまったとは思わなかった。できればこの光景を――プリーチャーの説得力のある説教とともに――撮影し、配信できたらと思っていた。もちろんそんなことをすれば一発で動画配信サイトから追い出されるだけでなく、警察に追われることになるのだが。

「今日の集会は以上だ」と磐生修は告げ、若者たちを解散させた。死体は興正会の組員に始末させることになっていた。平山と、日銀襲撃事件の実行犯二名――この場で磐生修から『憂国連合』の新代表に指名された堂野覇安人《どうのはあと》（二十八歳）と、『ＲＳＮ』の代表に指名された竹原新太郎《たけはらしんたろう》（二十七歳）には、別の隠れ処が用意された。

若者たちが昂揚もあらわに頭を下げながら出て行った。集会所には磐生修一人になった。彼は「飛ばし」の携帯電話を懐から取り出して、ずいぶんと付き合いが長く、その分、借りを多く作った相手にかけた。

「赤星先生、磐生です」

捜査第一課が、見城晶の聴取を担当したという情報について、磐生は「イヌがつかんで流してくれたネタだ」と赤星に告げた。イヌは警察用語で、捜査機関に入り込んだ、犯罪組織側のスパイのことで、Sとは逆の存在を意味する。警察官だった頃同様、スパイ網を張り巡らせて管理することも、磐生の優れた才能の一つだった。

《二人とも、逮捕されませんでしたし、問題ないですよ》と赤星は請け合った。

だがこちらを納得させたがっていることは磐生にもわかっていた。「日銀からようやく必要なものを手に入れたんですから。計画に支障が出るのは避けたいでしょう」

《ええ、もちろん。こちらは私の方で十分に対処できますし、今後も必要な人材です》赤星は言った。

「勝手に殺すなと」磐生が笑いをふくんで言った。

《その必要はないし、かえって怪しまれるでしょう》

「おれの方で十分に対処しますよ。先生には借りがありますからね。返しきれない借りがね。先生が世の中を救済しようってんだ。おれは何でもやります」

《ありがたいことですが、今のところ大丈夫です。それより、十八人もいっぺんにやられるなんて、初めてのことじゃないですか？》

「火力でのごり押しは、もう利かないということです。『大日本帝国防衛軍』は事実上、消滅しました。何年も好き放題にやれたのが不思議なくらいでね。作戦を変えます」

《というと？》

「花田礼治の部隊に、挨拶してやらなきゃ」

磐生はそう言うと、入ってきた興正会の組員四名へ手を振り、血まみれになった三つの死体を指さしてみせた。そしてその場に座ったまま、電話の相手に、計画を話した。

3

吉良と加成屋は、真木に頼んで許可をもらい、連日偵察に出た。

と言っても、場所は桜田門の「本部・本庁」にほぼ限定された。「本部」とは警視庁、「本庁」とはその隣の警察庁のことだ。さらに離れたとしても通りを渡ったところにある検察庁がせいぜいだった。

SGUの任務はスクランブル待機のようにいつ出動命令が下るかわからないため、常に待機している必要があるのだ。非番の日もあるが、強盗集団のアジトが発見されたときなどは、すぐさま装備を整えて現場に出ねばならなかった。

そういうわけで、電話でアポを取り、建物の中を歩き回り、各部署に頭を下げて情報をもらいに行くことが彼らの偵察だった。ときに検察庁の人間をつかまえて過去の事件について尋ねたが、民間人相手においそれと内部情報は出せないという態度に辟易させられた。

真木が、この二人を自由にさせたのは、「藪をつつかせるため」だ。

桐ヶ谷結花がかつての加成屋の交際相手であると知るや、真木は、秘匿されているSGUメンバーの情報が漏れた可能性を、最も懸念した。加成屋がSGUの一員であると知った犯罪組織が、過去の人間関係を調べ上げ、何らかの工作をしているという可能性だ。

吉良と加成屋には、さすがに考えすぎではないかと思われたが、真木は「イヌほど危険なものはない」と言って、二人に警戒を促した。どんな犯罪組織も、警察の内部情報を得るためなら何でもやるのだと。

　金と男女関係は、その常套手段だった。警察官を買収するか、さもなくば不適切な男女関係になるようけしかけて弱みを握るのである。そうして、Sを使って捜査しているはずが、いつの間にかSの方に操られてしまう警察官もいるという。そうした「イヌにやられた」警察官は、罰俸転勤組として特定の署に放り込まれるか警視庁を去ることになる。

「つまり威力偵察をしてこいってことか」吉良は、真木の意図をそう解釈した。

　ただ偵察して回るのではなく、敵がいそうな場所に撃ちかかるなどして、あえて敵の攻撃を誘発し、その戦力規模や位置を探る行為が、威力偵察だ。目的は当然、敵の制圧ではない。その存在を判明させ、敵人数や装備など可能な限り多くの情報を持ち帰ることだ。

　この場合、SGUメンバーが警視庁内を慌ただしく動き回ることで、あるべき情報が隠されるなどの妨害があれば、そこから「イヌの尻尾《しっぽ》」がつかめることになる。吉良と加成屋は、まずSGUの警察組が神経質になる相手、赤星亨についての情報を集め、その中から人質にされた吉川健、見城晶、そして桐ヶ谷結花につながるものを見つけようとした。

　情報は膨大だった。それらは赤星亨の「人権派弁護士」としての評判の高さを大いに物語るものでもあった。

　赤星亨の名が注目されたのは、彼が三十代のときだった。「LED訴訟」を担った弁護士事務所の若手として働き、積極的な発言がメディアに取り上げられた。その訴訟は、大手化学工業を相手取り、特許に対する対価を求めて元社員が起こしたものだ。これは当時の日本企業のあり方に痛烈な疑問を呈するものだった。優れた研究者へ欧米なみに報酬を与えるべきであり、さもなくば頭脳流出によっていずれ日本企業が衰退するという論調が一挙に高まった。

訴訟では当初の要求額のおよそ二十五分の一の額が、原告に支払われることで和解が成立した。金額は大幅に下げられたものの、これを機に、国内の研究者の待遇改善が進んだのは事実だ。それでも到底、欧米なみの報酬とはいかず、やがて中国や韓国のほうが環境が良くなり、日本人研究者が引き抜かれるという、かねて懸念されていた頭脳流出が起こった。また当然ながら、海外の優秀な研究者を日本に引き抜くことも難しくなった。

そうした日本企業の課題が明らかになる一方で、この訴訟は、赤星亨に深い啓示を与えた。「企業ではなく人間を大事にすること」が、ひいては企業と国を繁栄させるのであり、その逆は決してない、という啓示である。

赤星亨は、司法制度の概念に意味と輝きを見出《みいだ》した。法律は、どんな人間にも企業や行政と戦う権利を約束していた。

彼は続けて、二〇〇六年に全面禁止されたアスベスト製品に関わる訴訟のいくつかに参加または協力をした。アスベスト（石綿）は、耐久性、断熱性、電気絶縁性など様々な面で優れている上に、非常に安価であったため、主に建材に使用されてきた物質だ。しかし空中に飛散したアスベスト繊維を吸入すると、数十年の潜伏期間を経て、肺癌や中《ちゅう》皮腫《ひしゅ》といった病気にかかる確率が高く、その健康被害が社会問題化されたのである。

世間を賑わしたこれら二つの問題と並行して、赤星亨は、第三者の過失が想定される死亡事故についての訴訟をいくつも引き受けた。公共バスが起こした死亡事故、砂利採掘場での一般人の死亡事故、医療過誤による患者の死亡事故、学校の生徒の死亡事件。またそれまで暴力の被害を訴えることさえ困難だった、在日外国人、路上生活者、セックスワーカー、ストーカー被害者、性的少数者などの「人権」を訴えた。ほどなくして赤星亭は、称賛と蔑視の両方の意味で「人権派弁護士」と呼ばれるようになった。

この国での「人権」の扱いは、欧米とまったく異なっている。裁判所は「人権」を盾にされることを嫌い、弁護士でさえ「人権派」と呼ばれるのを避ける者がいる。日本人の平均的な生活から逸脱していると思われる者、すなわち「浮浪者、犯罪者、外国人（特に朝鮮人）に味方する人間」というレッテルを貼られるからだ。

大阪府警では路上生活者などの生活困難者を「ヨゴレ」と呼び、警視庁では「朝鮮人」を意味する「マルセン」という隠語を使う（他県警でも同様の意味を持つコードナンバーが存在する）。特定の生活層や民族を示すコードを用いる警察組織は世界でも稀だ。「中流以上の日本人かそうでないか」が、犯罪者かそうでないかの基準であるかのように扱われる。その傾向は歴史的な経緯を反映したものだ。

戦後、「日本人化させた国内の朝鮮人を朝鮮半島に送り返すこと」が、冷戦時代は徹底的な「資本主義礼賛」と「反共産主義」が国家的な最優先課題となり、当然のように司法界にも影響を及ぼした。「浮浪者、犯罪者、外国人の味方をする者は共産主義者である」という蔑視は、今も一部保守層における「常識」として残り、司法界もそうした「古き常識」に従わされている面がある。

赤星亭はそうした蔑視もレッテルもまったく意に介さなかった。どんな人間も「熱心な弁護を受ける権利がある」と言ってはばからなかった。

時代の変化も彼に味方した。国内で猛毒のサリンをばらまいたのは共産主義者ではなく日本人カルトだった。共産圏からは中国人が観光のため来日し、「爆買い」が流行語になった。中国のＧＤＰはうなぎ登りに上昇し、中国人犯罪者は激減した。世間を騒がせた中国系の窃盗団、強盗団、結婚詐欺集団、証券偽造集団などが姿を消していった。わざわざ日本で犯罪を行うよりも、中国国内でビジネスチャンスをつかんだ方が儲かるからだ。

観光業が国家的資源として見直されて多数の外国人観光客が来日する一方で、国内企業が支払う賃金を低く抑えるため、安価な外国人労働者の受け入れが事実上解禁された。

欧米カルチャーが日本に伝播《でんぱ》し、「外国人に対する警察の偏見」が他国から批判され、性的少数者の権利が訴えられ、性産業従事者への蔑視が社会問題として主張され始めた。

赤星亨は時代を先取りした人権派として、良くも悪くも注目された。

そうしたとき、警視庁最大の失態となる、警察官の密輸事件が発覚した。磐生修が関与・主導したとされる一連の事件である。これに、赤星亨はあらゆる形で巻き込まれることとなった。

磐生修が、弁護士に赤星亨を選んだ理由は、単にあらゆる意味で、検察が嫌がる存在だったからだ、と赤星亨は当時のインタビュー記事で述べている。

検察は、一般の人間が想像する以上に、世間体を気にするものだ。世間の眼差しが、裁判官の心象に影響を及ぼすことを検察は熟知していた。世間から注目を集める弁護士は、検察にとって非常にやりにくい相手だった。

また、磐生修の当時の活動について詳しく知るはずの人間が、ことごとく死んでいることも弁護側に有利に働いた。警視庁は再発防止に奔走し、計六名の部長、七名の課長および課長代理、十名の係長を、訓戒処分などにすることで幕引きを図ることに必死で、検察に捜査情報を上げることに著しく支障をきたした。

裁判官は、「コントロールド・デリバリーの趣旨にのっとった捜査は合法である」として、多数のSを使っての金銭のやり取りをはじめ、銃密売ルートの特定のためにその他の犯罪を黙認したこと、囮捜査で実際に銃器売買に関わったことなど、罪に問えないとした。

検察は、マスコミいわく「匙を投げるしかなかった」。そうして磐生修が嫌疑不十分で釈放された時点で、赤星亨の仕事は終わった。そのはずだった。

だがその後、さらに警視庁をあらゆる意味で震撼させる事件が起こってしまった。

射殺体で発見された安田謙一警視の長男で、警視庁刑事部捜査第二課に所属していた安田英司《えいじ》（巡査部長、当時三十歳）が、磐生修の釈放に怒り、警察の支給品である拳銃を持ち出して報復しようとしたのだ。

だが磐生修が釈放後すぐに姿を消してしまったため、弁護士の赤星亨なら居場所を知っていると考え、三田《みた》のマンションの一室である赤星家に押し入った。そのとき赤星亨は不在で、妻の赤星響子《きょうこ》（当時四十五歳）、娘の赤星七海《ななみ》（当時九歳）が人質にされた。

安田英司は自ら通報し、「磐生修を連れて来て、父を殺したことを自白させること」を人質解放の条件として述べた。このとき赤星亨にも磐生修の行方はわからなかったのだが、安田英司はそれを信じず、磐生修を連れて来なければ妻子を殺すと脅した。

ただちに警察官が一帯を包囲し、人質事件としてSITの交渉係と突入人員が急行する他、警備部からは狙撃手が配置された。

こうして立てこもり犯となった安田英司の「面倒」を見ていたのが、同じ第二課にいた花田礼治である。死んだ理事官の安田謙一は、花田の大先輩刑事であり恩師的存在だった。父の後を追って刑事となった英司を「見守って鍛え上げる」ことを、花田は安田謙一からひそかに頼まれていたという。

花田は、警視庁上層部に懇願し、現場で安田英司の説得に参加した。ＳＩＴの突入を待つよう願い、安田英司を自発的に投降させようとした。

だが立てこもりから六時間後、突入を予期した安田英司は、「磐生修を捕まえて下さい」と電話で花田に頼むと、赤星響子と赤星七海の頭部を一発ずつ撃ち、続けて自分の頭部を撃った。銃声が鳴り響いたことで突入が行われ、人質二名、立てこもり犯一名が緊急搬送されたが、三名とも病院到着時には死亡していた。

「疫病《えきびょう》みたいなやつだな」と吉良は呟いた。磐生修のことだ。この男一人のせいで、ありとあらゆる人間が悲惨な状況へと巻き込まれていくようだった。

赤星亨は、「悲劇の弁護士」として大々的に報道された。彼は妻子を弔い、傷心を癒すため数ヶ月ほど事務所を休んだだけで、仕事に復帰した。テレビのインタビューでは「磐生修の弁護をしたことに後悔はない」と答えるとともに、「被害者の救済と、加害者の更生を通して、国民に貢献することに生涯を捧げる」ことを誓っている。

安田英司の母である安田貴美子《きみこ》（当時五十六歳）は、東京の自宅を引き払い、実家のある宮城県に移り住んだ四年後に病死した。

安田英司の説得に失敗した花田は、事件後すぐに休職している。提出したのは辞表だったが受理されず、三ヶ月の休職ののち捜査第三課に異動になった。その後、因縁の組織犯罪対策第四課に移り、磐生修が銃器密売に関わっているという情報をつかんで行方を追った。それが空振りに終わると、部下の真木に後を任せるようにして再び休職した。そしてその一年後にＳＧＵが設立されるまで、本部に現れることはなかった。

警視庁は、ある週刊誌の記事に「息も絶え絶えの状態」と書かれるほど深手を負ったが、幕引きと再発防止に努めるも、やがて銃器事犯の頻発という新たな嵐に襲われた。それもまた磐生修が関与しているのだから、警視庁にとっての疫病神そのものだ。

「プリーチャーと赤星亭と花田さんがつながってるのはわかった」加成屋が、ＳＧＵのオフィスでデータを閲覧するのをやめて体を伸ばし、凝った首を回した。「これ、真木さんとか、普通におれたちに話してくれてもよくないか？　書類読む時間がもったいない」

「話してくれないだろ、こんなの」吉良はにべもなく言った。「なんかないか探せよ」

二人とも、赤星亭が弁護等で関わった大小様々な事件のファイルを根気よく閲覧していった。やがて意外な――加成屋にとっては少々ショックな情報を掘り当てた。

都内の風俗店の経営者が、組織抗争に巻き込まれた事件だった。白昼堂々、店の事務所であったマンションの一室を襲撃され、従業員二名ともども射殺されたのだ。

風俗店や飲食店などを庇護下に置く、ケツ持ちと呼ばれる用心棒的な役割を担う暴力団が、麻薬や銃器の密売で力をつけた新興の犯罪組織と対立したことで起きた事件だった。

こうした勢力争いは、やがてプリーチャーこと磐生修の関与が疑われる興正会が、銃密売ルートを掌握することで鎮静化したが、その過渡期に起こった事件の一つと言えた。

新宿に拠点を持ち、人気デリヘル店『リンダ』の他、複数の店舗を運営していたミューズ・グループの代表である若手経営者、刈谷航一《かりやこういち》（当時、三十歳）が殺害された件で、関係者の一人として事情聴取されたのが、桐ヶ谷結花（事件当時、二十六歳）だった。

桐ヶ谷結花は、事件の数年前から『リンダ』で勤務し、「同業の女の子たちから年齢を問わず非常に慕われている」ことを知った刈谷航一から、経営に協力するよう頼まれたという。風俗店経営者からすれば、勤務する女性は「ちょっとしたことで、すぐに連絡がつかなくなる」存在である。そうした女性たちと意思疎通し、信頼とつながりを築ける人間はこの上なく貴重だった。

桐ヶ谷結花は、二年から三年だけという約束で、刈谷航一の経営を助け、その分の報酬を得た。勤務する女性たちに、接客のこつを教え、生活の悩みを聞き、麻薬やホストクラブなど「ハマると大変なもの」から遠ざかるよう促したという。

桐ヶ谷結花自身は、深みにはまらないよう経営そのものからは距離を置いていた。だが刈谷航一が殺害されたことで、「怖がる女の子たち」と「グループで働くボーイたち」、そして「ケツ持ちの人間」から請われ、閉店を免れた数店舗の経営を、「なし崩し的に」担わされたという。そして、刈谷航一が経営面でたびたび相談していた赤星亭の事務所に、桐ヶ谷結花が代わって相談に来るようになったのだった。

また、刈谷航一たちが殺害されたことで、警察はデリヘル店『リンダ』などグループ店が、銃器密売に利用されているのではないかとして捜査を行ったが、このときも赤星亭の事務所が法的な助言を与えていることが、聴取記録から明らかとなった。

当時の捜査では、結局、グループ店が密売ルートになっている証拠は見つからなかった。だが桐ヶ谷結花は、『護身のための銃がほしいと思うことはある』と供述しており、『撃ち方を教えてくれたり、自分を守ってくれそうな人をマッチングアプリなどで探したこともある。一人は自衛隊員だったが、結局、銃の撃ち方は教わらなかったし、銃を手に入れたこともない』と告げていた。

これを読んだ加成屋は、大口を開けて天井を仰ぎ、「マジかよー」と七年越しにぼやいた。「目当ては射撃訓練とか、早く言ってくれよー。強盗犯撃ち殺したこと自慢すりゃ良かったんじゃんかー」

「そこかよ」吉良が呆れた。「風俗店勤務は気にしないのか」

「自分の意思でやってんなら別にいいだろ」加成屋はけろりと言った。「自衛隊暮らしのウブだった頃なら気にしたかもだけど。でも、おれにはただでしてくれたんだし」

「そこかよ」また吉良が呆れた。

「おれとは本番も——」

「よせ。詳しく聞きたくない。とにかくこの桐ヶ谷結花から、人質だった二人につながらないか見てみよう」

二人は、桐ヶ谷結花に関連する古いデータと、新しいデータを片っ端から集めた。新しいデータはインターネット上にしかなかった。『リンダ』に勤務する女性たちのSNSと、桐ヶ谷結花が経営に協力する風俗店グループのサイトを一覧にした。

見城晶が、風俗店勤務者として浮かび上がることを期待したが、まったく手掛かりがつかめなかった。風俗店のサイト上では、女性の画像はあるものの、どれも顔が隠されているか、加工され尽くしていて人間とは思えないような顔になっているものばかりだった。

二人が風俗店のサイトをしきりと閲覧していることに三津木が気づき、「なんだお前ら、楽しそうな捜査してんな」と言って近づいてきた。書類仕事を終えた警察組の残り二人と、ドローンの操縦プログラムのアップデートを終えた桶川まで、吉良と加成屋の偵察対象を覗きに来た。

「お二人ともハラスメント講習受けますか？」冷ややかに尋ねる暁へ、加成屋は、桐ヶ谷結花との個人的なつながりは伏せたまま、この女性から人質だった二人とのつながりを探っているのだと説明した。

「人質の一人は、電化製品店勤務だったな。情報がないか聞いてくる」静谷が言ってフロアを出ていき、しばらくして吉良と加成屋の偵察における重要な突破口を見出すきっかけとなるものを持って戻ってきた。「生活安全部の保安課に異動させられて、違法風俗店の査察をやったとき、『飛ばし』の携帯電話が山ほど出てきて参ったことがあったんだ」

他人や架空名義による違法な通信回線は、現代の犯罪者にとっての必需品だ。とりわけ未成年の勤務を許す違法な風俗店は、頻繁に「飛ばし」の携帯電話を替えることで捜査を免れようとするのだという。

殺された刈谷航一の事務所でも、この「飛ばし」の携帯電話が多数見つかったことが記録されていた。桐ヶ谷結花や生き残ったボーイたち従業員は、その入手先については知らないと供述しているが、生活安全部のサイバー犯罪対策課に回された結果、携帯電話そのものの型番から、ほとんどが都内の大手電化製品店で売られていたことがわかった。

七年前に人質にされた、吉川健が勤務する店で。

「こりゃ、『呼び出し』でいいんじゃないか」三津木が言った。「呼び出し」とは、任意の事情聴取に応じさせるため、相手がいる場所に出向き、本部および署へ同行させることだ。

ただしSGU班員にそんな余裕はなかった。吉良と加成屋の偵察についてみなで話す間も、いつ出動命令が来るかわからないのだ。もし吉川健を任意同行させるとしても、他の部署に頼むしかなかった。

とはいえ成果であることには違いなく、このの ち報告を受けた真木は、すぐに捜査第一課に吉川健の「内偵」を要請している。「内偵」とは、ターゲットの行動をひそかに監視し、犯罪につながる証拠を押さえることをいう。

こうして、磐生修から赤星亭、赤星亭から桐ヶ谷結花、桐ヶ谷結花から死んだ刈谷航一、刈谷航一から吉川健が、か細いながらも一連の「つながり」として見えてきた。これで吉川健が、興正会にも「飛ばし」の携帯電話を卸していたら、つながりが円環を描いてくれることになる。興正会に所属する平山史也にもつながる。

見城晶についてはなおも不明だった。だが、暁が「女性専用サイト」の存在に気づいてくれたことで、別のつながりが発見されたことが突破口となった。

女性が女性に性的サービスを行うことを主とする風俗店のサイトだった。吉良や加成屋はもとより三津木、静谷、桶川にもそうしたものに関する知識がなかった。なぜ暁がそうしたサイトをたちまち見つけられたかも謎だが、成果は上々だった。

桐ヶ谷結花が経営の一部を担わされたグループの系列店に女性同士のサービスを行う店があった。その店に関して過去に何か記録が残っていないか調べたところ、「ストーカー被害」の訴えが、生活安全総務課のストーカー対策室に記録されていたのだ。

その記録によれば、桐ヶ谷結花が赤星亭の事務所に相談して、女性専用風俗店『東京L』に勤務する見城晶（当時、二十二歳）が、都内大手証券会社に勤める松見有紗《まつみありさ》（当時、三十歳）からのストーカー被害を訴えていた。

「全員つながった」吉良が思わず座ったまま両手を挙げると、三津木が腰を屈めてハイタッチしてきた。それで、静谷、桶川、暁、そして加成屋からも、続けてハイタッチされることになった。

それから、吉良がシール式ホワイトボード――壁に貼りつける摩擦吸着式の大きなもの――につながりが確認された人間の名前を書きつけ、みなで眺めた。

どう考えても、重要な名前は二つだけだった。平山史也の名も、「飛ばし」の携帯電話を興正会が吉川健から購入していることを想定して記入していたが、所詮は実行犯の一人に過ぎなかった。

磐生修と赤星亨。この二人が今もつながっているということを、誰もが確信していた。

4

その確信は、しかし直感的なものに過ぎず、大きな疑問を伴った。

磐生修と赤星亨が、どれほど強い利害関係で結びついているのかも不明だ。間接的なものに過ぎないかもしれないし、何かを共謀しているのかもしれない。何らかの脅迫を受けている可能性だってある。

もし共謀しているならよほどの目的があるはずだ。妻と娘の死の原因を作った犯罪者と、弁護士としての職分を外れて何かを企むのだから尋常ではない。人権派としての途方もなく高尚な理念のなせるわざか。実は理念などとっくに捨て去り、とんでもない利益に目がくらんだか。

ホワイトボードに磐生と赤星に共通しそうな目的を列挙したところ、『警察への報復』『強盗による金銭的利益』『社会的な称賛』といった言葉が並んだが、いずれも漠然とした推測だった。

そこへ別の疑念をもたらしたのが、花田が得た「きわめて緊急度の高い」情報だった。

花田が緊急招集をかけ、捜査本部である講堂に真木とSGU班員を集合させると、「鬼の形相」でこう告げたのだ。

「平山史也たちが、真木の長男、裕太郎《ゆうたろう》くんの誘拐を企てているというタレコミがあった」

ある意味で、それもまた吉良と加成屋による威力偵察の結果と言えた。相手の攻撃を誘発したのである。しかもSGUの班長に的を絞った、「イヌ」の存在を強く示す攻撃だった。警視庁内に真木とその家族の情報を漏洩した者がいるのは間違いなかった。

花田は以後、警視庁内の「イヌ探し」を極秘で進めることになった。ただし、赤星亭、桐ヶ谷結花、吉川健、見城晶については「内偵」の結果がどうあれ泳がせることとした。

吉良と加成屋は、その理由を花田の口から聞いて驚かされるとともに、「強い違和感」を覚えたという。

「誘拐計画をタレコんできたのは赤星亭本人だ」と花田は告げた。「ある人物が、誘拐の実行犯にされるかもしれないと言って赤星亭に泣きついたらしい」

その人物が誰か、赤星亭は言わなかった。弁護士に課せられた守秘義務に抵触するからだ。ただ、「泣きついてきた誰か」の要望に従い、花田に直接通報したのだという。その誰かは、誘拐計画の中止を望んでおり、さもなくば「無理やり参加させられて警察に殺される」と考えているとのことだった。日銀襲撃事件で『憂国連合』が制圧される様子が報道されたことで、実行犯の中に怖じ気づく者が現れたというのも警察側の成果と言えた。

「どこまで本当なんですかねえ」だが三津木はあえてそう呟いた。

他の班員たちも同感だった。

赤星が、「磐生と花田をぶつけて共倒れにさせたがっている」ということも考えられた。吉良と加成屋からすると、様々な推測の中でも特に現実味がありそうに思えた。赤星にとっては、妻と娘の救助を遅らせた花田も同罪だろうからだ。

花田もその可能性については否定しなかった。だがもしそうだとしても「班の役割を徹底させる」だけだった。何なら、「おれを憎むあまり赤星がミスを犯すか口を滑らせるかするよう」、花田の方から仕向ける気でいた。

「なんであれ、藪をつついて出てきたのがこれだ」花田は全班員へ言った。「他に何が隠れているにせよ、残らず引きずり出せ」


真木警部はこの頃すでに離婚していた。

一人息子である裕太郎（七歳）は、親権を持つ母の相馬亜矢子《そうまあやこ》（四十五歳）と、吉祥寺にあるマンションで生活をしていた。小学校に入学する際、裕太郎の希望で姓は真木のままとなった。保育園時代からのお友達に同音名の沖野勇太郎《おきのゆうたろう》くんがいたことから、「マッキー」と「オッキー」と互いを区別していたからだ。母の相馬亜矢子は、いずれ息子のこだわりもなくなるだろうと考え、望み通りにさせた。

相馬亜矢子の方は、あらゆる名義変更を済ませていた。離婚の原因は、真木いわく「仕事ばかりで家庭を顧みなかったから」だが、実は少なからず、磐生修と赤星亨の事件が影響していた。

警察官が殺害されたことや、弁護士の家族が人質にされたことに、亜矢子が強い不安を覚えたのだ。真木はその不安を宥めようとしたが、できなかった。

亜矢子からすれば、真木自身が「危険な仕事を望んでいる」としか思えなかった。「家族が犠牲になるかもしれない」と主張する亜矢子に、真木は「護民官としての義務と覚悟」を語った。完全な平行線だった。亜矢子は早々に結論を出し、「家族に対する義務と覚悟を疎かにする」真木に離婚を突きつけた。結婚生活とSGU創設が天秤《てんびん》にかけられ、真木には後者が残された。

亜矢子が速やかに旧姓に戻したのも、真木姓では犯罪者の報復に巻き込まれるかもしれないという不安からだ。

そしてその不安が的中したと言っていい状況を武蔵野《むさしの》警察署の一室で知らされると、亜矢子は真木に対し、班員たちの目もはばからず怒りをあらわにした。

「結局、自分の子どもを危険な目に遭わせることが、あなたの仕事なんじゃない！」

いくら詰《なじ》られようとも真木は終始冷静だった。冷静すぎるせいでかえって亜矢子が苛立《いらだ》つのが誰の目にも明らかだった。そして真木が「護民官云々《うんぬん》」について元妻に語って聞かせようとするのを、班員が速やかに止めた。どう見ても火に油を注ぐだけだからだ。

裕太郎は亜矢子とともに一時避難することになった。二十四時間体制の護衛付きだ。

ただし警視庁はこうした民間人を保護する施設を持たない。厚労省管轄の児童相談所での一時保護や、配偶者暴力相談支援センターを通してシェルターの利用を案内するだけである。期間は長くて二週間程度だ。

亜矢子は、どちらの施設の利用も拒んだ。「そんな場所に閉じ込める気？　裕太郎にどんな影響があるかわからないじゃない。怖くて学校にも通えなくなったらどうするの」

悲しげに黙ったまま亜矢子の言い分を聞く真木を見かねて、班員が金を出し合い、東京ディズニーランドに隣接するホテルにチケット付きで四日間宿泊させることにした。ちょうど冬休みということもあって班員が溜め息をつくほど高くついたが、裕太郎にとっては友だちも誘っての贅沢な小旅行となった。

保護という観点からしても東京ディズニーランド（およびシー）は適切だった。「ディズニーランドで子どもが誘拐される」といった都市伝説とは裏腹に、その「治安の良さ」は折り紙付きだ。壁を超えるなどして勝手に出入りすることは難しく、出入り口はもとより園内でも常に数十名のスタッフ（キャスト）が客を観察している。安全という点では、デパートや一般のレジャー施設の比ではない。もし子どもの誘拐目的で、時間刻みに催されるパレードなどのイベントに興味を示さず、どの列にも並ばず、長時間同じ場所にいたり何もせずうろつく者はきわめて目立ち、すぐに目をつけられる（万引きや窃盗の件数はきわめて多いため警戒は厳重だ）。

トイレも常に混雑しており、子どもが孤立する状況にはなりにくい。何より迷子の対応能力が高く、「いなくなった子どもの特徴」がすぐさまスタッフ間で共有される。

数万人規模の来客を、連日経験するホテルや駅でも同様だ。駐車場での誘拐が最も可能性が高いが、ホテルと園を往復する送迎バスを利用する限り心配はない。

そういうわけで、裕太郎と亜矢子は、裕太郎の友だち二名と、刑事部から応援で来てくれた護衛一名（日中のみの二交代制）付きで、予期せぬイベントを楽しむこととなった。

裕太郎と亜矢子は、犯人に外出を悟られぬようひそかにマンションを離れた。マンションの周辺では、公安部からの応援で「尾行の達人たち」が張り込み、たちまち「誘拐のチャンスを窺っていると思しき男二名が乗る車」が特定された。

全てが順調だった。特殊車両に乗って待機していた真木が、裕太郎からの通話で「パパは来ないの？」と訊かれた際、同乗する暁と桶川が思わず息を詰めるほどの悲哀をたたえ、「ごめんな、ゆうくん。本当に、ごめん」と優しく口にしたことを除けば。

「確かに仕事のために家庭を犠牲にしたかもしれないけど、でも何よりこの人は、自分を犠牲に出来る人なんだな」と桶川は思ったという。「警察官って、すごいんだな」と。

「正直、涙が出ました」と暁も、のちに残りの班員に語っている。「裕太郎くんも、真木警部から愛されていることはわかっていたと思います」

そんな真木の悲哀が、犯人への怒りに変わったとしてもおかしくないところだが、彼の冷静さこそ精神力の強さを物語るものだった。

公安部の応援で早々に「敵アジト」が判明し、SGUおよび応援の刑事たちとSITの人員が、三《み》鷹《たか》市の空き家対策で売り出された一軒家へ急行した。だが、探りを入れるため町内会の連絡を装って刑事一名がその家を訪問したところ、仲間六名とともに家の中にいた平山史也が、持ち前の鋭い勘で、たちまち警察の気配に感づいてしまった（なお公安部の応援人員は、アジトの特定に専念し、包囲と逮捕には参加していない）。

「情けないことに、気づかれたことに気づきませんでした」と訪問した三鷹署の勝見《かつみ》洋治《ようじ》巡査部長（三十八歳）は言った。「普通は警察が来たと悟った瞬間、走って逃げるもんなんです。なのに、まったく逃げる気配を見せませんでした」

平山史也は、仲間の一人に命じ、近所のコンビニへ歩いて買い物に行かせた。訪問した刑事や、周辺で張っていた他の刑事たちの注意を逸らすための囮だ。

そして、家の玄関に灯油を撒いて火をつけた。

あっという間に火が上がり、近隣住民が驚いて火災を通報した。警察官に匹敵するほど短時間で現場に急行するよう訓練されているのが消防署員である。

臨場しようとした真木たちは、同じ場所へ向かう消防車数台から道をあけるよう、あるいは路地に入らないよう指示された。まさか誘拐を企てた者たちのアジトが火災現場になるとは予期せぬことであり、さらに交通整理のために駆けつけたパトカーにも行く手を阻まれ、炎と黒煙を噴き上げる家屋を遠巻きに見ることしかできなくなってしまった。

このとき平山たちは自動小銃を入れたバッグを抱えて裏口から出ると、発煙筒をそこら中に投げ放った。立ちこめる煙に紛れて塀やフェンスを越え、集まってきた野次馬に紛れて三方向へ逃げた。異なる場所に停めた三台の車に乗って逃走する気だった。

もし桶川がすぐに火災現場へ偵察ドローンを飛ばしていなければ犯人たちを見失っていたはずである。だがぎりぎりで逃走する六名を確認し、追うことが可能となった（偵察ドローンのどのような機能が犯人追跡を可能としたのかは機密とされている）。

犯人たちの車両と駐車位置を、公安部の応援人員が確認していたことも大きい。犯人たちが屋外へ逃げたと知ったＳＧＵと応援の刑事たちが、ただちに手分けして駐車位置へ向かった。駐車位置での制圧は間に合わず、犯人の車両三台は散り散りに逃走した。

このうち一台に、真木が運転する特殊車両一号が追いすがった。仙川河岸に追い詰められた犯人は、銃撃戦の末に一名が暁に射殺され、車を降りて逃げた一名が、真木と応援の刑事たちに取り押さえられた。

二台目は、中央自動車道のランプ手前で、三津木が運転する特殊車両二号に体当たりされて工事中の空地に突っ込んで停車した。これも銃撃戦となり、一名が静谷に、一名が三津木に射殺され、運転席から走って逃げた一名が駆けつけた所轄の刑事たちに包囲されて投降した。

三台目は、あちこちの道路でガードレールに車体側面を擦《こす》ったり、電柱にサイドミラーをぶつけて壊したりという接触事故を起こしながら、猛スピードで突っ走り、多摩川の歩道を横断した。そのまま土堤の階段をがたがた音を立てながら下りていくと、公園を突っ切って、川に飛び込んでいった。その運転席のドアが、ヒヨコが不器用に羽をパタパタさせるように、開いたり閉じたりしていた。

追っていた加成屋が、「酔っ払っているのかと思った」というほどでたらめな運転だった。だが、川に水没した車に誰も乗っていないことがわかり、吉良と加成屋を呆然とさせた。パトカーに乗って集まってきた所轄の人員も、「運転していた人間が、どこで車から飛び降りたかわからなかった」と言う。

どこかのカーブか曲がり角で、時速九十キロ超で走る車から転がり出たのだ。大怪我を負って動けなくなっていてもおかしくない行為である。だがその車を運転していたはずの平山史也は、周辺に配備された警察官の捜索をもかいくぐり、張っていた刑事の一人いわく「けだものじみた勘と体力」で逃げ去った。

囮としてコンビニへ買い物に出た一名は、見張っていた刑事たちが、消防車の到来に驚く隙に走って逃げたが、追いかけた刑事たちに取り押さえられた。

誘拐を企てた七名のうち、三名射殺、三名逮捕、一名逃走という結果となった。なお、どの人物が赤星亭を通して密告したかは定かではなかった。

事件を未然に防いだという点では見事な成果と言えたが、肝心の平山史也を逃がした加成屋は、別の意味で衝撃を受けていた。「なんだったんだよ、あのひでえ運転。下手くそすぎだろ。あいつ、やっぱり片方の目が見えてないんだ」

「知ってるよ。目がないんだから」吉良が呆れて返し、川の流れに押されて水底でひっくり返る車を見つめるのをやめた。「あいつは『ドライバー』じゃないってことだろ」

「だったら誰だよ。七年前の現金輸送車を運転したやつだったり、浦安まで逃げたやつだったり、あんなドライブテクの持ち主がそうそういるはず――」

そこで加成屋が黙り込んだ。吉良が訝《いぶか》しげに顔を覗き込んだが、加成屋はそのとき閃いた考えに完全に意識を奪われ、川べりの寒風の中、目を剥いて凝然と立ち尽くしていた。

加成屋が再びまともに口を利いたのは、自宅に戻ってしばらくしてからだった。

すっかりその部屋に居ついた吉良は、のんびり風呂に入った後、気晴らしに携帯電話でアスリート・シューターの動画を眺めながら、ダイニングで缶ビールをちびちびやっていた。その日はもう出動はなかった。翌日も非番だった。花田と班全員が強く勧めた結果、真木が舞浜行きを決めたからだ。誘拐計画を叩き潰した上で、護衛の刑事を引き上げさせ、代わって自分が東京ディズニーランドで我が子と過ごすことにしたのである。

「行って参ります」真木は、じきに電車がなくなるというのに、警視庁ロビーで花田と班員に長々と感謝のための敬礼をしてみせてから、きびすを返して猛然と駆け出した。

そんなわけで吉良も休養に専念していると、風呂にも入らず自室にこもっていた加成屋が、いきなり携帯電話とラップトップを手にしてダイニングに現れ、言った。「わかった」

吉良は、ぼんやり顔を上げた。「何が?」

「実家に電話して、おれの部屋にあるこれを撮って送ってもらった」

加成屋が吉良の対面に座り、スマートフォンをテーブルに置いて向きを変えた。

吉良はビールの缶を片手にそれを見た。

中学生だった頃の加成屋がカートレースで優勝し、表彰台に立っているところを撮った額入りの写真を、携帯電話で撮った画像だ。「金がかかるからやめたんだっけ?」

「この子にボロ負けしかけたからやめたんだ」加成屋が、二位の台の上に立つポニーテールの女の子を指さして言った。「十一歳の女の子だよ。体力の差だけでギリギリ勝てた」

吉良は眉をひそめ、缶をテーブルに置くと、準優勝のトロフィーを抱えてむっつりとカメラを見据える少女の、ぼやっとした写真に視線の焦点を合わせた。

その吉良へ、加成屋がラップトップの画面を向けた。ティーンエイジャーが出場するカートレースの勝者一覧が——毎年の優勝者、準優勝者、三位の氏名がずらっと載っていた。

加成屋が身を乗り出し、ある年の勝者の欄に指を当てて言った。「ほら、ここ」

優勝者は『加成屋輪』だった。そして準優勝者は『久手《くて》晶』だった。

吉良はますます眉をひそめた。

「裏は取ってないけど、両親が離婚したんだと思う。彼女が通っていた大学のSNSを探ってみたら、入学した四ヶ月後に姓が変わってたから。久手晶から、見城晶に」加成屋はそう言うと、自分のスマートフォンそのものを指さした。「それと、生活安全部に問い合わせて、見城晶が被害届を出した、ストーカー加害者の連絡先を確認した。で、試しに加害者の松見有紗の方に電話した」

「電話？　加害者に？」

「そう。割と普通に話してくれたよ。昔、女性専用風俗店『L』で勤務していたけど、クビになったってさ」

「待て。勤務？　見城晶の客じゃなかったってことか？」

「違うんだ。加害者の松見有紗は、昼は会社員として働き、夜はバイトをしてた。金のためというより本人の指向を確かめるためとか言ってた。で、同じ店の勤務者へのストーカー行為が原因で辞めさせられた。ストーキングの対象は店の運転手だった。車に勤務者を乗せて客のもとへ送り、時間が来たらまた迎えに行くっていう仕事をしていた運転手の若い女の子に恋をしてしまって自制が利かなくなったとか何とか素直に喋ってくれた。今は反省してるし、素敵なパートナーを見つけたから黙っててくれとか頼まれたけど」

吉良はぽかんと口を開けて、立ったままテーブルに両手をつく加成屋の真剣な面持ちを見つめ返した。脳裏では七年前の光景が思い出されていた。浮島の一画でトラックのそばに立たされた人質の女子大学生の姿が。それがすぐに新しい記憶と入れ替わった。浦安の墓地公園の一画でアイドリングしていた乗用車の後部座席で膝を抱えてうずくまっていた女性の姿に。

瞠目する吉良へ、加成屋が大きくうなずいて言った。「見城晶が『ドライバー』だ。それがあの子の役割だった。七年前、あの子が、現金輸送車を運転していたんだ」

第4章

ボトルネック

Bottleneck

1

強盗集団の仲間が人質のふりをする利点はいくつか挙げられる。率先して犯人に従うふりをすることは、他の人質を同様に振る舞わせる効果があるだろう。また他の人質を見張り、誰が警察の手引きをしようとしているか、いち早く察知しうる。激しい逃走の最中でも大人しくしている「人質」は、強盗集団にとっては便利な「盾」だし、邪魔になればその場で「解放」すればいいだけだ。

だが見城晶は、それ以上の役割を担っていた。現金輸送車といった特殊な車両を巧みに走らせる『ドライバー』だった。

ならば吉川健も、それと同等の何かを任されていたはずだ。日銀襲撃事件の現場に、吉川健がいた理由は定かではないが、電子機器や通信サービスを取り扱う彼の職業的技能からして、犯人の一部が屋内を動き回っていたことと関係があるのではないか――。

こうした加成屋の主張を、花田、真木、SGUの面々は真面目に受け取った。誰もが意表を衝かれることではあったが、可能性は高いように思われた。

またその頃、捜査第一課から上がってきた情報によれば、見城晶と吉川健と思しき人物が、複数の襲撃事件で人質にされていることが示唆されていた。七年前の事件をふくめ、見城晶は六回、吉川健は五回だ。かつて「同じ人物が何回人質にされたか」という調査が行われたためしはないため見過ごされてきたが、明らかに不自然だった。

だがこの情報は、すぐには捜査に反映されなかった。SGU内にとどめ、大多数の捜査官に伝えないようにした。花田がそうするよう真木と班員に厳命したのだ。

理由は、裕太郎くんの誘拐を阻止したその日の夜、磐生修その人が花田に電話をかけてきたからだった。


その夜、花田は品川区の自宅にいた。まだ多少ローンが残る、こぢんまりとした一軒家に妻と住んでいるのだ。夫婦仲は穏やかで、「特別誰かに聞いてほしくなるような悪い話もなければ、これだけは自慢したくてたまらないといったこともないな。ごく普通の家族だよ」と、花田は家族について誰かに尋ねられるたびにそう返し、むしろ自慢げに微笑んだ。いかに家族を大事にしているかが微笑みから伝わってくるとSGU班員はみな言うが、誰も「花田に子どもがいるのかどうかも」教えてもらえなかった。

かつて汚職捜査を担う捜査第二課にいた頃、捜査対象となった人物が、花田の妻に、賄賂となる品（百万円ほどの価値を有する盆栽）を渡しにきた経験からくる用心深さゆえだという。

彼にとって、携帯電話の「非通知表示」はきわめて珍しいものだった。仕事用であれプライベート用であれ、彼の携帯電話の番号を知る者は限られていた。固定電話は何年も前に解約している。様々な企業の顧客情報を裏で流す名簿業者も、花田の番号を知るのは至難のわざだったろう。

花田は、家の中でゆいいつ仕事をすることを許された三畳半の「書斎」に入り、コール音を発する仕事用の携帯電話と、いつも持ち歩いているICレコーダーをデスクに並べて置いた。録音をスタートさせ、それから携帯電話をスピーカーモードにして着信に応じた。

「もしもし」と花田が言った。

《おれが誰かわかるか？》太い男の声が返ってきた。《花田礼治。確か警視どのか》

花田は鼻を鳴らした。早くも相手を挑発することで通話時間を可能な限り延ばすことを考えていた。三分は稼げる自信があった。

「声でわかれってのか。有名人気取りだな、磐生」

侮蔑を隠さず言い放ちながら、花田は早くも個人用の携帯電話を用いて、真木に「逆探知」を命じるメッセージを送っている。

現代では、一一〇番や一一九番へ通報すると自動的にＧＰＳないし基地局の情報が、警察や消防の通信指令本部に伝わる。これを緊急通報位置通知というが、個別の携帯電話同士の非通知通話は、通信事業者に直接問い合わせることが必要だった。

真木からはすぐに『了解』と告げる返信があった。警察が契約している通信事業者に緊急の問い合わせを行ってくれているのだ。組織犯罪対策部のみならず、警察には逆探知の知識を学ぶ者が多数いる。通話時の相手の位置をつかむことはそう難しいことではない。

《わかってるじゃないか》磐生が悠然と笑った。《警視庁に戻ったって聞いてな。挨拶しとこうと思ったんだ》

「お前こそ戻ってきたって聞いたよ。赤星さんにも挨拶したんだろう？」

《いいや、あの人には会わせる顔がないんでね》

「借りは返す男だと思ったが、買いかぶりだったわけか」

《お前への貸しはきっちり返してもらうさ。きっちりな。たぶんお前は、安田謙一や、五十嵐珠樹と同じ死に方をするんじゃないか》
「警視も巡査長も、お前が殺したんだろう」
《古い話題を持ち出すんだな。おれとその話がしたけりゃ、もっと現場に出てこいよ。おれが強盗の人質にされてるかもしれないぞ。大仕事をする連中のために一肌脱いでるかもしれん。お前が顔を出せば、おれと男らしく一対一でやり合う機会だってあるかもだ》
「男にやられたいならよそを当たってくれ」
《本心じゃそそられてるんだろ》
「正直お前になんかもう興味はないんだよ、磐生。どうせ無一文の売人が、下働きで食いつないでるだけだろうからな。大物気取りでいい気分になりたいんだろうが、こっちは忙しくて構ってられないんだ。悪いな」
《心にもないこと言うなよ。こっちこそ、お前が引退してボケちまったんじゃないかと心配してたんだ。テレビのパフォーマンスなんて、なかなか良かったじゃないか》
「おれが何かしたか？」
《宣戦布告とはね》磐生がしらばっくれる花田を無視して笑った。《安田謙一の息子に聞かせてやりゃよかったのにな》
「ああ、お前、あのとき自分で情報を流したんだっけ。お前の居場所を赤星さんが知ってるって嘘を、安田英司に吹き込んだろ。そのことを赤星さんは知ってるのか？」
《適当なことを言うなよ。人聞きが悪いじゃないか。あんなことが起こるなんて誰にわかる？　お前

だってあのとき人質がいる部屋の前で、安田の息子にみっともなく泣きつくしかなかったろう》
「お前を捕まえてくれと言ってたよ。小物に成り下がったお前を、今さら捕まえたところで喜んでくれるかは疑問だが」
《虚勢を張るのも下手だな。安田謙一が後を託したのがお前だったなんて信じられんよ。せめておれとやり合う度胸くらい持ち合わせてほしいもんだ》
「心配ないさ、と言いたいところだが、やっぱりそっちの趣味はないんだ」
《こっちは漲《みなぎ》ってるよ》
磐生はそう言って笑い、通話を切った。

「GPS情報は得られず、代わりに複数の基地局が該当した。水路および湾岸を船で移動しながら通話してのち、『飛ばし』の携帯電話を海へ捨てた可能性が高い」

というのが真木の報告だった。花田から逆探知を頼まれた真木は、組織犯罪対策部の人員とともに、さっそく磐生修が利用した水路を特定した。磐生修が、クルーズ事業を行う遊覧船に乗り、隅田川から東京湾に出たことも、同じ船に乗っていた人々への聞き取りでわかった。だが、船を下りた後の行方は見事なまでにつかめなかった。

「わざわざ東京にいることをこっちに教えてまで挑発してきた。どうも本気でおれを始末したいんじゃないかって気がしてな」花田は何でもないことのように班員へ告げた。「やつの望み通りにしてやると見せて、逆におびき出せるか試してみる」

班員は目を丸くしただけだが、真木は仰天した。「まさか現場に出る気ですか？」

「署長だって深刻な立てこもりの現場には出て来るだろう」花田は肩をすくめた。「おれが出ても不自然じゃない」

「我々が担うのは立てこもりじゃありませんよ」真木は食い下がった。「逃げる相手を追いかけるんです」

「桶川さんの隣で大人しくしてるさ。偵察ラジコンの使い方を教わったりしてな」

花田の言葉に、桶川は愕然となってみなを見回した。他の班員たちは冗談に決まっていると高を括《くく》っていたので気にしなかった。

こうした経緯から、花田が現場に出るようになったのは事実だが、当初は全ての出動でそうしたわけではなかった。磐生修が口にした『人質』という言葉には、無視できない深刻な懸念が示唆されていたからだ。

人質にされた見城晶と吉川健にSGUが疑いの目を向けていることを磐生修が察知していることが窺え、つまりは警視庁内に磐生修の「イヌ」がいることは確実だった。

あえて磐生修がそうして手の内を明かした理由の一つは、「警察官同士の疑心暗鬼を狙ってのことでしょう」と真木は言った。「我々は制圧部隊ですから。捜査を担う刑事たちと連携できなければ、情報のほとんどが遮断されます」

また、花田も真木も、さらにもう一つ理由があることを察していた。見城晶と吉川健に向けられた目を、磐生修自身に向かせるためだ。磐生修が率先して目くらましを演じるほど、見城晶と吉川健には重要な役割があるとみなすべきだった。

あるいは、わざと見城晶と吉川健に注目させた上で、二人を始末し、捜査を攪乱することも考えられた。「何かあるとこちらに思わせるためだけに殺人を犯す。我々はそういう連中を相手にしていました」と真木は言った。「自分たちの目的を達成し、警察の追及から逃れるためなら、いくらでも余罪を犯し、あらゆる手段で人を欺く。そして逆にこっちのミスを誘発し、どん詰まりに追い込もうとする。危険で狡猾な連中です」

そして花田は、決して欺かれないためだけに、途方もない手段を講じた。

警視庁内における「魔女狩り」を断行したのである。

2

裕太郎くん誘拐未遂事件ののち、警視庁は改めて警察官の家族および政府要人に警戒を呼びかけた。SNS等で住居がわかるような情報を公開しないこと、GPS機能を持つ電子機器を持ち歩くこと、日々の予定を家族で共有することなどが推奨された。

こうした誘拐の目的は、身代金ではなく、犯人側の報復の念によるものであり、警察の捜査を萎縮させ、検挙を消極的にさせることを狙ってのものだ。

しかし、かつて南米の麻薬カルテルが政府に対して仕掛けた「戦争」のような効果を、現代日本で及ぼすのは様々な意味で困難である。逆探知技術やGPS技術の発達は、誘拐犯にとってはありがたくない技術革新だった。また誘拐に成功してのちは警察組織全体を相手にせねばならなくなる。警察官の家族に危害を加える犯罪者が、他の警察官の怒りの的になるのは当然と言えた。他のあらゆる事件に優先されて捜査されるのだから、犯罪者にとっても割に合わず、しかも大した利益にならない（よほどの悪徳警察官でない限り、払える身代金の額などたかが知れているし、都や警視庁が肩代わりすることはない）。

都内に「ごろごろいる」裕福な人間を誘拐して身代金を要求した方がよほどいいし、それよりもそういう人間の住宅に押し入って金品を強奪する方がよほど楽だ——と、裕太郎くん誘拐未遂事件で逮捕された実行犯三名が、留置所内で「こそこそ話す」のを、刑事志望の看守係がしっかり聞き取っている。

黙秘を続ける彼らを、あえて同室にして会話をさせることで情報を得ようとしたのだ。三名とも、本心では「警察官の家族の誘拐なんてやりたくないのに、逆らえば平山に殺されるから、やるしかなかった」と、愚痴をこぼしていたという。

誘拐計画が未遂のうちに叩き潰されたこともあってか、警察官の家族を狙った誘拐は、その後ぱたりと絶えた。

警視庁内の「イヌ」とて、捜査情報を渡して金品を得るならともかく、警察そのものへの攻撃に加担することには、強い抵抗を示すからでもある。

「犯罪者にお目こぼしをくれてやるのと、同じ警察官やその家族を危険な目に遭わせるのとでは次元が違うんです」と、大々的な「素行調査」で炙《あぶ》り出された「イヌ」の一人、清水大典《しみずひろのり》（巡査部長、三十七歳）も、供述したものだ。

花田が主導したその調査は、警察官への攻撃を目的とした誘拐を未然に防ぐという大義名分に支えられてはいたものの、警視庁内において毀誉褒貶《きよほうへん》も甚だしいものとなった。

警視庁内部の、収賄などの不祥事を調べるのは、通常、警視庁警務部の人事第一課の務めである。花田は、人事第一課および人事第二課、さらには捜査第二課にも応援を頼み、警察官への徹底的なヒアリングをもって調査を断行した。

人事第一課は警視・警部の人事を担当し、課長はキャリア警視長から選ばれる。これに対して人事第二課は警部補以下の人事を担当し、課長はノンキャリア警視正から選ばれる。両課長とも、花田がまくし立てる「警察官の情報を凶悪犯罪者に流す者を放置すれば、警視庁も警察庁も内側から崩壊する他ない」という主張を受け入れ、協力せざるを得なかったという。

なお警視正以上の階級の人事は、警察庁と国家公安委員会が司るが、花田は「必要とあらば、どこの委員会だろうと出向くつもりだ」と断言した。そして、人事両課と捜査第二課の人員とともに、警視庁内のキャリア・ノンキャリアの区別なく、「忌憚《きたん》のないヒアリング」を「総当たり」かつ「ごり押し」で進めさせたのである。

賛否両論となったのは、警視庁における空前絶後の「汚職捜査」であったからだ。それは「浄化作戦」であると同時に、密告を奨励する「魔女裁判」ともなった。

まずヒアリングを通して、警視庁内で「消費者金融などで借金を作っている者」と「男女関係で問題を抱えている者」が徹底的に洗われた。同僚同士のちょっとした会話、酒を飲みながら憂さ晴らしに話したことが調査対象となり、執拗なまでの聴取が行われた。

さらには、警視庁の方針に、否定的な者、懐疑的な者、不従順な者、怠惰な傾向を示す者、無関心な者、日常的にSを二人以上使う者、あらゆる点で犯罪組織と継続的に接触している可能性がある者が、篩《ふるい》にかけられた。

結果、キャリア・ノンキャリアふくめ、実に百五十七名の警察官が、何らかの「問題点」に該当した。彼らは実に三ヶ月余も、いつ本格的な捜査の対象となるかわからないプレッシャー下に置かれ続けた。

「自身の潔白を信じる警察官ですら不安になるほど、見境のない魔女狩りだと思われていました」と、調査を担った人事第一課の人員は当時を振り返って言った。「私自身、大量離職者を出すための新しい肩たたきなのではないかと疑うこともあったくらいです」

花田は、この「調査」において、冷酷無慈悲たる「異端審問官」として振る舞った。

少しでも怪しいと思われる警察官を、どの警察署であろうと容赦なく聴取室に引きずり込んだ。そして、ときに八時間超にも及んだ「ヒアリング地獄」に陥れた。相手が泣きわめこうが、激怒して暴れ出そうが、委細構わず、花田は缶コーヒーをちびりとやり、「じゃあ、最初の質問に戻ろうか」と微笑んで言ってのけたという。

人事第一課には、都内百二箇所の警察署の副署長から、とんでもない数の問い合わせが連日寄せられた。「うちの署員の調査結果を内密に教えてくれ」というのだ。人事第一課は辟易して全て無視した。一度応じれば、全署に応じねばならなくなるからだ。

調査の影響は甚大だった。懲戒免職者は二十一名にものぼった。階級と氏名を報道されたのはごく一部である。その全員が金品を得る見返りに警察の内部情報を流す「イヌ」であったことは、おびただしい数の証拠から明らかだった。

そしてその一人が、磐生修が支配する、興正会傘下の犯罪組織の一つに、ＳＧＵに関する情報を流していたことが判明した。

捜査第一課の特殊犯捜査第六係（インターネットを利用した恐喝等を捜査）に所属していた清水大典である。彼は典型的な汚職者だった。捜査の手段であるはずのインターネットで、有料ゲーム、ギャンブル、有料出会い系サイトといったものの中毒になり、借金返済のために捜査情報を売るようになった。

花田は「イヌ殺しの異端審問官」として恐れられ、憎まれ、疎まれ、安田英司の説得に失敗した過去の失態を詳述する怪文書が出回るのも意に介さず、後顧の憂いを絶った。

途方もない激務であったはずだが、花田自身は涼しい顔で「ひと仕事終わった」ことを真木に告げると、SGUが出動する現場に、必ず姿を見せるようになった。

3

この頃、警視庁では、磐生修のような人物が凶悪な犯罪組織を掌握する手法を、あらゆる面から分析していた。そして様々な手法のうち最も効果的なのが、「弾薬の流通支配」であることがわかった。リスクと大金と引き換えに銃を手に入れた犯罪組織が欲するのが、当然ながら弾丸だ。弾丸を自作する作業は「リローディング」と呼ばれ、これを個人で行う者もいたが、多くの場合、手間と費用がかかる割に利益が出ず、火薬などを入手する上でリスクを伴った。

これは日本に「鉄砲」が伝来して以来の、独特の「銃事情」といえた。日本では古来、火薬を製造するための硝石が採取されないのである。硝石はすぐに水に溶けてしまうため、雨が多い日本では採取は至難のわざだ。かつて種子島《たねがしま》に鉄砲を持ち込んだ者たちは、そのことを見越していたという。鉄砲を普及させた後、火薬を売って大儲けしたのである。

同様のビジネスモデルは世に散見される。印刷機とインク、携帯電話と通話料、電子機器とソフトウェアなどだ。磐生修の国内銃ビジネスモデルは、きわめて先見的だった。

アメリカではホームセンターで何箱もまとめて安価に買えるものが、現代の日本では特定の流通ルートに依存せねば入手できない。磐生修は、この流通ルートを傘下の組織に文字通り「死守」させた。銃を蔓延させる一方で、弾丸の流通ルートを別個に築き、競合しようとする人間を見せしめに惨殺させ、ときには自ら処刑を執り行った。弾丸の流通ルートを守るためであれば何人死のうと気にしなかった。

磐生修と対立すれば、弾丸が手に入らなくなる。その事実は、犯罪組織において麻薬に等しい強制力を発揮した。銃に頼って勢力を伸張させた犯罪組織の多くが、その後、磐生修の言うがままになったのは、弾丸が必要だったからだ。磐生修に睨まれて弾丸が買えなくなった組織は、すぐさま苦境の噂が流布され、他の組織に攻め込まれて壊滅した。どんな犯罪組織も、磐生修から弾丸を買わねば生きられなかった。

それが磐生修のビジネスプランだった。彼はおびただしい数の銃の密売を先行投資とし、国内で唯一無二の、「弾丸の王」となったのだ。

ＳＧＵは、相も変わらず多発する襲撃事件への即応部隊として活動する一方で、「弾丸押収」を目的とする強襲制圧に加わった。磐生修のビジネスモデル分析に基づき、犯罪組織を支配する上で必要不可欠な弾丸の流通ルートを壊滅させるためである。

　捜査には、組織犯罪対策部の人員が多数投入された。弾丸の密輸、貯蔵、運搬、売買に関する情報が集められ、多数の現場特定に成功した。

　港湾の貨物船コンテナ、コンテナトラック、河川を行き来する船舶、湾岸の貸し倉庫、マンションや一軒家、トランクルームなどから、何万発という弾丸や、リローディング用の弾頭、薬莢、雷管、そして火薬が発見され、押収された。

　ピストル弾は主に、・二二、・三八〇、九ミリ、・四〇、一〇ミリ、・三五七が、ライフル弾は主に、五・五六と七・六二のNATO弾、カラシニコフ用七・六二が、散弾は、四・一〇ゲージ、二〇ゲージ、一二ゲージ、一〇ゲージの各種が、大きさ順にずらりと並べられ、同じものがどっさり詰まった箱の山とともに記者発表で公開された。

　押収された弾丸で最も多かったのが、サブマシンガンなどでも使用可能なピストル弾の九ミリであり、ついで七・六二ミリ、五・五六ミリであった。ショットガンの弾丸も想定以上に見つかったが、こちらは強盗よりも犯罪組織同士の抗争に用いられることが多かった。

　この大々的な成果に比例して、抵抗も激烈をきわめた。

　現場に踏み込む刑事たちを、磐生修から「死んでも弾丸を守る」よう命じられた者たちが猛烈に迎え撃つという事件が頻発したのである。

　警察側としても、武装強盗の制圧から、さらに踏み込んだ「反転攻勢」を端的に世に知らしめるのが「弾丸の押収」であったため、一歩として退くことは許されなかった。

　SGUも同様だった。弾丸を満載した車両で逃走する者を、どこまでも追いかけて確保した。拳銃と防弾チョッキだけで売買現場へ果敢に踏み込む刑事たちを支援し、激しい抵抗あらば、即座に制圧した。

売買される前の弾丸の集積場所が特定されれば、ただちに出動した。「弾丸密売ルート壊滅作戦」に従事した二ヶ月半で、SGU班員は、ありとあらゆる倉庫と「その中身」を目にした。風俗店で使われたタオルの山、質入れされた品々、梱包された電子機器、レンタル用の楽器、盗まれた衣類や靴、冷蔵庫の中の野菜や肉や魚、学校用のトロフィーや証書などの記念品、種々の大人用玩具、厨房に積まれたビールなどに紛れて、弾丸の山が隠されているのである。

「警告射撃をしたら、頭の上から弾丸が雨のように降ってきて参ったよ」三津木は当時の制圧劇の一つを笑って語った。「弾丸の隠し場所がわかったのはいいが、ショットガンを持ってるときに天井に向かって撃つべきじゃないと思ったね」

多くのケースで、SGU班員は、警告射撃をする間もないほど「弾丸の番人たち」による死に物狂いの抵抗に遭った。だがいずれも、SGU班員の射撃と制圧の技量に、偵察ドローンの支援を加えた、彼ら独自の戦術の敵ではなかった。

なおこの頃、犯罪組織側もドローンを使用するようになっていたが、彼らに入手できるのは市販のものに限られた。「まあ、お世辞にも軍用ドローンに比べて操作性能が良いとは言えませんよね」桶川は犯罪者に同情するように肩をすくめてみせた。「強盗の下見とか、捕まった仲間を移送するバスを襲撃するために追いかけたりとか、あと、立てこもり中に警察の人数と位置を調べるとかしてたみたいですけど。何しろ機体は大きいし、独特の飛行音で位置もばれますから。たいてい警察のドローンにあっさり捕獲されてましたね」

桶川が操る偵察ドローンの有用性は疑うべくもないが、ＳＧＵが弾丸密売の捜査で徐々に突出した理由は他にもあった。というのも、当初は様々な情報を考慮し、他部署と連携しながらの出動であったが、気づけばＳＧＵが単独先行するようになっていたのである。

理由は明らかだった。花田のもとに、きわめて信憑性《しんぴょうせい》のある情報がもたらされたからだ。その情報源は秘匿されたが、ＳＧＵにおいては公然の秘密だった。

赤星亭である。

警察の反転攻勢に恐れをなした犯罪組織の構成員が多数、彼の事務所に駆け込んで来ては、襲撃の計画、弾丸売買、指名手配犯の居場所といった情報を話し、「警察への通報を肩代わり」するよう、赤星ら事務所の弁護士たちに頼むというのだ。

筋は通っているが、ＳＧＵ班員はみなこの言い分に首を傾げた。犯罪者を弁護する過程で、偽証の強要といった違法なことにも手を染めるのではなく、積極的に情報を警察に流す。いわば「逆フロント弁護士」とでも言うべき不自然さがあった。

「裕太郎くん誘拐未遂の件もあって、花田警視も真木警部も、タレコミ自体の信憑性は高いと判断していたようです」静谷はそう言いつつ、指を動かして宙に「?」を書いてみせた。「タレコミがあって動かないわけにもいきませんしね。ただ、赤星亭の意図については、班内でもたびたび議論になりました。依頼人が情状酌量されることを狙ってタレコミをしてるのか、それとも何か裏があるのか、と」

「なぜ花田警視なのか？」暁はあからさまに疑ってかかる調子だ。「赤星亭の妻子が殺害された件を考えれば、彼が花田警視を信頼しているとは思えませんでした。むしろ花田警視を現場に引き寄せるための罠のように感じていました」

「現場に一番乗りってのは、そりゃ誇らしいね」三津木は、だからといって喜ばしいとは思っていないと言った。「孤立無援ってことを考えなきゃ、いい気分さ。あと、窃盗犯を何人か追ってるんじゃなく、自動小銃を持った集団が待ち構えてるってことを忘れればな」

吉良と加成屋も、おおむね警察組の意見に同感だった。

「多くの犯罪者が、花田警視に注目していたのは確かです」と吉良は言った。「花田警視がSGUの指揮官であることは、例の『宣戦布告』のニュースで世間に知れ渡っていましたし。武装強盗犯にとっては警察の顔ですからね。投降先として真っ先に思いつくのもわかります。ただ報復のために警察官の暗殺を考えた場合も、同じように花田警視の顔が思い浮かぶでしょう」

「どこかに地雷がありそうだとわかってるだけマシですね」加成屋は、情報の出所がどうであれ、出動そのものに抵抗を覚えたことはないと言った。「その地雷の在りかを探るためにも出動すべきでした。想定される最も危険な地雷は、赤星亭と磐生修が結託して、花田警視の殺害を企んでいることです。花田警視も本当にそうか探るために、自ら出動していたんだと思います」

真木は、花田同様、この件での態度を明らかにしなかった。

ただ三津木は、真木がいかにも刑事らしく振る舞うことに感心したという。「百パーセント疑いながら、相手の言うことを聞いてやって安心させるのは刑事の常套手段さ。真木の性格は、あまり家庭向きじゃないかもしれんが、絶対に犯罪者に操られないという点ではこの上なく刑事向けなんだよ」

犯罪者の多くが、取調室で刑事にありとあらゆる嘘をつく。中には、偽の情報を与え、刑事が失態を犯して捜査を続けられなくなるよう誘導する者もいるのだ。真木はそうした嘘を信じ込むふりをしながら、完全に疑ってかかることに長けていた。

証拠に真木は、赤星亭からの情報のおかげで息子が無事だったと喜ぶ様子を、まったく見せなかった、と班員はみな口を揃えて言った。

ＳＧＵ設立以前から、それが真木の特性だった。どこかに意外な罠がないか、常に誰よりも冷静に、しつこく考えるのだ。もちろん、ひとたび罠があると想定したら、あらかじめ対応策を用意しておく。そしてこのとき真木はすでに、花田とともにその対応策に着手していた。

花田は、班員たちの疑念に理解を示した。花田自身、赤星亭からの情報を信じながら、赤星亭その人の動機については疑ってかかっていた。磐生修と直接通じているかどうかは不明だが、何らかのかたちで、依頼人のためではなく個人的な理由によって、首都圏に蔓延する銃器事犯に関与しているとみていた。

その赤星亭が、花田とＳＧＵを罠にかけるとしたら、どのような手段が考えられるか、のちに真木はこう語っている。

「最も警戒すべきは、ＳＧＵの評判を貶《おと》められるような罠でした。たとえば、無実の人間や未成年を、こちらが殺傷すれば、容易にメディアによるバッシングを喚起しえます」

これが真木が想定した「罠その一」だ。

強盗集団を追跡することが主要任務だった場合と異なり、「弾丸密売ルート壊滅作戦」では、急行した現場に、未成年の男女がいることがままあった。

犯罪者の使い走りや見張りといった役目を担わされたティーンエイジャーたちだ。ときには弾丸の隠し場所であるとも知らず、ある倉庫の出入りを許され、パーティと称して酒や麻薬をやる若者たちもいた。警察の目をごまかすため、あえて「若者の溜まり場」に見せかけるのだ。特に首都圏近郊の暴走族が、しばしばこうした役目を負わされた。ときには暴走族のメンバーである未成年が、何も知らず弾丸の運搬を担うこともあった。

こうした若者が強力な銃を持つことは滅多にない。彼らの上に立つ犯罪者の多くが、若者に銃を持たせると「調子に乗って逆らうかもしれない」と考えるからだ。

SGUでは、こうした若者を速やかに大人しくさせるため、ペッパーボールガンなどの低致死性の銃が用いられた。火薬ではなくガス圧で放たれるのは、ペイント剤に加え、目や鼻を強烈に刺激する化学物質を詰め込んだ、特殊な専用弾だ。

「被弾の衝撃はゴム弾よりも低いが、撃たれりゃ催涙剤まみれになって悶絶する。何発か食らえば、どんなに粋がったやつでも泣いて降参する」と三津木は請け合った。「未成年は生活安全課に身柄を任せるが、そっちでも、もう少しで実弾を使うところだったぞ、なんて言って叱るらしいな」

ここでも桶川の偵察ドローンが威力を発揮した。突入する場合でも、銃器所持者と銃を持たない未成年を事前に区別することが可能だった。その場合、真木と暁がペッパーボールガンで若者たちを「確保」する一方で、三津木、静谷、吉良、加成屋が、実弾でもって銃器所持者を容赦なく制圧した。

特筆すべきは、SGU班員はその任務期間中、誰一人として「身の危険を覚えるあまりの乱射」を犯さなかったということだ。誰もが冷静にターゲットを確認し、撃つべきかそうでないかを一瞬で判断してのけた。

彼らは民間人への誤射といった致命的なミスを犯さず、非武装の未成年をうっかり射殺することもなかった。逆に、投降するふりをして攻撃を企てる者や、稀にいる銃を持った未成年に油断して撃たれることとてない。

彼らは常に冷静で、的確だった。真木から、「罠その一」を強く警戒するよう命じられていたこともあり、班の名声が、一発の銃弾で失墜するといった事態を回避した。

「また同時に警戒すべきは、当然ながら多数の犯罪者による待ち伏せです」

これが「罠その二」である。何十キロも犯人を追跡するＳＧＵにとって、待ち伏せは最も回避すべき危機だ。

警視庁の特殊部隊においては、ＳＩＴの後方支援にＳＡＴがつき、さらにそのＳＡＴに支援班がつくといった、何重もの後方支援が可能になっている。だが立てこもりやハイジャックと異なり、ＳＧＵのような高機動的制圧を支援するのは難しかった。

速やかに支援部隊を移動させる手段として、ヘリの使用が検討された。東京ヘリポートもしくは立川飛行場から、警視庁の航空隊のヘリを飛ばし、ＳＧＵの支援部隊を速やかに移送するのである。

もともとＳＡＴはヘリ降下訓練を受けており、地上にいる機動隊の緊急時初動対応部隊（ＥＲＴ）と連携して、逃走する相手を追跡し、制圧することができるはずだった。

だが七年前に航空隊のヘリが銃撃されて不時着を余儀なくされたことから、その運用にかなりの制限が伴うようになっていた。特に武装した犯人の周辺でヘリを低空ホバリングさせることは格好の的になるとして禁じられたことが運用に大きく響いた。犯人が武装している限り、ヘリでの人員輸送は禁じられたに等しかった。

犯人の死角に回る、かなりの高度から人員を降下させる、ヘリを防弾仕様にし、狙撃手を乗せて応戦できるようにする、といったことが議論されたが、いずれも実施に至っていない。またそもそも頻発する銃器事犯の件数に比べ、ヘリ、基地、整備員の数が圧倒的に不足していることもあり、上空からの強襲制圧は現実的ではないとされた。

そればかりか、「孤立無援となるような急行や追跡そのものを再考すべきではないか」といった、SGUの存在否定のような意見が、警視庁内で出る有様だった。

「つまり、支援が期待できない状況下で、偵察と戦闘を行えということです」と吉良はこともなげに言った。「支援が来るまで、孤立しても戦えるよう訓練するしかありません」

だが花田と真木は、このままではいずれSGU側に死者が出ると考えていた。

「ボトルネックという言葉があります」と真木は、自身が当時抱いていた危機感について語った。「瓶の首のことで、本来、中身が容易にこぼれ出さないようにするための構造ですが、隘路《あいろ》、業務の停滞、交通渋滞などの喩《たと》えに用いられます。私はこの言葉を、他部隊との機動力の差により、SGUが完全に支援を失う状況という意味で使っていました。吉良と加成屋が七年前にそうであったように。他部隊は瓶の中にいて出られず、SGUだけが瓶の外に出て孤立している状態です」

そして花田も真木も、磐生修は「ボトルネックの向こう側」で待ち構えているだろうと予期していた。弾丸密売ルートという、自身にとっての生命線を差し出しながら、花田とSGUを誘い出し、包囲撃滅するすべを探っているのだと。

「こっちは出動を拒むわけにいかんからな」と花田は言った。「何しろ広報の花形を演じて世論を変えようとしてたんだ。真木の言うボトルネック対策が出来なきゃ、どこかで悪党に囲まれて死ぬことになると思ってたよ」

だがそれは磐生修にとってもリスクが高い、肉を切らせて骨を断つ行為である。磐生修がそこまで花田とSGUに執着しているという考えに対しては、やや過剰な反応ではないかと控えめに批判する声もあった。磐生修から挑発の電話が一本かかってきただけなのに。SGUが深追いしなければいいだけだし、そもそも花田が現場に出なければいいだけだと。

だが他ならぬ花田が、磐生修の憎悪を確信していた。身を危険にさらすことでチャンスをつかもうとしているのは、自分も磐生修も同じであると考えた。花田は磐生修を逮捕し、磐生修は花田を殺害する、ゆいいつの機会を窺っているのだ。二人とも相手を手が届く場所に誘い出し、王手をかけたがっている点では同じだった。

なぜそこまで相手の憎悪を確信できるのか、当時、花田は頑《かたく》なに語ろうとしなかった。真木も何かを知っている様子だったが、班員にも伝えなかった。

ただ磐生修との因縁については、死んだ安田謙一警視長（殉職後特進）と、安田英司（懲戒免職）の父子《おやこ》から「託されたもの」であると、花田は班員たちに告げている。

かつて安田謙一は、磐生修のSから恐喝されて初めて、磐生修が関わっている密売の規模の大きさを知った。そして「自分にもしものことがあったときのため」に、彼が調べ得た磐生修に関する全ての情報を、捜査第二課にいた花田に託したのである。

当時、安田謙一にとって、彼が所属していた組織犯罪対策第四課も、第四課と第五課の合同捜査班である薬物銃器対策特別捜査班も、磐生修の仲間がどれだけいるかわからず、頼ることができなかった。そしてほどなくして安田謙一が射殺されたことで、花田は、長男の安田英司がそうだったように、磐生修の仕業であると確信した。

だがこれら安田父子の件は、花田が磐生修へ執着する理由にはなるが、その逆を説明するものではなかった。磐生修が、当時の事件から何年も経てなお、花田を敵視するほどの動機があることは、実は長らく、警視庁幹部の間でタブーとされていたことだった。

「やつは、死んだ五十嵐珠樹巡査部長とデキてたんだ」と、花田が磐生修から憎まれた理由を語ったのは、ずっとのちのことである。「やつは、おのれの部下であり、弟子であり、悪事の相棒であり、愛人でもあった女を、おれが撃ち殺したと信じてた。おれが休職して引っ込んでいる間は忘れていられたかもしれんが、テレビでおれの顔がでっかく映されたもんだから、急に思い出して怒り狂ったのさ。そしてそれはつまるところ警視庁幹部の方々の狙い通りだった。要するに、幹部連中は、おれを表に出せば磐生修が釣れると思って、呼び戻したんだ。釣り餌か生贄《いけにえ》になるかわからんが、とにかく、やつを引っ張り出して仕留める。それがおれの務めだったってわけさ」

4

こうして花田と真木が、ボトルネックに危機感を募らせながらも、むしろそれが磐生修逮捕のチャンスとなると見ていた頃、意外な情報がＳＧＵに入ってきた。

しかもそれをもたらしたのは、「これも非常に意外で、正直、最初は信じられませんでした」と暁が言うところの、桶川だった。

桶川が取締役を務めるスカイホープ社は、品川ライトニングというeスポーツ・チームを所有し、多数のプロゲーマーを擁している。そしてこのプロゲーマーたちが、新宿のど真ん中にあるeスポーツ施設でイベントを行った際、あるアクシデントに見舞われた。

ネット中継が行われているさなかに、五分以上もの間、停電したのだ。

eスポーツ施設はかなりの電力を消費するため、普通はそれに耐えられるだけの契約を電力会社と結んでいるはずだという。その場で観戦していた観客は、このアクシデントに驚き、ブーイングを飛ばすとともに携帯電話などで会場の様子を撮影し、さらにツイッター等のSNSでその様子を流した。

「ほら、ここ、吉川健がいます」桶川は、捜査本部の講堂に自分のラップトップを持ち込んで、SNSに上げられた動画の一つをプロジェクターで映し出しながら言った。「人質のふりをした強盗仲間だと、吉良さんと加成屋さんが言っていた人物ですよ。あとですね、ついでに、ここ、桐ヶ谷結花さんと見城晶さんもいます。で、ちなみにこの人ですが、帽子をかぶっていてわかりにくいですけど、どう見ても左目がないんですね。これって平山史也じゃないでしょうか」

花田、真木、班員たちは、桶川が動画からキャプチャーした画像を並べて見せられ、ぽかんと呆気に取られたという。

「ついでにとか、ちなみにとかじゃねえだろ、これ」と加成屋が言い返すまで、みな口が利けずにいた。

「こんな偶然ってあるんですか」静谷が呆然と呟き、慌てて言い直した。「いや、この人物たちが偶然居合わせたとは考えてません」

「偶然、こいつらの姿がまとめて確認されたわけだ」三津木が、桶川にというより切り取られた複数の画像に向かって大きな音を立てて拍手し、真木と花田へ訊いた。「で？　呼び出します？　張り込みます？」

任意同行を求めるか、それとも泳がせて施設を監視下に置くか、というのだ。

「張り込むだろう」花田が肩をすくめた。「ここに磐生が交ざれば完璧だからな。あいつがゲームをやるとは思わなかったが」

「ゲームとは限りませんよ、警視」桶川が、自分の手柄を誇示するように言った。「この施設についてちょっと調べましたが、eスポーツ施設としては十分な電力量を確保しているんです。なのに過負荷で停電し、復旧に何分もかかったわけですから。施設内に、ゲームシステムやサーバーとは異なる何かがあると思われますね」

「へえ、やるじゃない」暁が珍しく、桶川を振り返って正面から見つめた。だが桶川がはにかむのをよそに、すぐ顔を花田と真木へ向けて訊いた。「張り込みは我々でしますか？」

「いや、組織犯罪対策部か、捜査一課に頼む」真木は言った。「この班から人員を割くのは無理だろう」

この真木の考えに、花田も同意した。

だが一日もせず、張り込みを引き受けたはずの刑事部捜査第一課の第六強行犯捜査・強盗犯捜査第一係から、「難しい」という返答があり、真木を困惑させた。彼らも連続犯である平山史也を追っており、SGUへの協力を拒んだわけではなかった。

「物理的に監視が困難である」というのがその理由である。当該eスポーツ施設の周辺は、まさに「刑事除《よ》け」とでもいうべき地帯だった。

まず狭い道路が入り組んでいる一帯を、タクシーと乗用車が頻繁に行き来するため、車を長時間停めておける場所がなかった。朝から晩まで行き場のない若者たちが大勢たむろし、その中に大人がいるだけで目立つ。ホームレスのふりをして居座れば、たちまち危害を加えられる危険がある。

周囲は居酒屋、キャバクラ、ホストクラブが、おびただしく軒を連ねているが、そうした店の経営者は刑事（および国税局）の張り込みに敏感であり、彼らの目をごまかすのは容易ではない。協力を願ったところで「その日の内に周囲に知れ渡る」とのことだ。

近所に一軒だけビジネスホテルがあったが、施設がある側に窓はない上、売春が横行しており、「刑事っぽい人間」がいれば、すぐに噂が広まってしまうという。そのホテルや近隣の建物の「屋上からの監視」も考えられたが、ちょうど周囲のレストランなどから丸見えになるため張り込みに適さなかった。

また、付近の街灯の一部およびコンビニエンスストアの出入り口に監視カメラがあり、二十四時間作動しているものの、当該施設の出入り口も搬出入口も、見事なまでにそれらの死角にあった。

「わざわざ周辺の監視カメラに映らない場所へ出入り口を移した形跡があることから、徹底的に張り込みを避けるため、意図的に準備された施設と思われる」

都心のど真ん中に、そのような巧妙な施設を用意したとなれば、屋内で何らかの犯罪が行われている可能性が高いため、「いっそガサ入れしては」というのが強盗犯捜査第一係からの提案だった。

「あのとき、ただ踏み込んでも、煙に巻かれて終わりでしたでしょうね」とのちに真木は言っている。

「大量のゲーム用機材だけでなく、脱出ゲームとやらの小道具の山で隠されていましたから。表向きの運用は何も知らないゲーム事業者が行っていましたし、彼らも電力消費の高さを説明できず、そこでひそかに行われていたことを知りませんでした」

ＳＧＵの面々も新宿まで足を運び、その施設と周辺を偵察した。確かに監視は難しそうだった。離れた場所から偵察ドローンを飛ばすことも考えられたが、「三十分ごとに充電するんですよ？　監視カメラか盗聴器を設置して下さいよ」と桶川に拒まれた。

通信傍受については、反対の声も多い中、日本でも法整備が進んでおり、不可能ではなかった。だが吉川健が、「飛ばし」の携帯電話を売る、いわゆる「道具屋」であることから、傍受そのものが困難とみなされた。

「施設内の音声を全て聞き取りたいなら、盗聴器を仕掛ければいいのでは」と桶川が提案した。盗聴器の設置および機器から発される電波を受信することそのものは、この国では違法ではないのだ。しかし、そのために施設に勝手に侵入したり、施設内の機器を改造したりすれば、法に触れることになる。当然ながら警察に出来ることではなかった。

警察組は、早々に二十四時間の監視を諦め、客として出入りすることを提案した。

だが吉良と加成屋は違った。周囲の建物を見ていなかった。確実に建物を視認できる隙間を探した。そしてそれが何箇所もあることを確認し、真木と花田に提案した。

「施設周辺の下水溝やマンホールの穴から監視すれば、誰の目にもふれません」と吉良は言った。

「国土交通省の資料を見たところ施設出入り口そばの道路下から歩道にも通じているため、場合によっては盗聴も可能かもしれません」と加成屋も言った。

この提案に、警察組は絶句した。吉良と加成屋が示したのは都市下水路であり、主に雨水の排出を目的としたもので、糞尿を流すものとは異なる。だがもちろん清潔とは言い難い、悪臭の立ちこめる日の差さない空間である。とりわけ新宿のような繁華街のそれは路上の排泄《はいせつ》物や嘔吐物が流れ込み、ドブネズミの巣と化していて多種多様なダニが病原菌とともに繁殖している上、大雨が降れば鉄砲水が生じて溺れる可能性もある。

「そんな場所に何日も潜り込んでいられると言うのか？」そう尋ねる真木はもとより、花田も他の面々も疑わしげだったが、吉良と加成屋は平然としたものだった。

「五日間、飲まず食わずで泥まみれになるより楽だと思います」と吉良は言った。

「大雨が降ったときのためにシュノーケルを用意しておきます」と加成屋は言った。

警察組も桶川も、真顔で話す二人に、何も言い返せなかった。吉良と加成屋による本格的な「都市内偵察行動」は速やかに承認されることになった。


「グーを使わせてくれるんですか？」

目を丸くする吉良の脇腹を、加成屋が肘で打った。

「チョキだろ」

「え、そうだっけ？」

「パーだ」真木が眉をひそめて言い、二人に警察手帳という名の、縦開き式の身分証明書を渡した。交付されてからずっと警視庁内の一隅で金庫に納まっていたものだ。

マンホールの中などで、東京都下水道局の局員や整備事業者と出くわしたときに通報されないよう、吉良と加成屋の所持が認められたのである。下水道局には施設利用について断りを入れてあるが、張り込みの秘匿性を高めるため、具体的にどことは告げていない。

吉良と加成屋は、さっそく必要と思われるものを、ひと通り揃えた。重要なのは快適に過ごすことではなかった。不潔な場所に長期間うずくまっていても病気にならないための準備が必要だった。防疫のためのマスク、ゴーグル、手袋、消毒液、レインコートを用意した。特に汚水を目や口に入れないことが重要だった。

ダニなどの虫除けシートを、顔を覆うバラクラバ、コンバットブーツ、出動用のタクティカル・スーツに仕込んだ。ネズミ除けスプレーの他、防鼠《ぼうそ》ビニールテープを用意した（テープにトウガラシエキスなどがふくまれておりネズミに噛《かじ》られるのを防ぐ効果がある）。また、感染する可能性のある病気に備え、海外渡航なみに予防接種を受けた。

一週間分の水と携帯食料、非常用簡易トイレ、歯ブラシ、除菌用アルコール、ガンレコ、携帯電話、充電器と乾電池、口でくわえられる小ぶりなハンディライト、下水道局から得た図面と地上の地図を重ねたものを防水加工したもの、マンホールの蓋を開くためのバールや下水溝に詰まったゴミを取り除くためのブラシ、銃と手入れの道具、警察が使用する盗聴と監視の道具一式、データ保存または転送用のラップトップといった品々を、偽装のため灰色に塗った防水バッグに詰め込んだ。

武器は、水や泥を浴びても確実に撃てるとされるシグ・ザウエルP二二六と、十五発入り弾倉を二つ所持することが認められた。さらにバディがあれば二人にとって完璧だったが、強襲する計画ではないため拳銃のみの装備となった。

最後に、ダニがついたり異臭が染み込んだりすることを想定し、二人とも、髪と眉を綺麗に剃り落とした。その上で市街地用の迷彩ドーランを顔に塗りたくり、マスクで鼻と口を覆った上で、灰と茶の迷彩模様に仕上げたバラクラバをかぶった。ヘッドセット型の通信用小型無線機を装着し、タクティカル・スーツの上から迷彩仕立てのレインコートを身につけ、ゴーグルを装着した。

彼らを車に乗せて送り出す役を担った真木と三津木は、後部座席にうずくまって車外から見えないようにしている吉良と加成屋をちらりと見て、「間違いなく、出くわした一般市民を恐怖に陥れる出で立ちだ」と思いはしたものの、黙っていた。

そうして人目につかない深夜、現場から三キロほど離れた場所で、吉良と加成屋は、真木が運転する特殊車両の後部座席から這い出ると、車の陰に隠れてマンホールの蓋を開き、地下へ降りていった。加成屋がマンホールの中から手を突き出し、車のサイドミラーに向かって親指を立て、そして蓋を閉じた。

「正気の沙汰じゃない」三津木が、助手席でそう呟いて首を横に振った。

真木も同感だったが、何も口にせず車を出した。

吉良と加成屋は冷静に、悪臭がたちこめる真っ暗で狭苦しいトンネルを、ハンディライトの灯りを頼りに、濁った水を跳ね散らして軽い駆け足で進んでいった。

途中で広めの暗渠《あんきょ》に入り、複数の分岐点を迷わず通過すると、やがてeスポーツ施設前の道路下に到着した。二人で慎重に位置を確かめ、吉良がいったん荷物を下ろし、盗聴装置とバッテリーを取り出した。

吉良がそれらを設置したのは、施設の下を通っている雨水用排水管そのものだ。排水管を通して施設内の音声が伝わることを期待してのことだった。盗聴装置は、壁の向こうの声を拾う優れものだったが、本来の用途から外れているため、明瞭な音声はほとんど記録できなかったし、雨の日は水の音で埋め尽くされた。だがそれでも張り込み期間中、きわめて重要な音を記録してくれたのは事実だ。

複数の銃声を。

再び荷物を担いだ吉良は、加成屋とともに、くるぶしまで茶色い水が溜まったU字下水トンネルの一画に陣取った。小蠅とゴキブリがうようよしていた。そこら中、水垢、枯れ葉、煙草の吸い殻、虫の死骸、なんだかわからない汚らしいゴミだらけだったが、二人とも気にしなかった。

吉良はついで、道路にある雨水マンホールの穴に、監視用チューブ状カメラをそっと差し入れた。車に踏まれても潰されず中に引っ込むよう角度を調整してから防鼠テープで固定し、施設の出入り口がしっかり監視できることを確認した。

五メートルほど離れたところで加成屋が同様に、側溝につながる穴に手を突っ込み、なんとかグレーチング（側溝の格子状の蓋）の隙間へ、同様のチューブ状カメラの先端を設置した。施設の搬出入口が、これで監視下に置かれた。

二人は、ハンドサインで互いに準備が完了したことを告げた。カメラは設置しっぱなしにせず、周囲の人の動きに合わせて出し入れした。

あとは時間との戦いだった。誰かにカメラの存在を気づかれないよう、常に注意を怠らず、長時間にわたりその場にとどまり、覚醒し続けるのだ。

吉良と加成屋は、異臭と熱気が立ちこめるそこで、六日間もぶっ通しの監視をしてのけた。二人同時に力尽きないよう、数時間おきに交代で休憩を取った。

仮眠を取るときは溜まった水たまりの中に腰を下ろし、ぬるぬるする黴《かび》だらけの壁に背を預け、抱えた膝に額をつけた。バラクラバのおかげで小蠅やゴキブリといった虫たちが耳や鼻に入ってくることを防ぐことが出来た。バラクラバとマスク越しでも悪臭がきついときは、顎や鼻の下にハッカ油やメンソレータムを塗った。

　当然ながら、風呂にも入らず、着替えもせず、携帯食料を食べるときと歯を磨くときだけマスクを外し、非常用簡易トイレを使用して排泄の痕跡を残さないよう気をつけた。ビニール手袋の下で手はぶよぶよにふやけ、頭皮には馬鹿でかいニキビができた。

　頭上を大勢が行き交い、様々なものが降ってきた。雨水、火のついた煙草、痰、小便、飲み残しの飲み物、ゴミ、ゴキブリやネズミの糞と思しきもの。雨が降るとさらに辺りのゴミが流れ込んできた。蛆《うじ》まみれのネズミの死骸もあった。

　吉良と加成屋にとっては何ほどでもなかった。彼らは静穏たる無の中にあった。レンジャー訓練以来の耐久勝負としては楽な部類だった。ただ二人にとって予想外だったのは、警察組三人が、やたらと差し入れを持ってこようとすることだった。目立つので遠慮する、と断ったが、それでは彼らの気が収まらないとわかって、現場から一キロほど離れた場所で、吉良か加成屋のどちらかが受け取ることにした。

　警察組も吉良と加成屋に倣ってレインコートにマスクと手袋という格好で現れた。おかげで、使用済みトイレを回収してもらい、代わりに冷たいペットボトル飲料、チョコレート、塩分の多い飴、カロリーメイトなどの栄養食を受け取るだけでなく、吉良と加成屋が不在中の任務について聞くことができた。二人にとって思った以上に気晴らしになったのは事実だった。差し入れ一つで偵察の苦痛をすっかり忘れることができるのだから「警察の知恵も侮れない」と二人して感心した。

　だが、警察組の三人にとっては、その差し入れが苦行に等しかった。「毎度、肝試しでもしているようでした」と静谷は言った。「真っ暗闇の中から、ドーランを塗った顔で目だけ光らせながらあいつらが現れるんですから。普通にホラーでしょう」

「あんな場所で何か食うと想像しただけで、おえっとなる」と三津木は言った。「そのうち二人が何かの病気で倒れて、担ぎ出さなきゃならなくなると思ってたよ」

「本当に無理でした」とりわけ暁は、思い出すだけでも血の気が引くといった様子で当時のことを語っている。「新宿の下水にいるドブネズミとか……無理すぎて、いつも全力で走って戻りました」

吉良も加成屋は、いきなりきびすを返して疾走する暁を見て、「笑わないようにするのに苦労した」と言う。当時の暁の様子を説明するため、吉良は「ネズミの鳴き声がした瞬間、これです」と陸上の短距離走のフォームをしてみせ、笑いを噛み殺した。

監視期間中、警察組三人の他にも、下水路の整備事業者たちが目視による調査のために現れたことが一度だけあった。だが彼らは吉良と加成屋を見つけることはできなかった。監視カメラの存在にも気づかなかった。二人は暗闇と汚水の中に隠れて完全に気配を断っていた。

吉良と加成屋が暗がりで監視を続けていた頃、花田と真木は、桶川や各部署に応援を頼んで、当該eスポーツ施設の情報をかき集めていた。そして、表向きの事業者に隠れて、施設を実質的に所有しているのが、ミューズ・グループという風俗業者であることが突き止められた。

桐ヶ谷結花が一部店舗の経営を担うグループだった。金を出したのは興正会と目された。そして施設の登記等を行ったのが、赤星亨の事務所であることが判明した。

風俗店経営者が、新たなビジネスを手がけたというには、運用実態が不透明だった。表向きの事業者は明らかに隠れ蓑だった。だが何を隠しているのかは、外からはまったくわからなかった。ただそれが驚くほど電力を食う何かであることは確かだった。

花田と真木から意見を求められた桶川は、「仮想通貨のマイニング施設の可能性が高いんじゃないでしょうか」と述べ、「さもなければ、ダークウェブ用の防弾ホスティングを行っているのかも」と付け加えた。

防弾ホスティングとは、個人情報を強力に保護することにより、インターネット上において匿名で違法性の高い売買などを可能とさせるサービスのことだ。多くはインターネット規制が厳しくない国で行われており、種々の脱法行為を支援するものとなっている。

「どっちも磐生修が手を出しそうなしろものだ」と花田は言った。「何だろうと、おれたちが叩き潰すことで、やつの頭に血がのぼるものであれば最高だな」

吉良と加成屋の監視期間中、その施設に出入りした人間は軽く五百人を超えた。表向きの事業者、その雇用者、施設利用が目的の客が大半だった。その大勢の人間に隠れるようにして、何度か施設の出入りが確認されたのが、吉川健、桐ヶ谷結花、見城晶だった。

一度だけ、赤星亨が、搬出入口から入るのが確認され、吉良と加成屋を驚かせた。

有名な人権派弁護士が、VR用ヘッドセットをかぶってゾンビやエイリアンと戦っているとも、小道具が並ぶ檻の中で脱出ゲームに興じているとも思えなかった。何をしているにせよ、彼の職能か理念に関わることに違いなかった。だがそれが何であるかは、二人ともまったく想像がつかなかった。

そして六日目の夜、何時間か前に施設に入った吉川健が、表向きのeスポーツ施設が閉まったあとも出てこないのを不審に思って監視している最中、真木から通信があった。

《いったん撤収し、休養を取れ》と命じる真木に対し、「吉川健が出てくるまで監視させて下さい」と吉良が返した直後のことだった。

「ジャックを確認」と監視カメラの映像を見つめながら加成屋が小声で告げた。「六時方向からこっちへ来る」

吉良もすぐに確認した。歌舞伎町のほうからふらりと男がやって来ていた。帽子を目深にかぶり、マスクをしているが、隻眼の傷ですぐに平山史也だとわかった。

薄手のジャケットを羽織り、両手をズボンのポケットに突っ込んでいる。施設の搬出入口側に回ると、閉じたシャッターの脇にある、通用口ドアを開いて中に入っていった。その際、ズボンのベルトの背側に、拳銃らしきものを差しているのがちらりと見えた。

「ジャックが施設に入った」と吉良が、真木へ告げた。「監視を続けます」

《了解。出動を要する事態に備え、班を待機させる》真木もすぐさま応じた。

そして突然、それが聞こえてきた。

排水管に仕掛けた盗聴器が、屋内で響き渡る複数の銃声を拾っていた。

「施設内で発砲音を確認。突入の許可を請う」吉良は、真木に通信しながら素早くレインコートを脱いでいた。

《許可する。我々もただちに向かう》真木は迷わず言った。吉良と加成屋に対する信頼のほどが窺える応答だった。

「了解」加成屋も、そう口にしたときにはレインコートを脱いでいる。

二人ともバラクラバの下の薄汚れたマスクを外して呼吸が楽になるようにした。両手の手袋を外すと、べろりと皮が剥けるように垢が取れた。マスクと手袋をバッグに入れ、代わりにタクティカル・グローブを取り出して装着した。

吉良が、仕掛けたカメラで車が来ないことを確認しつつマンホールの蓋を押し上げてずらし、素早く地上に出た。すぐに加成屋も出て、蓋を元通り閉じ、吉良の後を追った。

時刻は夜の一時を過ぎていたが、周囲に人通りは多かった。飲食店の灯りが周囲を照らし、呼び込みの男女が道行く者に声をかけ、広場に集う若者たちがめいめい座って話し込み、買春目的の男たちがうろつき、アプリで売春相手を探す女たちがたむろしていた。

誰も、地下から出てきた二人に気づかなかった。施設内の発砲音も、街のざわめきに紛れて聞こえなかった。

吉良と加成屋は、施設の通用口の両側に来ると、屋内の灯りがついていないことから、銃とハンディライトを手にした。

二人とも、右手で銃を握り、左手の人差し指と中指でハンディライトを挟んで固定し、右手を包み込むようにして銃身を安定させた。フラッシュライト・テクニックと呼ばれる、暗がりでの銃の構え方の一つだ。

吉良が最初に入り、加成屋が続いた。ハンディライトはつけっぱなしではなく、スイッチを押している間だけ点灯するモードにしていた。ぱっと照らして確認しては、すぐに消して位置を悟られないようにしつつ、入り組んだ建物の中を、足音を立てずに移動した。

バン、バン、バン、と銃を乱射する音が轟いた。二人とも身を伏せて音がした方へ匍匐で素早く移動した。物が倒れる音、ばたばたと走る音、「停電するって言ったのに！　無理にやらせたのはそっちだろ！」という吉川健の泣き叫ぶような声がし、また、バン、バン、と銃声がした。

吉良は、頭上を弾丸が飛んでいくのを感じた。方向からして、吉川健が発砲しているのだと思った。施設に入ってきた平山史也を恐れて攻撃しているのだ。

銃声は単発的だった。平山史也は応戦していないらしい。かと思うと、ががらと何かが崩れ、ついで誰かが転倒する音がした。

吉良と加成屋は、猛然とそちらに這って行った。ほとんど二人同時に身を起こし、それぞれ遮蔽物の陰から、銃とハンディライトを突き出した。

「銃を捨てろ！」「抵抗すれば撃つ！」吉良と加成屋が、交互に叫んでプレッシャーをかけながら相手を照らした。

相手からも光が放たれ、二人を忙《せわ》しなく交互に照らした。吉良と加成屋は光に顔をしかめながらも相手を見た。相手も、一つだけの目をまん丸に見開いて二人を見ていた。

マスクを顎まで下げた平山史也が、ハリーズ・テクニックと呼ばれる構えで、右手に握るトカレフと思しき拳銃と、左手に握る大ぶりなフラッシュライトをホールドしていた。利き手で銃を持ち、他方の手でフラッシュライトをアイスピック・グリップ（逆手）に握り、両手の甲と手首をクロスして支え合うという構えだ。

フラッシュライトが大きくて指で挟めないときのオーソドックスな構え方だが、訓練が十分でない者がやると、焦ってフラッシュライトや自分の手を撃ってしまったり、スライドした銃身で手を切ったりする危険があった。

平山史也がどれだけ拳銃の扱いに熟達しているかは不明だったが、厄介なのは吉川健の首を背後から両腕で締めるようにして盾にしていることだった。吉川健の手にもベレッタM九二らしき銃が握られていたが、弾切れであることはスライドストップという状態になっていることから明らかだった。「た……助けて」吉川健が恐怖で歯を鳴らしながら言ったが、すぐに平山史也の腕で下顎を押し上げられ、苦しげな鼻息をこぼすばかりになった。

平山史也は、吉川健の頭部の後ろから顔の右側を覗かせ、吉良と加成屋のドーランを塗りたくった顔にぽかんとした様子でいたが、突然、満面に笑みを浮かべた。「プレゼントをもらった子どもみたいに嬉しそうな顔だ」と吉良は思った。ひどく無邪気な分、かえって不気味なことこの上なかった。

「レンジャーだろ、お前ら」平山史也はそう言いながら、もがく吉川健を引きずって施設の出入り口の方へ下がっていった。「おれの顔を撃ったやつらだろ」

このとき吉良も加成屋も、バラクラバをかぶり、露出した肌には迷彩ドーランを施し、なおかつゴーグルをかけたままだった。二人の顔を、平山史也が認識できるわけがなかった。鋭い直感で、二人の正体を悟ったというのでもなさそうだった。

のちに吉良は、そのときの平山史也の口調から、「おれたちが誰か確信しているというより、自分に銃を向ける相手は全員、七年前に自分を撃ったやつだと信じているような、異様な感じを受けました」と言っている。

実際、このときの平山史也には、二人が誰であるかという認識はなかった。彼にとって、自分に逆らう者、敵意を向ける者は、全員、「自分を撃ったレンジャー」だった。その平山史也の狂的といえる言動を、彼と強盗を行った多くの共犯者が供述している。

そして平山史也は、そのような状態にありながらも、こと犯罪を行って逃げるという点では天性のものを持ち合わせていた。吉良と加成屋に、側面へ回り込む隙を与えず、吉川健を引きずっていって出入り口のドアのプッシュバーを腰で押して開いた。そのまま建物の外に出るや、すでにそこには黒塗りのバンが到着していた。

事前に示し合わせて停車させていたと思しきそのバンの後部ドアが内側から開いた。市販の白いマスクで顔を隠した、若そうな男たち二人が現れた。一人は浅黒い肌をしていて日本人ではなさそうだった。運転席にいる者もちらりと見えた。加成屋は一瞬、見城晶かと思ったが、違った。運転手はマスクをした、髪を金髪に染めた男だった。

平山史也は盾にした吉川健ごと、仲間たちの手で引っ張り込まれ、車内に消えた。

吉良も加成屋も、建物の出入り口で銃を構え続けていた。だが、「今度こそ本当に人質にされた吉川健」ごと、平山史也を撃つわけにいかず、走り去るバンを見送るしかなかった。バンのタイヤを撃つことも、やはり人質の安全を考えてできなかった。

吉良も加成屋も、憤懣の唸りをこぼしたが、冷静さを失うことなく銃をしまった。通報を受けた警察官やSGUの車両が来るまでの数分間で、二人は監視位置に戻って機材と荷物を残らず運び出すと、施設内で待機した。

周囲では、二人に何の関心も持たない大勢の人々が相変わらず行き交っていた。

5

平山史也と吉川健の行方は、容易にはつかめなかった。

バンは盗難車で、eスポーツ施設から一キロと離れていない路上に乗り捨てられていた。速やかに車を乗り換えたと思われるが、付近に監視カメラがなく、逃走車を特定できなかった。信号のない（つまり監視カメラのない）狭い街路を縫って逃走したとされたが、目撃者も見つからないことから、これも推測に過ぎなかった。

吉川健については誘拐事件として捜査が行われ、平山史也とその仲間たちの容疑がまた一つ追加された。

発砲があったことからeスポーツ施設へ堂々と警察官が入り、検証が行われた。桶川もこの検証に参加し、「電力消費の謎」を解き明かしにかかった。

施設の表向きの事業者は、発砲事件と聞いて驚愕し、予定されていたイベントを中止せねばならないことにひどく落胆しつつも、聴取や店内の監視カメラの映像提出に応じるなどして捜査に協力した。

吉良と加成屋には、「身綺麗にして休養を取ること」が命じられ、二人は素直に従った。悪臭が染み込んだ防水バッグごと下着とシャツを捨て、全身の垢を落とし、腹を壊すほど好きなものを好きなだけ食い、そして泥のように眠った。

ＳＧＵでは、吉良と加成屋の張り込みと突入によって得られた成果について話し合われた。特に、拉致された吉川健が「停電」に言及していたことから、平山史也らが犯行に及んだ動機と推測された。「停電の際、平山史也の顔がインターネット上に出回ったことが大きいのではないか」というのが真木の考えだった。「吉川健に制裁を与えようとしたというより、何かの企みが露見することを恐れて連れ去ったのであり、その場で殺害しなかったのは、吉川健の存在がまだ必要だったことを示しているのではないか」として、推測を組み立てた。

そして、その推測がどの程度当たっているかを推し量るため、長らく泳がせていた者たちの「呼び出し」を花田に提案した。

桐ヶ谷結花と見城晶の聴取である。

花田は、「自分たちも攫《さら》われかねん、と思っていれば、協力的な態度を取るかもな」と呟き、二人の聴取を許可した。

実際、桐ヶ谷結花と見城晶は、驚くほど協力的だった。赤星亨を同席させることもなく、「呼び出し」に向かった暁と静谷に素直に従い、警視庁まで同行した。

eスポーツ施設の事実上の所有者がミューズ・グループであることも素直に認め、二人とも「イベントを手伝うこともあった」と答えた。

また、吉川健が、「飛ばし」の携帯電話や電話番号を売る、いわゆる「道具屋」であることも薄々知っていたという。

そしてその吉川健から、「もしものことがあった場合に備えて小型ＧＰＳ発信器を入れたお守りを持ち歩いている」ことを教えられ、「何かあったら警察に通報して欲しい」と頼まれていたという。

「つまり、何かあったってことですか？」桐ヶ谷結花は、震える手で自分の携帯電話に入れたアプリの一つを見せた。吉川健が持っているというGPSの信号を示すそれに、暁と静谷は瞠目して言葉を失った。

「これ、栃木の山の中って、おかしいですよね？　こんなところに吉川さんがいるって、変ですよね？」恐怖の涙を浮かべる桐ヶ谷結花のもう一方の手を、見城晶がしっかりと両手で握っていた。怯える桐ヶ谷結花とは対照的に、見城晶は唇を一文字に引き結び、怒ったようにGPS信号の表示を見つめていた。

「恐ろしい何かに巻き込まれて途方に暮れている感じでしたね」と静谷は、当時の桐ヶ谷結花の様子について述べ、見城晶はずいぶん違っていたという。「明らかに、桐ヶ谷結花だけは守らなければいけない、と思い詰めている様子でした。二人に血縁関係はありませんが、気持ちの上では、互いを実の姉妹のように思っていることが窺えました」

そしてその二人にとって、吉川健の失踪は、驚きと恐怖をもたらすものであり、真木や花田からしても、警察を頼る様子に不審な点は見られなかったという。

真木はただちにGPS信号の情報を、栃木県警に通報するとともに、SGUを出動させた。吉川健が山中にて監禁されていることを想定してのことだった。花田も真木が運転する車両に同乗した。桶川は、広域の捜索に備えて長時間の稼働が可能なドローンを用意した。なお、吉良と加成屋にはまだ休養を命じていたので、両名はこの県をまたいだ捜査に参加していない。

GPS信号のおかげで、吉川健の発見は容易だった。

山狩りを行った県警警察官とSGU班員は、その一帯に踏み込んで一時間と経たずして、両手首を針金でくくられた吉川健の首吊り死体を発見した。

小型GPS発信器は、吉川健が首から吊した、神社のお守り袋の中に入っていた。

両手首には、針金をほどこうとしてできたと思われる傷があった。自殺者の中にはそうやってあえて助からないよう自ら手足を縛る者もいるという。だが抵抗のために発砲し、自身の居場所を告げるGPSを備えた人間が、攫われてから二十四時間も経たずして首を吊って死ぬというのは、いかにも異様だった。

「処刑だよ、これは」三津木は、虫にたかられた吉川健の遺体を見上げて言った。真木も他の班員たちも同じ考えを持った。

だが問題は、理由だった。

eスポーツ施設で停電が起こり、その結果、平山史也が施設に出入りしていることが判明したわけだが、それが吉川健を殺す理由の全てとみるのは、どこか無理があった。

平山史也はもともと全国指名手配犯である。しかもきわめて目立つ風貌をしているとあって、たびたび目撃情報が寄せられている。ある場所にいたことがインターネット上でバレたとしても、二度とそこに足を向けねばいいだけのことだ。

「停電はアクシデントだったとして、平山史也の姿がインターネット上で出回るようにしたのが吉川健だったとすれば一応の理屈は立ちますね」と真木は、吉川健の遺体発見現場からの帰路、自らハンドルを握りながら呟くように言った。

「あの施設から平山史也を遠ざけるためにそうしたと考えればな」花田も同感だというように言った。

「つまりあの施設を独占しようとしたことで吉川健は殺されたのかもしれないと？」暁が、上司二人へ尋ねた。

だが真木も花田も肩をすくめるだけだった。当該施設に何かが隠されているとしても、それを明らかにできる知識も技術も二人にはなかった。

花田は、後部座席で隣に座る桶川の肩に、おもむろに手を置いてこう言った。「頼みますよ、桶川先生」

「えっ？」使わずじまいだったドローンを残念そうに膝に置いて撫でていた桶川が、素っ頓狂な声を上げた。「なんですって？」

「あの、馬鹿でかい最新式のゲームセンターに何があるか、死ぬ気で調べてくれ」花田が、柔和な笑みを一変させ、鬼の形相で言った。「これ以上、死人が増える前に」

桶川は相手の迫力に圧倒され、こくこくとうなずいた。実はこのときすでに、桶川は「ある仮説」を頭の中で組み立てていたのだが、彼自身それが実現可能かどうか疑っていたため、口にするのをためらっていたのだった。

6

「吉川さんにとって、ミューズ・グループの以前の経営者は『得意先』だったそうです」と桐ヶ谷結花は言った。この経営者とは、抗争に巻き込まれて殺害された、ミューズ・グループの代表だった刈谷航一である。

だが刈谷航一殺害後、グループは「ヤクザみたいな人たちからずいぶん距離を取るようになった」という。当時の警察の捜査で、いわゆる「ケツ持ち」であった興正会の人員が片っ端から逮捕されたことも大きかった。「今のグループって、以前に比べてすごく小さいんですけど、おかげで普通のお店というか、売り上げを暴力団に持って行かれずに済むようになってたんです」

背後にいた興正会も、抗争の収束に労力を割いていたため、グループに関心を払う余裕はなさそうだったという。刈谷航一の「兄貴筋」の人間も、桐ヶ谷結花に店舗の継続を任せてのちは、グループに干渉しなくなっていた。理由は、刈谷航一が「飛ばし」の携帯電話を多数必要とした違法ビジネス、すなわち組織的な未成年売春が、抗争と警視庁の捜査の両方によって壊滅したからだ。桐ヶ谷結花はその後、未成年売春の実態を知らされず、きわめて「合法的」で「小規模」な店の経営を任されたに過ぎなかった。

「健全というとおかしな表現かもしれませんが」と、桐ヶ谷結花の「仕事」について徹底的に聴取した暁も、その点は異論を持たなかった。「彼女自身、違法性のない仕事をしていました。見城晶もふくめて、知らないうちに利用されていたようです」

その頃、桐ヶ谷結花と見城晶は、同じマンションの一室に住んでおり、プライベート面でも強いつながりがあった。

二人とも不定期ではあるが「昼の仕事」をしており、桐ヶ谷結花は女性向けの美容系サロンの雇われ店長を一時務め、見城晶はレンタカーの受付やガソリンスタンドで働いた。

二人ともそれぞれ目標を持って生活をしていた。桐ヶ谷結花は、簿記一級の取得を目指して週に数回、学校に通っていること、見城晶は、自動車整備士二級の試験問題集を持ち歩いていることがわかっている。

当時、彼女たちが経済的な支えを得ていたのは、やはり風俗店経営のミューズ・グループからの収入だった。ただし二人がセックスワーカーとして「勤務」していたのは、二十代のごく一時期である。桐ヶ谷結花も見城晶も、男性向けサービスと女性向けサービスの両方を行き来していた。そういう「人種」は珍しく、そのため自然と互いに親近感を抱くようになったという。それから何年も経て聴取が行われたとき、桐ヶ谷結花はミューズ・グループ数店の店長や店長補佐を務め、見城晶はドライバーとして雇われていた。

「女性のドライバーは、とても珍しいって言われます」見城晶は、二人の聴取を主に担った暁に、淡々と告げた。「お店で働く女性の中には、不安がる人もいます。ドライバーは、お客さんにルールを守らせるためにいると思っている女性とかは、特にそうです。私じゃ頼りにならないって、店長に文句を言う人もいます」

どうしてドライバーになろうと思ったのか、と暁が尋ねたところ、「結花さんから勧められたから」と見城晶は答えた。「お店のドライバーさんが体調を崩して、急に来られなくなったときがあって。一緒にお店で働いてた結花さんが、急に私に『運転してよ』って言ってきたんです。最初は冗談かなと思ったんですけど」

「晶ちゃん、趣味は車だって言ってたから」と桐ヶ谷結花は、見城晶に関しては何であれ楽しげに口にした。「お店も困ってたし、自分たちで運転して行くんだからいいでしょって。そしたらもう、本当に運転が上手で。普通のドライバーさんだと全然遅刻するような場合でも、渋滞してるときとか、ささっと横道に入って、時間通り着いちゃうんです」

純粋に運転という点で、見城晶は誰よりも優れていた。「ベテランのタクシードライバーでもかなわないような、何かがあるの」と桐ヶ谷結花は、我がことのように自慢し、自分が出勤するときは見城晶に運転してもらうようになったと言った。

「昔、レースとかやってたことがあるんです。子どもの頃ですけど。両親がまだ離婚してなくて、お金があったときに」と見城晶は言った。加成屋が調べた通り、彼女こそが、かつての「天才少女」だった。だが大学入学後、両親が離婚し、親権を得た母親が「学費を出すことさえ渋るようになった」ことが、見城晶に「バイト」を決心させたという。

「晶ちゃんも私も、すごい下戸なんです」と桐ヶ谷結花は言った。「お酒の仕事もしてましたけど、どうしても体に合わなくて。それで結局、風俗しかなかったという感じです」

見城晶は、桐ヶ谷結花と出会ってしばらくして、ドライバーとして働くようになると、「自然と母親のもとを離れて、二人で暮らすようになった」と言った。「レースとは違いますけど、その頃の自分を取り戻した感じでした」

だが桐ヶ谷結花が店舗を任され、見城晶がドライバーとして働くうち、妙なことが起こるようになった。

「お店の女の子のうち、何人かが、がちゃがちゃ鳴る何かを袋一杯に詰めて持ってたりとか、ガムテープでびっちり閉じられた段ボール箱を抱えてたりとか」と見城晶は、どう考えてもおかしいというように小さくかぶりを振って言った。「何それって訊いても、お客さんのリクエストだとか、何かのオモチャでしょとか適当なことを言われました」

「デリヘルは運び屋にされやすいという話は聞いていました」桐ヶ谷結花は、うつむいて言った。「私はそういうのには関わらないと決めていたんです。そういうことをやってる女の子を何人かクビにしました。そうしたらある日、電話がかかってきたんです」

刈谷航一の「兄貴筋」である男からの電話だった。実はこれが、逮捕される前の磐生修だったのだが、当時の桐ヶ谷結花には、相手が何者か見当もつかなかった。

「君らはタクシーみたいなもんだ」と磐生修は、桐ヶ谷結花に言った。「タクシーに乗った人間が、違法な品を持っていたとしても、タクシー会社が罪に問われるなんてことはない。タクシーの運転手が捕まることもない。客を乗せて、望み通りの場所に連れて行く。ある女の子が荷物を持って、ある場所まで行く。君らが罪に問われることはない。どんな場合も捕まりはしない。ただ、タクシーがやっちゃいけないことが一つあるとしたら、なんだと思う？　それはな、乗車拒否だ。タクシーはどんな客だって乗せるからタクシーなんだ。そうだろう？　乗車拒否をされたらどんな人間だって腹を立てるもんだ。もしかするとタクシーを追いかけていって、ドライバーに文句を言ってやろうとするかもしれない。ドライバーをタクシーから引きずり出して、説教するかも知れない。わかるか？　せっかく上納金を納めずに済むような経営をさせてやってるんだ。ドライバーが説教されるような目に遭わないよう、ちゃんと客を連れて行くようにしないといけない。簿記試験を受けるような賢い君ならわかるだろう？」

わかります、と桐ヶ谷結花は震え上がって答えた。逆らえば見城晶に危害を加えると言われているのだと思った。桐ヶ谷結花は、見城晶には電話のことは告げず、「女の子が何か持ってたとしても、見ないふりをして」と頼んだ。見城晶は、桐ヶ谷結花が怯えていることを察して、言う通りにした。

二人はこうして、磐生修による、麻薬、銃、弾丸等の密売ルートの一端を担わされるようになった。そしてそれからすぐ、見城晶の高い運転技術が、磐生修の目にとまった。見城晶がレースで「天才少女」ともてはやされたことも調べられた。見城晶が大学在学中に自動車の整備士資格を独学で取ろうとしていたり、大型車両の免許を取っていることも。

「ドライバーなら、乗車拒否はしちゃいけない」磐生修は、桐ヶ谷結花ではなく、見城晶に電話をかけて言った。「乗車拒否をするドライバーがいたら、タクシー会社の経営者に文句が行くだろう。もしかしたら経営者に直接会いに行って、説教するかもしれない。経営者を会社から連れ出して、徹底的に文句を言うかも知れないな」

磐生修の手口はきわめて狡猾だった。桐ヶ谷結花に対しては見城晶に危害を加えると脅し、見城晶に対しては桐ヶ谷結花に危害を加えると脅す。双方を人質とした上でどちらにも要求を通す恫喝《どうかつ》を行ったのである。

こうして見城晶は、「人質のふりをしたドライバー」として、引きずり出されることになった。「絶対に出られない深い穴に落ちたような気分」で、見城晶は磐生修の要求に従い、銀行強盗のドライバーとなった。動機はもちろん金銭ではなかった。「結花さんに何かされるのが怖くて言うことを聞きました」と見城晶は唇を震わせて言った。

吉良と加成屋が、桐ヶ谷結花と見城晶の聴取の結果を知らされたのは、吉川健が拉致された三日後のことだ。二人は捜査本部である講堂で、吉川健の死と、暁と静谷の聴取の成果を黙って聞き、そして言った。

「自分たちは、もう少し休んだ方がいいかもしれません」と吉良が言った。

「平山史也と磐生修の頭に、弾をぶち込みたくて仕方ないんです」と加成屋が理由を述べた。

「体が辛いなら休んでいい」花田が、真木より先に、二人へ言った。「平山や磐生みたいな連中をどういう目に遭わせてやりたいかってことなら、おれは何年も前から、ずっと同じことを考えているよ。ああいった武器商人やテロリストを捕まえようとすればどのみち銃弾の雨が飛んでくるし、それを止めるには連中の頭に銃弾を叩き込むしかないと」

吉良と加成屋は、他の面々を見回した。三津木、暁、静谷、桶川が、二人へうなずき返した。誰もが花田と同感だと無言で告げていた。彼らは決して「殺し屋」ではなかった。犯人を射殺するのは手段に過ぎないことを誰もがわかっていた。目的は凶悪きわまる事件の発生と進行を食い止めることである。犯行の主体である人間の命を奪うことをためらっては、余計に事態が悪化することを、みなが思い知らされているのだった。

吉良と加成屋は、最後に真木を見た。

「桐ヶ谷結花と見城晶は、我々に進んで情報を提供することを約束した」真木がそう告げて、吉良と加成屋を見つめ返した。「彼女たちは一日も早く、磐生修とその配下の連中が一網打尽にされることを望んでいる」

「体は万全です」吉良が言った。

「おれたちの偵察、少しは捜査に貢献できましたか？」加成屋が訊いた。

すると花田と真木が、今度は桶川に目を向けた。

「説明いたします」桶川がすっくと立って言った。「当該施設内の全ての機器を詳細に調べた結果、ゲームとは異なるシミュレーション・システム用の大型サーバーの存在が明らかとなりました。その中身は、我が国に存在する全メガバンクの電子決済システムそのものです。こんなしろものを構築できた理由は一つ。以前あった日銀襲撃事件ですよ。ほら、死んだ吉川健氏が人質にされたでしょう。あそこでの犯人たちの狙いは、廃棄紙幣だけではなかった。それはいわば偽装だった。目的は、システム・データを奪うことだったんです。具体的には、まず全国銀行データ通信システム、そしてその決済を円滑化するための、電算センターが運用する日銀ネット、さらには四大メガバンクの各システムです。これらがまとめて流出したからには、日本国内の全銀行の防衛は、事実上、不可能と言えます」

「なぜメガバンクのものまで日銀に？」暁が訝しげに訊いた。

「そりゃもうメガバンクのシステムがしょっちゅう障害を起こす、ひっどい状況だったので、日銀が頭にきて全部調べたわけです」桶川が大げさな手振りで笑って言った。「どこも複数の銀行を合併したでしょう？　システム作り一つでも社内政治がぐちゃぐちゃして、結果的にシステムもぐずぐずになったんですね。日銀もそれに合わせてシステムにパッチをし続けなきゃならないもんだから、そりゃ頭に来ますよ」

さも面白そうに甲高い声で笑う桶川に、みなが眉をひそめた。

「あー、つまり、ハッキングで金を移動させるってことか？」静谷が訊いた。

「いえ。本来、外部から操作できません。そういうシステムではないんですね」桶川は自信を込めて答えた。「eスポーツ施設で研究されていたのは、どこかの銀行を襲撃し、『全国銀行データ通信システム』という、我が国のほとんど全ての決済を司るシステムに侵入して操作する方法です。単純化して説明しますと、侵入と同時に、その日の決済を全て中止させる命令とともに、オンライン上で『銀行のふりをするプログラム』をシステムに流し込みます。これを達成した場合、日付が変わるまでの間ではありますが、メガバンクだけでなくあらゆる国内の銀行の決済を遠隔操作し、行われるはずのない決済を強引に実行させることができます。もし、これを都内に存在する四大メガバンクに狙いを定めて行っただけでも、被害総額は前代未聞、想像を絶する規模になるでしょう」

「幾らくらいなんだ？」三津木が、現実感がさっぱり湧かないという顔で訊いた。

「処理件数によるので何とも言えません。一例を挙げるなら、日銀ネットには五百二十の金融機構がアクセスしており、一日に二百兆円の資金や国債の決済を処理しています。これと同程度は軽く動かせるかと」桶川があっけらかんとして答えた。「ちなみに、日本国内に存在する全銀行口座は、休眠状態のものもふくめ、およそ十一億個もあります。それらの決済の総額は、キャッシュレス決済が進んだ現在、預金決済だけで一日百八十兆円を超えます。あらゆる処理を中止させて資金の移動だけを行った場合、これに等しい額を一日で処理することも、理論上は可能です」

全員が黙った。死んだ吉川健にとっては人生を懸けた強奪計画だったに違いなかった。あの施設に閉じ籠もってひたすらシミュレーションを構築していたのだろうし、それを急がされたかして停電を招いたことで、吉川健と平山史也が対立した、という考えには至極しっくり来るものがあった。

「これが磐生修の狙いだろう」花田はそう言って、みなを見回した。「お前たちの働きで、いずれやつは銃と弾丸のビジネスに支障をきたし、二つの意味で消えるしかなくなる。稼いだ金を抱えてどこかへ逃亡するか、やつが恨みを買ったどこかの犯罪組織に殺されて何もかも奪われるかだ。やつは死に物狂いで、この阿呆みたいな額の強盗を企み、おれたちを迎え撃って叩き潰す準備をしているだろう。おれたちにとっても、この、わけがわからんほどの桁違いの強盗が、やつの脳天に弾丸をぶち込む最後の機会になるということだ」

第5章

二正面作戦

Two-front War

1

この頃、「最終目標」を巡って、赤星亭と磐生修は対立しつつあった。だがそうした二人の関係は、SGUはもとより、警察側からは決して見通すことができないものだった。

というのも、磐生修について花田と真木は正しくその状況と動機を読んでいたが、かたや赤星亭については、個人的な怒りを今も抱えているに過ぎないとみなされていた。彼は花田だけでなく磐生修とも接触し続けているとみられていたが、それはあくまで彼の妻子に死がもたらされた責任を取らせるためであるとしか考えられていなかった。

具体的には、磐生修と花田の双方に情報を少しずつ流し、両者がじわじわと力を失うことを目論んでいたということである。特に弾丸密売ルート壊滅作戦では、磐生修も花田も、兵士不足や手口の露呈といった不利益を徐々に被《こうむ》りながらも、赤星亭からもたらされる正確な情報の貴重さゆえに、無視することはできなかった。

すなわち赤星亭の狙いは、磐生修と花田をぶつけることで「互いの責任を取らせ合う」という一点に尽きるものと思われた。そして磐生修も花田も、そのことを問題視してはいなかった。二人ともはなから正面対決を望んでいたのだから、むしろ赤星亭の存在は、何らかの事情で「対決」がご破算になることを避ける上でも有用だった。

花田にとって磐生修が、国内で築き上げた違法なビジネスを全て諦めて失踪することは避けたかった。そのあとで磐生修が別の犯罪に手を染めれば、またゼロから情報をかき集めねばならなくなるからだ。

逆に、磐生修にとって、花田が職務に倦《う》んで本当に引退するといったことになれば、ターゲットとしての魅力は大いに損なわれる。全国的に報道される「警察の顔」としての花田の抹殺に失敗し、そののち引退して何者でもなくなったところを狙って殺したとなれば、とりわけ海外の犯罪組織からは「現役の警察官と戦う勇気がない」とみられ、裏社会での権威の低下を招きかねなかった。

そんなわけで二人にとって赤星亨は、相手をつなぎ止める蝶番《ちょうつがい》のような存在であり、それ以上の役割があるとは、警察側は想定していなかった。

だがそうではなかった。赤星亨の役割は、はるかに重大だった。なぜなら、全国銀行データ通信システムをのっとって桁違いの強奪を可能とするすべを教示し、その成功のためなら配下の人間や銃および弾丸の密売ルートさえ犠牲にしてもいいと磐生修に決心させた人物こそ、他ならぬ「人権派弁護士」赤星亨だったからである。

赤星亨がいつそのような大それた犯行を決心したか、のちに本人は、「ある眠れない夜に、残りの人生を何に使うべきかをふいに悟った」と語っている。

それは妻子を弔ってからしばらくしてのことだった。

彼は数ヶ月ほど事務所を休んだが、実はその間も仕事をしていた。妻子のために使うはずだった週末も全て書類に目を通し、資料を精査し、関わりのある人権保護団体や生活困難者の支援施設と連絡を取り合った。彼が事務所に顔を出さなかったのは、大騒ぎするメディアから距離を取りたかったからだった。

その数ヶ月で、彼はひどい不眠に陥り、それが生活の一部となった。彼は妻子が死んだ部屋に住み続け、夜はベッドの中で目を見開いたまま法廷で口にすべきことを何度も反芻《はんすう》した。それが自分の子守歌になると信じた。だが眠りはやって来なかった。

ある日、不眠症で思考力が衰えることを恐れた赤星亭は、知人の紹介で複数回の診療を受けた。精神科医や心理療法士が、彼を様々に調べた。脈搏《みゃくはく》や呼吸数を調べる者もいれば、長々とした診断用アンケートに記入させる者もいた。不眠という新たな課題に取り組んでいることに、赤星亭はちょっとした面白さを感じたこともあった。

だがやはり彼の眠りは「どんどん薄くなるスープのよう」だった。彼は間もなく熟睡することを望まなくなり、「薄いスープを一口するだけ」でいいと思うようになった。「薄いスープ」には、事務所や法廷の待合室でのうたた寝もふくまれた。バインダーに挟まれた書類の重みを腿の上に感じながらほんの短時間、目を閉じていると、誰も教えてくれないだけで、とっくにこの世から全ての不幸は消え去っており、自分に残された仕事は何もないという一抹の寂しさが、深い安らぎとともに訪れることがあった。そしてそんな「薄いスープ」を味わったあと、冴え冴えとした頭で法廷に足を運ぶのが彼の人生となった。

一方で赤星亭は、眠れないことへの怒りを胸の内で溜め込んでいた。その怒りを上手くエネルギーに変えるようにしていたが、夜中に自宅で一人きりになると、どうしても怒りが収まらなくなるときがあった。

彼は湧き上がる怒りと格闘し、それを叩きつけることで生産的な何かが生ずる対象を求めた。何かをぶち壊したいとは思わなかった。それは彼の信念にそぐわなかった。怒りが向かうべき先は、彼が戦うべき訴訟のはずだった。そしてあるとき、「研ぎ澄まされた怒りの矛先」が見つかった。

ある依頼人から、「銀行強盗の人質のふりをして、銀行の決済システムを調べることで金をもらった」と告白された。「一度や二度の銀行強盗で調べ尽くせるものではなく、試しに簡単な送金の操作をしてみたが無理だったので、すぐにその仕事はなくなった」と。

依頼人は吉川健だった。以前から「飛ばし」の携帯電話を販売した疑いで捜査対象となっていたが、とうとう逮捕されてのち、赤星の事務所を頼り、執行猶予つきで――警察が言うところの「弁当つき」で――有罪判決を下されていた。銀行強盗で人質を演じた件は、警察もつかんでいなかったので争点にはならなかった。事務所の弁護士も、余罪があるからといって警察に知らせれば義務違反となるため黙ったままでいた。

赤星亨は、いつか銀行強盗さえキャッシュレスになる日が来るのかもしれないのか、と妙に感心させられた。そして「銀行の決済システム」というものに、我ながら不思議になるほど興味を惹かれた。様々な訴訟に関わりながら、手に入るあらゆる情報を集め、決済システムがどのようなものであるかを調べていった。

もし自分が銀行強盗犯なら？　赤星亨は生まれて初めて犯罪を計画した。そのときは架空の犯罪に過ぎなかった。だがどこかで実現する可能性があることを予期していた。

吉川健とも慎重に連絡を取り合った。吉川健のほうは実現については疑わしげだったが、根っからの電子機器好きとしてその刺激的な話題に乗ってきた。吉川健にとってそれは趣味の領域であり、赤星亭のような「有名人」が自分と危ない話をしたがってくれることで優越感を覚えてもいることも、赤星亭にはわかっていた。

その二人の「共謀」に、あるとき「ブレークスルーが訪れた」と赤星亭はのちに供述している。「メガバンクの不始末」の全国報道が、そのきっかけだった。当初、銀行のシステムは完璧に統一された仕様で構成されているというのが吉川健や赤星亭の大前提だった。だが実際には、そうではなかった。メガバンクのシステムの多くは、銀行合併後の社内政治の影響で、複数の設計者が同時に競合し合うものを作り、それらを無理やりつなぎ合わせて動かすような、様々な問題を抱えたしろものだった。

このため一部のメガバンクは大規模な障害をほぼ十年おきに生じさせ、小規模な障害であれば毎月のように生じさせていた。特に赤星が「計画は実行可能だ」と確信を抱いたその日、万全と言われていたあるメガバンクにさえシステムに問題があることが、ＡＴＭ障害、二重引き落とし、口座残高の不整合、サービス全般の停止といった障害を連発したことで明らかになったと報道された。そして、「社会問題と化しかねないこれらの不祥事」に業を煮やした日銀が、「主要銀行のシステム調査とともに全国銀行データ通信システムの再整備を進めること」が発表された。

「これだ」と赤星亭はその報道にふれて天啓を得た思いを味わった。「日銀が全てやってくれる。システムを明らかにし、必要なデータを一箇所に集めてくれる」

赤星亭の「計画」は、数年がかりで用意され、様々な幸運によって実現への道を得ていった。それに磐生修が関わりを持ったのは、強力な銃器を使用する銀行強盗犯の「サポーターたち」が、「世直し」を訴えるようになったからだった。

赤星亭は、銀行強盗に加わって逮捕された、多数の実行犯たちの弁護を引き受けた。そうした連中の背後にいる「プリーチャー」が磐生修であることはすぐに確信された。「世直し」が磐生修のPR戦略に過ぎないこともわかっていた。

だが自分が「計画」に執着し始めた時期に、磐生修が再び日本で暗躍し始めたことも天啓の一つだと思われた。何より磐生修には「貸し」があった。無罪放免にしてやり、挙げ句の果てに妻子が身代わりにされたという「貸し」が。

磐生修の方も、「借り」を感じていることを赤星亭は知っていた。国内で銀行強盗が頻発するようになったある日、隻眼の男が事務所に現れ、金を渡したいと言ってきたからだ。男が、警察から脱走した指名手配犯の平山史也であることは明らかだった。その背後に磐生修がいることも。

ただし磐生修が殊勝な思いで「借り」を感じているなどと、赤星亭はまったく信じなかった。磐生修は単に、自分の配下の人間を守る、優秀で警察が苦手とする弁護士を欲していたに過ぎないと見抜いていた。はなから罪悪感などとは無縁なのが磐生修だった。この男がいう「借り」など、いくらか金を出せば消えてなくなるものに過ぎず、逆に図々しく「貸し」を押しつけようとしてくるはずだった。

赤星亭は金を拒み、代わりに別のかたちで「貸し」を返すよう、プリーチャーこと磐生修に伝えさせた。自分の「計画」に協力して「本当の世直し」のために働くことを求め、もしそうすれば、逆に「大金を得る機会を与えてやる」と。

平山史也は怪訝な顔をし、金を受け取らないということは自分がここにいることを通報する気かと疑った。赤星亭はそうせず、自分の携帯電話の番号を教え、平山史也を帰した。

そしてその夜、磐生修自身が、赤星亭に電話をかけてきて言った。「先生の世直しの話を聞かせて下さい。おれにできることなら何でもやりますよ」


赤星亭は、なぜ自分がメガバンクのシステムに興味を惹かれたか、磐生修に話した。

彼の人生において最初で最後の犯罪に夢中になった理由を。なぜならそれが、以前から社会に不足していると痛感し続けていた、「分配」を実現するすべだからだと。

赤星亭は、しばしば旧友から食事に誘われることがあった。「有名な人権派弁護士」を引っ張り出して酒の肴にしたがる者は大勢いた（妻子を失ってからぱったりやんだが）。赤星亭は以前そうした場で、ある考え方にふれる機会を得ていた。

彼はしばしば、大学の同窓といった友人たちに——特に、政財界で熱心にコネを作り、利益と活躍の場を得ようとする者たちに——「生活困難者の支援のためには何が必要なのか？」と尋ねた。多くの場合、「それは結果的に解決されるものであって、直接どうこうできるものではない」というのが返答だった。

「政府はインフレ目標を達成するための政策を打ち出しているが、インフレは実に多くの要因が絡み合う、両刃《もろは》の剣《つるぎ》だ」と、ある者は言った。「減税によって個人や法人の経済活動を活発化させる。政府や自治体の財政支出を拡大させる。公共事業をばんばんやる。日銀に金利を引き下げさせる。所得を増加させる。どれもインフレを誘導するものとされるが、結果的に政府や自治体の財政が悪化すれば、社会保障費を削らざるを得なくなるし、悪ければ海外投資家から『日本は無茶苦茶なことをしている』と思われて資本の引き上げに遭い、企業の体力も激減する」

つまりそういうことだ、と相手はすっかり説明しきったつもりだが、赤星亭にとっては何の説明にもなっていなかった。

また別の者は、「生活の見通しが立たない人たちに何が必要か?」という赤星亭の問いに、「人口減少に対して、政府が戦略的な道筋をつけることが課題だ」と言った。「このままでは少子高齢化で社会保障制度を維持するのが難しくなるのは明らかだが、健康保険や年金が具体的にどうなるのかは誰にも見通せていない」と。

つまりわからないのだからどうしようもないと言いたいのだろう、と赤星亭は思った。こうした益《やく》体《たい》もない方便のような言い分の中で、ゆいいつ赤星亭の記憶に残ったのが、「トリクルダウンか分配か」という議論である。

トリクルダウンは、「したたり落ちる」ことを意味する。富裕層や大企業の減税を積極的に行い、成長戦略を重視することを推奨する経済学の名だという。減税によって銀行は融資に積極的になり、そのため起業件数が増え、投資が拡大する。こうして富裕層や大企業が恩恵を被れば、当然ながら労働者にもその利益が「したたり落ちてくる」というのである。その理屈を説明してくれた人物は、それが「今の日本の経済政策の基本みたいなもんだな」と言った。

だが一方で、「富裕層がさらに富を得ると誰にも与えられなくなる」と否定する存在もあった。国際通貨基金(IMF)だ。赤星亭が妻子を失う少し前、IMFに所属する経済学者五名が、世界百五十九カ国の経済状況を調査した結果、「所得の上位二十パーセントの層よりも、下位二十パーセントの層の富が増加する方が経済成長に及ぼす効果がはるかに大きい」とする報告書を提出し、トリクルダウン経済学を全面否定したのである。

赤星亭はその報告書をインターネットで手に入れて読んだ。また、関連するものとして経済協力開発機構（OECD）に所属する人物の論文を読んだ。そして、所得格差がいかに成長を阻み、分配がいかに成長を促すか、という考え方を知った。

以来、インフレ目標を達成するための政策をテレビのニュースで見るたび、赤星亭はこの国から「分配」が失われていると思うようになった。「トリクルダウンの恩恵を受けられないのは、商店街や小売店主の努力が足らないからだ」と、いわゆる有識者たちが述べ立てることに怒りを覚えた。さらには「生活保護に頼るのは恥ずかしい」と、政治家が口にするのを聞いて呆然とさせられた。政府はトリクルダウンに固執して、上位二十パーセントの国民のための政策を行おうとしているのだと思い、絶望的な気分にさせられた。

その気分は妻子がいなくなったあと、どんどん強くなっていった。眠れないことへの怒りの矛先として、これ以上のものはなかった。

「私はこの国の世直しをしたいと思っています」と赤星亭は、磐生修へ言った。「そのために協力して頂けますか？」

磐生修は二つ返事で、赤星亭への全面的な協力を快諾し、「あなたの信念に従います、先生」と重々しく告げた。

ちょうどその頃、銀行強盗の頻発は、政財界における反対を押し切ってのキャッシュレス決済を促すプレッシャーともなっていた。三千兆円の「壁」は、たちまち崩れて規模が膨れ上がっていった。

そのことを指して、「私がやってることが、意図せず赤星先生のためになっていたんだ。これは運命でしょう」などと磐生修は言った。

赤星亨は「ありがたい」と感謝し、「計画」が成功した暁には「五億円の報酬」を支払うことを磐生修に約束した。彼の「計画」においては微々たる金額だった。磐生修もそのことを理解していたはずだった。借りがあるからといって、ちっぽけな報酬で満足する男ではないし、必要な人手を集めたり、海外の犯罪組織への支払いといった経費を差し引けば大した稼ぎにはならないだろう。

だがそれでも磐生修は、赤星亨に「十分すぎる額だ」と言って承知した。

赤星亨は、「たった五億円」に磐生修が納得したことで、逆に相手が「将来必ず裏切る」と確信した。たとえ報酬が五十億円でも同じだった。磐生修は「分配」ではなく「独占」を求めるはずであり、自分を排除するか殺しにかかるに違いないと。

だが赤星亨には、そうさせない自信があった。磐生修に対する備えは、警察がすでに用意してくれていた。SGUという人狩り部隊を。


磐生修は、赤星亨の考え通り、「自分が世界の上位一パーセントになるチャンス」を得たとみなした。腹心の平山史也や配下の人間だけでなく、ビジネスパートナーである海外の犯罪組織にも「大強盗の用意がある」と告げ、武器弾薬を大量に国内に密輸させた。

それは磐生修にとっても一世一代の投資だった。失敗した場合は、命が危険にさらされるだろう。

だが彼は稼ぎたかった。アンタッチャブルな存在になるには金が足らなかった。カルテルの親玉のように、もし腎不全で移植が必要になったときは、部下に「取ってこい」と命じればいいだけの存在にならねばならない。さもなくばいつか殺されるだけだった。

磐生修が、日本での銃密売を大規模に再開したのも、生きるためだった。無罪放免になったことで、彼は自由と引き換えに、日本の司法界の保護を受けられなくなった。警察官だった頃から彼が接触したいくつもの犯罪組織と、手を切ることは許されなかった。

彼が命の危険を感じず暮らせるようになるには、「超大物」になる必要があった。桁違いの金がなければならなかった。もし一兆円もあれば、日本じゅうの犯罪組織を操ることができるだろう。十兆円あれば東アジア全域にネットワークを築いて支配することも夢ではないはずだ。そのようなレベルを何としても目指さねばならなかったし、ちょっと成り上がっただけの小物で終わるつもりはなかった。血に飢えたサメのような連中を遠ざけるために、その海で最も危険なサメのコバンザメになって生き延びるような真似は絶対に嫌だった。危険なサメの気分次第で、ぺろりと食われるだけなのだから、それよりも自分が最も危険な存在になることを目指すべきだった。

磐生修は果敢に挑んだ。武器と人員をかき集め、数々の銀行強盗をマネジメントして人員を訓練し、各銀行で必要なデータや通信機器の情報を入手させ、ついには日銀襲撃事件を成功させたのだった。

赤星亨にとって、吉川健が拉致殺害されたことは、二つの意味で痛恨の事態だった。

一つは、吉川健がいてくれたことで、赤星亨自身は強盗に参加せずに済んでいたということだ。そしてもう一つは、赤星亨の身に何かあった場合、彼の代わりに「革命的分配」を成し遂げてくれる者が一人減ったということだった。

「大事な施設を停電させた上に、顔がネットに流れた責任」を取らせざるを得なかった、と磐生修は説明した。停電はアクシデントだと言い張ったが、eスポーツのイベントの真っ最中に、平山史也がシミュレーションを強引に実行させたことを思えば意図的にやったとしか赤星亭には思えなかった。目的はむろん計画を潰すことではなく、難癖をつけて施設を自分たちのものにすることだ。

しかし結果的にSGUに踏み込まれ、施設そのものを失い、警察にこちらの狙いを悟られるはめになった。その失態の責任はどう取るのかと言ってやるべきところだが、なぜ磐生修が危険を冒してそんなことをしたかが問題だった。

実のところ、必要なシミュレーションとソフトウェア開発はすでに完了し、あとは施設内の証拠を消すためにサーバーを解体するだけだったのだ。だが磐生修は、肝心の「全国銀行データ通信システムのハックプログラム」がブラックボックスになるのを嫌がり、あわよくば奪取を目論んで吉川健を拉致したに違いない。

だが結局、彼らにはそれを理解することも、使用することも、ましてや再現することなど到底できなかった。携帯電話にアプリをインストールするような簡単な手順で実行されるものではないのだ。それで代わりに、吉川健を殺害し、自分にプレッシャーをかけることを選択したのだと赤星亭は理解していた。ソフトウェアが理解できないなら、それを作った人間を脅して言うことを聞かせようとするのは、至極単純な解決法だ。

「どうするんですか、吉川さんは全銀システムのハックに必要な人材だったんですよ」と赤星亭は言い返しながら、内心では磐生修が、「どこまで計画を察知しているか」を推し量っていた。自分がどの段階で磐生修を出し抜き、目的を達成する気でいるかを。

《先生がいるじゃないですか》電話越しに磐生修はあっさり言ってのけた。《あの電子機器マニアは、やるべきことを全部先生から教わったと言っていましたよ。日銀から奪ったあのやたらと複雑なデータも、先生の方がずっとよく理解しているってね》

これで赤星亭は、自分も最後の「大強盗」に参加せざるを得ないことを悟った。だが一方で、磐生修たちだけでは全国銀行データ通信システムを乗っ取れないことがより明白になった点に安心していた。赤星亭自身ですら、確実に実行させ、途中でトラブルを生じさせない自信があるといえば嘘になるのだから当然といえた。

「仕方ありません、私が行きましょう。ただし条件があります」赤星亭は淡々と、強気に言い放った。「私が人質のふりをしてシステムを操作する間、『ドライバー』を私のそばに待機させます。彼女に私を逃走させ、車両は実行人員とは別のものを使います。全ての『分配』を完了したら、合流地点へ向かい、報酬を支払います。なお『分配』には最低でも四時間はかかりますから、その間、必ず警察を食い止めて下さい」

《ＳＧＵをね》磐生修は楽しげに言った。《花田とその部下は全員、血の海に沈めます。そのあとで先生からの報酬を受け取りに行きますよ。もちろん先生の言う条件は全て呑みますし、他に要望があればお応えしますので安心して下さい》

「宜しくお願いします」

花田と磐生修が同じ血の海に沈むことを心から願いなら、赤星亭は通話を切った。そして自宅のリビングのソファに背をもたせかけ、自分の「計画」に付き合ってくれた、根は素朴で人のいい「道具屋」の死を悼んだ。意外なことに、妻子が今いる場所で死んで以来、ろくに流れることがなかった涙がこぼれた。

「これって楽しいですね、先生」と吉川健は、よく笑顔で言ってくれた。場末の居酒屋で大それた「計画」について浮き浮きと話し、互いの趣味に興じているような気分にさせてくれたものだった。

「これからもっと楽しくなりますよ、吉川さん」赤星亨は、携帯電話を握りしめる手を額に押しつけ、涙を落としながら呟いた。「私たちの革命の成功とともに、磐生修をそちらに送ります。どうか、やつの罪を証言して、地獄に落としてやって下さい」

2

こうしてSGUの宿敵たる磐生修と、そのかつての弁護士たる赤星亨は、目的の達成と、協力者との対立という、「二正面作戦」を取らざるを得なかった。彼らは連携しながらも相手の破滅を願い、自分だけが生き残ろうとしていた。彼らはそれぞれの願いを成就するため、致命的となる足かせを受け入れねばならなかった。

だがそのような二人も、ことSGUの撃滅という点では、疑いなく結託していた。花田にとっても、磐生修との対峙は、どこかで赤星亨をも相手にしているだろうことを意味し、常に念頭に置かねばならなかった。

そして、そのような三すくみを――全員が二正面作戦という重しを背負わねばならなかった三者にとって、きわめて想定外の要素だったのが、桐ヶ谷結花と見城晶の存在だった。

「加成屋なんか死ねばいいという目つきでしたね」と吉良は、聴取における相手の態度について語った。「だいぶ桐ヶ谷に入れ込んでるなと思いました」

桐ヶ谷結花と見城晶は、吉川健の死体発見後、何度も「情報」を提供するため警視庁を訪れていた。表向きは「eスポーツ施設における発砲の件での呼び出し」であり、赤星亨も一度だけ同席したが、桐ヶ谷結花と見城晶に、「何も知らない」という通り一辺倒の返答をさせてのちは姿を見せなかった。

「赤星先生は、強盗たちが私たちに目をつけないよう、気を遣ってくれているそうです。具体的にどうしているかはわかりませんが、今のところ身の危険は感じていません」と桐ヶ谷結花は言った。

彼女たちの聴取は当初、暁と静谷が担当していた。だが、「信頼関係の構築が急務だ」という真木の考えにより、急遽、吉良と加成屋が担当となった。

七年前の現金輸送車襲撃の件で、見城晶が何か異なる反応を示すかどうかを探る意図もあり、吉良も加成屋もガンレコをオンにして聴取に臨んだ。だがその点で、見城晶に変化はなかった。吉良と加成屋に対し、「気まずそうな」態度を示した以外は、「加成屋に対する敵意に近い嫉妬」しか目立った変化はなかったという。

「やっぱり加成屋くんだったんだあ」桐ヶ谷結花は、隣に座る見城晶が愕然とするのをよそに、聴取室に入ってきた相手に満面の笑みを向けた。「テレビでね、銀行強盗をやっつけるために警察がすごい人を集めたって言っててさ。これって、もしかして加成屋くんかなあ、なんて言ってたの。すごいよ。まさか本当にそうだなんて思わなかった」

「おれのこと、覚えててくれたんだ」加成屋は、大いにはにかんで、その点から話し始めた。「気まずいまま別れたし。忘れられてると思ってた」

「ごめんなさい。あのときは、なんて言っていいかわからなくて。テレビとかでもすごく否定されてるの、私は、違うんじゃないかなって思ってた。でもよくわからなくて、何も言えなくて。それがずっと口惜《くや》しかったな。でもさ、ここに加成屋くんがいるってことは、やっぱり正しいことしたってことだよね。やっぱ、すごいよね」

「まあ、ここの班のボスたちには認めてもらえたけど」加成屋はそう言って、「偵察」で刈り上げたあとの青々とした頭と眉を撫でた。「それより、こんななりしてるのに、よくおれだとわかったよね」

「目が昔と一緒だもん」桐ヶ谷結花が嬉しげに言った。「レンジャーの訓練のあとだって、顔とかすごかったよ、げっそりしてて。それでも、目は一緒なんだなって思ったし」

「ああ、そういや、訓練のすぐあとだったっけ」加成屋がわざとらしく言って笑った。

吉良は黙って、二人が旧交を温めるに任せつつ、見城晶を観察していた。

見城晶は、桐ヶ谷結花と加成屋が親しげに話す様子に、最初は微笑ましげでいたが、すぐに表情が曇り、傷ついたように目を伏せ、やがて無表情になると、「加成屋の身にありとあらゆる不幸が訪れることを祈るような」凍てついた目つきになった。

吉良は、予想外の居心地の悪さに耐えて自分も表情を変えないようにしていたが、あまりに加成屋が桐ヶ谷結花と話し込むのに辟易し、「そろそろ聴取を始めましょう」と遮らざるを得なくなった。

「結花さん、GPSの話しようよ」見城晶も、桐ヶ谷結花のサマーセーターの裾を引っ張った。「命にかかわることだよ」

「あ、うん。そうだね。ごめんね」桐ヶ谷結花はそれでも笑顔のまま、加成屋に――吉良へは「記録係か何かだと思ってたんじゃないでしょうか」と彼が言うほど目を向けず――それを見せた。お守りの袋そっくりだったが、中に非常用ＧＰＳが仕込まれていた。

「これ、紐を抜くだけで信号が出るってやつなの。晶ちゃんが使った方がいいって言うから、加成屋くんとか警察の人に、これを登録してくれるといいなって」

「チャイルドセイフティのためのものですが、ブザーは鳴りません」と見城晶がきびきびと説明した。「騒音を鳴らして助けを求めるのではなくて、特定の人にだけ危険を知らせます。騒音は、きっと余計な危険を招きますから」

「なるほどね」と加成屋は、まるで桐ヶ谷結花が全て説明したというようにうなずきかけた。「ボスに言って、何かあったときにすぐに対応できるようにするよ」

「お願いします」見城晶が、加成屋の視線を桐ヶ谷結花から外させるためだけに声を大きくして言った。

そこで加成屋は、改めて見城晶に向かって微笑みかけた。「実は、そちらともお久しぶりなんだけど、わかるかな。七年前のことじゃなくてさ。君がまだ小学生だったときに会ったの、覚えてる？」

「は？」見城晶が素っ頓狂な声を上げた。「どなたですか？」

「加成屋輪さん」桐ヶ谷結花が、まるで今初めて互いに自己紹介をしているかのように言った。「元自衛隊の、警察官」

「私が小学生の頃って言ったでしょ」見城晶が言った。「その頃って――」

加成屋は、携帯電話を取り出して画像を見せた。あるレースで優勝したときの記念写真を。その表彰台に立つ、二位の少女を指さして微笑みかけた。

「君にぎりぎり勝ったけど、ほとんど負けてた。このレースで、おれ、レーサーの夢を諦めたの。それで自衛隊に入ったんだ。君みたいな天才だけが、プロのレーサーになれるんだと思ってね」

見城晶の「凍てついた雰囲気」が、この瞬間、少なからず氷解したのを、吉良は見て取った。

「久々に自分のかつての夢を思い出したんでしょうね」と吉良は、そのときの見城晶の様子を微笑ましげに語った。「急に目がうるうるして、年相応の顔になったなって思いました。それまでは二十代とは思えないような、ひどく擦れた態度でしたから」

「晶ちゃんがレースやってた頃の写真？」桐ヶ谷結花が、俄然食いついた。「すっごい！　初めて見た！　やだあ、可愛い！　この画像ちょうだい！　ねえ、いいでしょ！」

「桐ヶ谷さんにこれ送っていい？　見城さん？」加成屋が訊いた。

「え……はい。いいですけど」見城晶は顔を真っ赤にして、ぼそぼそ言った。

「見城さんが、レーサーにならなかったのは意外だよ」加成屋はさっそく「信頼」を築くため桐ヶ谷結花の携帯電話に画像を送りながら言った。

「私も、レースは続けられませんでした。親の都合で」見城晶は、加成屋の存在を心の中のどの位置に置くべきかわからなくなったように困惑した顔で言った。

「大学はちゃんと卒業したんだね。情報テクノロジー学科。卒論は電気自動車のネットワークシステムとソフトウェアについて。やっぱ車好きなんだ」

「私が何をして稼いでいたか、ご存じですよね？」

「まあね」と加成屋はあっさり言った。「凄腕のドライバー。正直、納得いったよ。何せ全然追いつけなかったんだからさ、七年前」

「はあ」と見城晶は不安げに目をさまよわせた。

　自分が余計なことを言ってしまったと気づいて後悔しているのだと吉良にはわかった。「昔の仕事」について自分から言及したことで、桐ヶ谷結花に気まずい思いをさせたからだ。

「桐ヶ谷さんのことも知ってるよ」しかし加成屋は開けっぴろげに告げた。「ごめんね。勝手に知られるのは嫌だよね。おれは気にしないけど、嫌な気分になるよね」

「気にしないってことないでしょ」桐ヶ谷結花が笑いつつ顔を強ばらせた。

「どこかの男に強制されたっていうんだったら、その男を撃ちに行くよ」加成屋はにっこり返した。

「え、ちょっと、怖いこと言わないで」桐ヶ谷結花の顔がとたんに和らいだ。「加成屋くんに言われると冗談に思えないから」

「おれは真面目なことしか言わないよ」加成屋が断言した。

　ぶふっ――と吉良が耐えられず噴き出し、慌てて口元を手で覆った。「失礼」

　加成屋が「何してくれてるんだお前」というような目つきで吉良を睨んだ。

　桐ヶ谷結花と見城晶が顔を見合わせ、二人で手を握り合いながら笑いをこぼした。


「聴取室は、合コン会場じゃねえんだよ」三津木が、吉良と加成屋のガンレコが記録した映像から目を逸らして天井を仰ぎ、うんざりしたように欠伸《あくび》をした。「なんだこりゃあ」

「信頼関係はだいぶ築けているように思えます」静谷が真面目に言った。

「まあ、同感です」暁が、他に口にすべきことはないというように肩をすくめた。

「恥ずかしくて見てられませんよ」桶川が、言葉とは裏腹に映像を凝視して言った。「二人いっぺんに口説こうとしてません、これ？」

「加成屋に訊いて下さい」吉良は言った。「おれはほとんど話してません」

「情報を得たでしょ」加成屋は心外だというようにわめいた。「最後まで見て下さいよ。彼女ら、現場に自分たちがいたら、すぐに逮捕してくれって言ったんですから。そうすることで二人とも安全になるんですよ。いいですか？　これ大事なんですよ？」

だが真木は映像を途中で止めて言った。「この女性二人のSOS信号の発信については、この映像で言及された通りだ。また、この次の次の聴取で、きわめて重要度の高い情報を得ている。なお、これを見せたのは、静谷の言う通り、信頼関係の構築度合いを判断すべきだからだ」

「やってらんねえ」三津木が両手を挙げた。「ってくらい、構築されたでしょ。後生ですから、次とかこの次とか見せないで下さい。で、なんですか、重要度の高い情報って？」

真木が、花田へ目を向けた。

ガンレコ管理室のドアに背をもたせかけ、缶コーヒーをちびちび口にしていた花田が、おもむろに班員たちに歩み寄り、手にした缶をデータ再生コンソールの台に置いて言った。「磐生修の大強盗の決行予定日だ」

吉良と加成屋以外の班員が、すっかりだれていた姿勢を正し、花田を見つめた。

花田は言った。「赤星亭が、見城晶とともに人質を演じる。赤星亭は、この大強盗の共犯だ。見城晶がドライバーとなって赤星亭を逃がす役を担い、桐ヶ谷結花が待つ場所まで逃走する。襲撃先は複数にわたり、決行当日まで伏せられ、実行犯は数十名規模にのぼる。磐生修自身も参加し、我々をおびき寄せて撃滅することを企んでいる。いよいよ決戦のときだ。総員、磐生修の頭に、弾丸を撃ち込む用意を怠るなよ」

3

計画の主体は、あらゆる意味で赤星亭だった。いわば赤星亭という駒を、ある地点に送り込み、そして別の地点へ送り出した上で、追っ手を食い止めるのが磐生修の務めだった。

そのために磐生修は、計画の実行日を自分が設定することを主張した。警察の機動力が最も落ちるときを狙うべきであると。

「カテゴリー五のスーパー・タイフーンだ」と磐生修は言った。「それがおれたちの最強の味方になってくれる」

もし関東にそうした台風が接近ないし上陸した場合、確かに警察の航空隊もヘリを飛ばすことができなくなる。ドローンの操縦も屋内に限定されることになるだろう。交通規制で警察の人員が駆り出されれば、緊急配備も手薄になる。一般車の交通量が減ることから移動もしやすくなるし、もし高速道路が通行止めになったとしても無視して突破すればいい。

だがもちろん、それは自分たち自身をも危険にさらす考え方だった。猛烈な強風で走行中の車両が横転するなど自ら災害に巻き込まれるかもしれず、いつどこで交通規制が敷かれるかわからないのだから、かえって一般車で渋滞し、多数の警察官がいる場所へ飛び込むこともあり得る。また銃弾とて風の影響を受けるのだから、射撃はより困難になるし、同士討ちの危険もあった。

だが磐生修は、だからこそ勝機があるとした。危険と混乱が彼の何よりの武器だった。

赤星亭もその理屈を受け入れた。というより、「計画」を成功させるためには、実のところ台風のような災害の危険が迫ることが必要だったのである。

彼が狙っていたのは、日銀の防災対策をも司る、金融ネットワークの砦ともいうべき場所だった。銀行の店舗などはなから狙う気はなかった。赤星亭は、最初から日銀のシステムセンターを——東京都府中市にある、日本銀行府中分館の電算センターを標的としていたのである。

電算センターでは、激しい台風や地震などの予報に従い、たとえ実際に被害が生じずとも、大阪にあるバックアップセンターへの切り替え準備が行われる。バックアップセンターは、東京のメインセンターと多重化された大容量の専用線で接続され、重要なデータをリアルタイムで同期する。どちらかが運用不能となったとしても、ネットワーク自体は無事なのだ。

この二大センターを一度に攻撃するのは、それこそきわめて困難な「二正面作戦」だ。東京と大阪で同時に攻撃を実行した場合、どちらか片方が失敗した時点で、「計画」は頓挫する。リスクを下げるには、一つずつ速やかに攻撃するか、どちらかのセンターをネットワークから遮断して一方へ攻撃を集中させるべきだった。

問題は、「分配」を成し遂げるまでにかかる時間だ。

たとえばメインセンターを遮断し、バックアップセンターに切り替えてから攻撃する場合、全面的な切り替えには、施設にいる人員に命じて迅速に行わせたとしても、数時間を要する。

また、メインセンターを攻撃している間、磐生修の配下たちが人員を拘束してバックアップセンターへの切り替えを妨げる場合も、全ての「分配」が終わるまでその状態を維持せねばならなくなる。施設内にいる人員を皆殺しにして逃げても無駄だった。日銀は施設周辺に、非常事態に対応する人員を居住させているため、すぐに代わりの者が来てしまう。そしてただちにバックアップセンターへの切り替え作業が行われ、メインセンターへの攻撃は数時間で無効にされてしまう。

いずれも成功させるには何時間も施設内に閉じ籠もる必要があり、それでは当然ながら、警察に何重にも包囲されてしまう。磐生修の配下たちは、籠城は自滅するだけと教えられているため、我先にと逃げてしまう恐れがあった。

だが、あらかじめバックアップセンターへの切り替え準備ができているとなれば話は別だ。メインセンターへプログラムを流し込んでのち、さらにバックアップセンターに切り替えてそちらも同様にすれば、あとは逃げながら遠隔操作で「分配」を実行できる。

こういうわけで気象庁が発信する情報が、磐生修と赤星亭らの行動の指標となった。

台風が出現することはわかっていた。それは毎年必ず日本に現れるものなのだ。大きな台風が生まれ、関東に近づいてくれればいいだけだった。そしてやがて彼らが望む最適な存在が、最大瞬間風速七十メートルというすさまじい暴風とともに、やってきた。

気象庁は、日本の南海上で発生した熱帯低気圧が、その年最初のカテゴリー五の台風に発達したと告げた。それは翌日には暴風域を伴うものとなり、非常に強い勢力をなおも発達させながら北東に進んだ。

台風発達から五日後、気象庁は緊急記者会見を開き、「かつて経験がないほどの暴風、高波、高潮、大雨のおそれがある」とし、その日のうちに九州で特別警報を発した。

そして「過去最も危険な台風」と報道されたそれは、猛烈な風雨を伴いながら鹿児島市を襲い、北上していった。内閣府は、台風による災害に備え、法改正により規定の適用が可能となった「災害救助法」を複数の県に対し災害発生前に適用した。

台風は実際に複数の県で被害を発生させながら、当初の予報に反して、西日本から東日本へと列島を縦断した。それはまさに磐生修と赤星亨が望んだ台風だった。それは静岡県の沖合に出て北上するとみられ、東日本から北日本にかけて大荒れの天気となることが予報された。そして電算センターは、大雨と洪水に備え、バックアップセンターへの全面切り替えの準備に入った。

その日、台風の影響により関東地方は大雨となり、東京は午前十時には全域が風雨に覆われた。江戸川区では一時、最大瞬間風速二十五メートル余りの強風を記録した。地下鉄の線路が一部冠水して運転見合わせとなった他、東海道新幹線も東京駅と名古屋駅間の運行本数を大幅に減らした。

そして吹き荒れる風雨の到来とともに、府中市民球場の駐車場に停められていた、いずれもスモークウィンドウ仕様の三台のバンが次々に発進した。何日も前から台風の報道が続いたとあって、駐車場も目の前の府中街道も、がらがらだった。

三台のバンは府中街道を南下するや、すぐに市民球場前交差点を右折し、すずかけ通りに入った。道沿いに進んで信託銀行ビルの前を過ぎ、さらに先にある日本銀行府中分館の電算センターの二つの門の間で、一車線の道路に一列になって停まった。

通りの反対側にあるのは別の銀行のビルだ。周囲はセミナーハウス、ビジネスセンター、通信事業者ビルなど、大型の建物が並び、多くが鉄の門扉とフェンスで囲われている。その中でも特に厳重なセキュリティで守られているのが電算センターの建物だった。

バンからはただちに運転手を除く十四名が、風雨が叩きつける歩道および道路へと降りた。うち平山史也をふくむ十二名が「実行犯」で、二名が「人質」である赤星亨と見城晶である。「実行犯」は、目出し帽やマスクなどで顔を隠し、ヘルメットや防弾チョッキやプロテクターで身を守り、彼らの主要武器であるＭ四カービンあるいはＭＰ五を装備していた。さらにトカレフを持つのは平山史也と、彼の両腕として働くようになった堂野覇安人および竹原新太郎の二名だった。この二名は、日銀襲撃事件以来、『憂国連合』と『ラジカル・スーパー・ノンセクト』の代表となり、平山史也とともに複数の強盗集団をまとめあげる役を担っていた。

他方、赤星亨と見城晶はレインコートを着ているだけで、何の武器も持っていない。ただし赤星亨が前後逆に抱えたリュックサックには、銀行のネットワークを攻撃するための本当の武器がぎっしり詰め込まれていた。

平山たち十二名は、赤星亨と見城晶を取り囲むように小走りに移動し、電算センターの守衛所と監視カメラがある方の門へ迫った。分厚く頑丈な石材とガラスで覆われたその守衛所の中では、門の周囲を映す監視カメラが、殺到する武装集団の様子をとらえており、早くも警備員が通報のために慌てて電話の受話器を取っていた。

だが通報がなされる前に、「実行犯」数名がガラス割りハンマーでガラスを乱打して破壊し、別の数名が銃口を突き出しながら守衛所内になだれ込んだ。彼らは警備員を叩きのめして床に這いつくばらせ、通用口と門扉のロックを解除した。

平山と数名が、通用口と門扉を大きく開いて固定した。こうして「実行犯」十二名、赤星亨と見城晶、そして三台のバンが、電算センターの敷地に侵入したのだった。

同じとき、電算センターから一キロ余り離れた、甲州街道と府中公園通りの交差点の角にある府中警察署の周囲で、それぞれ車種の異なる複数台の車両が停められた。

警察署正面には二つの車両出入り口があった。そこへまず縦に長いタンクローリーが現れ、左車線で左折のウィンカーを明滅させて、交差点側の車両出入り口を塞いだ。

その後ろには大型のバンがついた。さらにその後ろに、荷台をビニールシートで覆われた中型トラック一台が来て、もう一つの車両出入り口を塞いだ。

また、東側の府中公園通りには警察署裏手の車両用出入り口があった。そこへ普通乗用車が南下してきたかと思うと、急にUターンして、出入り口を塞ぐかたちで停車した。

反対の西側には薄いブロック塀に警察署裏手の通用口が設けられていた。その目の前にある有料駐車場に停められた普通乗用車がふいに動き出したかと思うと、ぐるりと小道を回り、警察署の通用口を塞ぐようにして停まった。

このようにして、警察署の四箇所の出入り口を同時に塞いだ、タンクローリー、トラック、二台の乗用車の全ての運転手は、すぐさま降りて車両をその場に放置した。

警察署の玄関前で、警杖を持って立ち番をしていた土山大亮《つちやまだいすけ》巡査長（三十一歳）は、一向に左折しないタンクローリーを不審に思い、着ていたレインコートのフードをかぶって雨の中に歩み出した。

そのときには、タンクローリーとトラックの運転手は、それらの車両の間に停まっていたバンに乗り込んでいる。バンはウィンカーもつけずに右車線に出ると、タンクローリーを追い越し、道交法違反となる右車線からの左折を行った。台風の風雨にさらされた道路には、通行人も対向車もほぼないに等しかったが、土山大亮巡査長は、その乱暴な運転を目の当たりにして呆気に取られた。

バンはそのまま府中公園通りを進み、東側出入り口前に車を停めた運転手を拾った。そこからさらに進んで左折したところで、警察署西側の裏手に車を乗り捨てた男がずぶ濡れになりながら走ってきて、バンに乗り込んだ。

バンの運転手と、タンクローリーを運転してきた男の二人は日本人で、残りはタイ人一名、イラン人一名、ウガンダ人一名だった。平山から実行グループに選ばれた者たちはみな出自は異なるものの、その連携は息の合う見事なものだったし、命じられたことは何であれやり遂げる気概に溢れていた。

ずぶ濡れになって後部座席に乗る四名は、すぐさまシート下からスポーツバッグを引っ張り出すと、ヘルメット、防弾チョッキ、目出し帽、M四カービンを取り出して武装し始めた。

バンは真っ直ぐ進んで突き当たりで左折し、再び甲州街道に出て右折すると、電算センターがある方角へ向かっていった。

府中警察署前では、土山大亮巡査長がタンクローリーの助手席側で手を伸ばし、ドアを何度も平手で叩いていた。先ほど乱暴運転をして去ったバンについては、あとで交通課に報告し、交差点の監視カメラでチェックしてもらおうと考えていたことだろう。今はとにかく半端に停車したタンクローリーの運転手の状態を調べることが先決だった。運転手が気を失っている恐れがあるからで、誰も乗っていないとは想像もしなかったに違いない。

一向に反応がないため、土山大亮巡査長はやむを得ず助手席側のタラップに上がり、運転席を覗き込もうとした。

その瞬間、タンクローリー、トラック、二台の乗用車に仕掛けられたＩＥＤ（即製爆発装置）が炸裂した。これによりタンクローリーが運んでいたガソリン一万リットル、トラックの荷台に積まれた携行缶二十個の中身であるガソリン計三百六十リットル、二台の普通乗用車のトランクに五個ずつ積まれた携行缶の中身であるガソリン計百八十リットルが、ことごとく誘爆し、火炎の雲と凄まじい衝撃波を四方へ放った。

警察署のあらゆる窓ガラスが砕け散り、出入り口に設けられた掲示板はほとんど溶けながら数百メートル先まで吹っ飛んでいった。交差点の信号二基、街灯四基、道路案内板の柱がへし折れた。激しい風雨にもかかわらず、一瞬で路面は焼け焦げ、道の両側の街路樹は全て燃え上がり、警察署壁面にかけられた垂れ幕が火に包まれた。

警察署の敷地内にあった十九台のパトカーや覆面パトカーのうち、六台が衝撃で宙を舞って警察署の壁や玄関を突き破り、九台が燃え上がりながら激しく横転し、残り四台の車両も、音速で飛散する破片で車体を穴だらけにされた。

敷地内にあった複数の監視カメラは一瞬で機能を失ったため、タンクローリーに接触していた土山大亮巡査長が火に包まれながら消えたあとどうなったのか、すぐにはわからなかった。彼の、焼け焦げて骨まで炭化した遺体が、警察署の屋根の上で発見されたのは、それから一週間以上もあとのことだった。

被害はかなりの範囲におよび、通りの向かい側に停められていた警察用のバスの車体が全て損傷を受けた他、衝撃や飛散した破片によって、多数の店舗やビルの窓ガラス、看板、壁面などが破損し、交差点一帯は一時、暴風雨にもかかわらず炎の海と化した。

警察署内にいた警察官百数十名が、たまたま居合わせた民間人三名とともに、衝撃波、ガラスや様々な破片、あるいは火を浴びて着衣が燃えるなどし、重軽傷を負った。

この前代未聞の車爆弾攻撃によって、甲州街道沿いの警察署の一つが丸ごと機能不全に陥った。事故なのか事件なのかもすぐには判断がつかなかった。怪我人の確認と救助に躍起になるだけでなく、警察署内の火災に乗じて留置施設や聴取室から逃げ出した二十六名もの被疑者への対応にも追われることとなった。

府中警察署は通信機能にも打撃を被り、携帯電話で連絡を取り合うしかなかった。通信指令本部からは府中警察署への直接指示ができなくなり、小金井警察署、武蔵野警察署、立川警察署などから応援を向かわせた。駆けつけた者たちは、「焼夷弾で爆撃されたように」火に包まれる府中警察署の有様に、誰もが愕然となった。

そしてそこでの被害が確認されるよりも前に、電算センターはとっくに平山史也たちに占拠され、赤星亨による銀行ネットワークへの攻撃が開始されていたのだった。


運転手と車爆弾を仕掛けた四人を乗せたバンは、電算センターに来ると、開いたままの門扉のすぐ内側でUターンし、車体前部を敷地からやや突き出すようにして停まった。すずかけ通りに警察が現れたら、ただちに銃撃して足止めするか追い払うのが彼らの役目だった。また、そこに陣取ったのは、電算センターから誰かが逃げ出し、通りを渡った目の前にある銀行のビルの裏へ――日鋼団地の敷地を越えたところにある、府中警察署の日鋼町交番へ駆け込んで通報することを防ぐためでもあった。

電算センター内には、およそ四百名の日銀職員、数十名の民間企業の技術者、建物を守る十名余の警備員がいた。その全員が建物の最上階に集められると、待ち構えていた「実行犯」たちに片っ端から携帯電話を取り上げられ、通信機器のない部屋に押し込められた。数百名を追い立てるのではなく、建物の出入り口を塞ぎ、日銀の責任者を脅して館内放送を行わせ、一箇所に集めさせるというやり方だった。多くの者が不審に思いながらも素直に館内放送に従い、そして拘束された。一部は逃げようと試みたができなかった。侵入者を防ぐためのセキュリティが、脱走を許さないための監視装置と化していた。

ただ、平山史也は、通報を完全に防ぐことは不可能であることを承知していた。何百人という職員が一斉に連絡を絶てば、日本銀行本店が不審に思って通報するはずだった。せいぜい十分か、運が良ければ二十分ほど、時間を稼げればいいと考えていた。

平山史也は、人質の監視を仲間に任せると、地下にいる赤星亨と見城晶の様子を見に行った。二人にプレッシャーをかけておくことが、ここでの彼の最も重要な役目だった。

サーバールームでは、赤星亨が濡れたレインコートを脱ぎ捨て、床に二台のラップトップと一台の携帯電話を置き、それらをピカピカ小さな光を放つおかしな機械の山に接続していた。eスポーツの裏側に構築されたものより百倍はでかいと平山史也は思った。もし磐生修から、このでかい機械を、あのちっぽけなパソコンと携帯電話で乗っ取れと命じられていたらと思うと、ぞっとさせられた。そんなのはとても無理だった。磐生修に意見することになるので口にはできないが、赤星亨を脅しつけるためとはいえ、吉川健を殺したのは少々よろしくなかったかもしれないとも思った。

赤星亨が必死の形相でせっせとキーを打つ横で、見城晶は壁にもたれて携帯電話をいじっているだけだった。吉川健がいたら積極的に赤星亨を手伝っていただろうに。

平山史也はヘルメットと目出し帽を外し、自分の傷と空っぽの左眼窩を見せつけるようにしながら、見城晶に尋ねた。「何見てんだお前？」

見城晶は無言で携帯電話の画面を相手に向けた。周辺のマップだった。かと思うとスワイプして別のものを見せた。ストップウォッチで、残り二十五分を切ったところだった。

「ゲームでもしてたんじゃねえのか」平山史也がせせら笑った。

見城晶は、だったら何だというように肩をすくめ、赤星亭へ声をかけた。「先生、あと二十五分」

「余裕で間に合いますね」赤星亭が目をラップトップに向けたまま言った。「そろそろパトカーが現れる頃でしょうか」

「まだだよ」平山史也が言った。「近くの警察署を吹っ飛ばしたのが効いてんだろう。プリーチャーの作戦通りだ」

「本当にやるとは」赤星亭が感情のこもらない淡々とした調子で呟いた。「それでもSGUは、こっちに向かうでしょうね」

「それも作戦通りだろ」平山史也が、右手でM四カービンを握り、好戦的な笑みを浮かべて言った。

「それより吉川さんは気の毒だったよな。責任を感じて自殺しちまったしさ」

見城晶が不快そうに眉をひそめた。赤星亭のほうはまったく表情を変えず、手も止めないままだった。「そうですね。私の邪魔をするようなら、君も責任を感じることになりそうですが」

「あんたは心配ないんだな？」

「ええ。心配ないと磐生さんに伝えて下さい。予定通りだと」

平山史也が鼻を鳴らし、再び目出し帽とヘルメットをかぶり、見城晶へ言った。「おい、これが終わったらヤラせろよ。マジたっぷり払ってやるからよ」

見城晶は完全に相手を無視し、携帯電話を再びいじり始めた。平山史也は脅しを込めて笑いかけると、銃をわざとガチャガチャいわせて部屋を出ていった。

「本当に残念です」見城晶がぼそっと呟いた。「吉川さんのこと」

「私もです」赤星亨はそれだけ返し、作業の進行に集中した。部屋に沈黙が下り、聞こえるのは赤星亨がキーを打つ音、機械の低い唸り、そして吼えるような外の風の音だけになった。

4

「わざわざ台風の日なんて狙いやがって」三津木が、特殊車両二号車を走らせながら不快そうにわめいた。「決行日じゃなく決行予定日ってのはそういうことかよ」

「府中警察署への攻撃も磐生修の仕業でしょうね」助手席の静谷が、ひやひやした様子で顎を引き、アシストグリップを握りしめて言った。「電算センターの目と鼻の先ですし」

前方を、一号車と三号車が猛スピードで走っていた。三台ともサイレンを鳴らし、首都高速都心環状線から中央自動車道方面へ向かう四号新宿線の追い越し車線を突き進んでいるところだった。

電算センターからの連絡が途絶えたことから、日本銀行本店が、当地に居住している職員に連絡して様子を見に行かせたところ、「門の守衛所のガラスが割られていて、見知らぬ車が停まっている」ことを確認したのである。日本銀行本店は、ただちに警察に通報した。そして襲撃事件の可能性ありとして、SGUにも報せが届いたのだった。

「あの二人、なんであんな飛ばせんだ。事故るぞ、馬鹿野郎」三津木がわめくのをよそに、一号車を運転する真木、三号車を運転する加成屋は、フロントウィンドウに激しく吹きつける風雨をものともせず、台風のため交通量が激減した高速道路を、法定速度をはるかに超える速度で驀進《ばくしん》していた。

一号車では、助手席に暁がいて、真木の鬼気迫る運転ぶりに身を強ばらせる一方、後部座席では桶川と花田が、それぞれ険しい面持ちでいた。

「災害に備えてのバックアップセンターとのスイッチング作業を狙ったわけ？」桶川は、タブレットで自前の資料を閲覧しながら、親指の爪を噛んで、ぶつぶつ呟いていた。「でもなんで？　資金を移動させるだけなら、どっかのメガバンクの支店を襲う方が楽なのに。どういう強盗を企んでるわけ？」

「この強盗が成功したら何兆円くらい動かせる？」花田が、桶川に尋ねた。「だいたいでいいから答えてくれ」

「だいたいって言っても、日本の銀行が扱うことのできるお金の全てなんですから、政府の財政もふくめて何千兆円だかもわかりません。一口座に移動させるのか分散させるのかも不明ですが、成功なんてしたら国の信用に関わります。日本円の価値自体が暴落しかねませんから。結果的に紙くずを手に入れるために強盗するようなもんです」

「この国を壊すための強盗か」花田はむしろ納得したように呟いた。「新しく作り直せると信じているという点では、磐生修と赤星亨は似た者同士だ」

きわめつけの悪天候の中を、一号車がやや先行して走り、加成屋が目を剥いて追いかけていた。吉良としても、飛ばしすぎではないのかと思って、静谷や暁同様、ひやひやさせられっぱなしだったが、声をかければ加成屋の集中を阻害するため黙っていた。

こうして三台は、中央自動車道を進み、調布インターチェンジを出ると、甲州街道を突っ走った。途中、府中警察署前が通行止めであることはわかっていたので、真木の指示で三台とも右折し、桜通りに入り、すずかけ通りへと進んだ。日本銀行本店による通報から、三十二分後のことだった。


SGUの特殊車両三台がすずかけ通りから信託ビル前へ向かったところ、先行していたパトカー三台が、慌てて歩道に乗り上げたり、すずかけ公園の敷地に乗り入れたりする光景に出くわした。電算センターのゲートに居座った「実行犯」数名が、自動小銃で撃ちかかったためだ。北側の富士見通りから来たパトカー二台も、激しい銃撃を受け、すずかけ通りへの進入を阻止されていた。

SGUの車両も一列になって急停車せざるを得ず、真木が、ハンドルのスイッチを操作して通信指令本部に連絡した。「こちらSGU、臨場した。あとは我々に任せろ。現場人員には市民の退避と保護に努めるよう通達されたし」それから後ろを振り返った。「桶川、ドローンを使えるか⁉」

「ただいま！」桶川が電動スイッチでウィンドウを下げると、たちまち風雨が車内に吹き込んできた。そのタブレットの操作に従って、二十グラムという、それこそ風の前の塵《ちり》といえるほど軽いドローンが、窓の隙間から飛んでいった。

真木たちの目の前にいたパトカー三台がバックし、SGUの車列の横を通過していった。車体やフロントウィンドウに被弾の様子がみられたが、乗員に死傷者はいないようだ。同様に富士見通りにいた二台のパトカーも、バックして射撃から逃げていった。

かたや電算センターからは、バンが一台ぬっと道路にフロントを突き出した。後部座席の左右の窓は大きく開かれ、中から防弾チョッキとヘルメットを身につけた男四人が——自動車爆弾を運んだ面々が——M四カービンを構えている。彼らのうち一人が富士見通りへ撃ちまくりパトカーを牽制し、別の一人がSGUの一号車に向かって撃った。

真木は、車体の防弾性能を信じてその場を動かず、フロントで火花が散り、ウィンドウの一部が被弾の衝撃で白く濁るに任せた。そしてその間に、桶川のドローンが、激しく揺れながらも、驚くほど強風に耐えてバンへ向かって飛んでいった。

「SGUだ！　おれたちは行くからな！」

平山史也が、サーバールームに駆け込んで来てわめいた。

赤星亨は座ったまま動かず、見城晶も携帯電話を手に壁にもたれて突っ立ったままだ。

「我々はあと三分で出ます」赤星亨が、ラップトップの一つを見つめて言った。

「おい、しくじったりバックレたりしたら、どうなるかわかってんだろうな」平山史也が、ここぞとばかりにプレッシャーをかけるために恫喝の声を放った。

「ご心配なく」赤星亨は、横目で平山史也を見て淡々と告げた。「磐生さんに、勝利を祈ると伝えて下さい」

へっ、と平山史也が笑い、きびすを返して駆けて行った。

かと思うと、赤星亨が、さっと二つのラップトップをたたんで言った。「出ましょう」

見城晶がうなずき、携帯電話をロングパンツの尻ポケットに突っ込みつつ部屋の外の様子を窺った。

見城晶はレインコートを羽織ったままだったが、赤星亨は、機材をリュックサックに戻して再び体の前側で抱えてのち、改めて床のレインコートを拾って着込んだ。

「平山たちはロビーから外へ出たと思います」見城晶が言った。

「我々は裏から出ましょう」赤星亭が、率先して部屋を出た。

赤星亭と見城晶の二人はサーバールームから出ると、階段をのぼって一階に行き、誰もいなくなった裏口から出た。風雨を浴びながら南へ向かい、武蔵野線の線路沿いに駆け足で進んだ。すずかけ通り前のホームセンターに入り、エレベーターに乗って屋上の駐車場に出ると、見城晶が、その一画に停めてあったトヨタのSUVのドアロックを、電子キーの操作で解錠した。

SUVの運転席に見城晶が、助手席に赤星亭が乗り込んだ。見城晶がエンジンをスタートさせつつ、他方の手で、運転席と助手席の間仕切りにあるコンソールボックスを開いた。

「先生が持っていて下さい」見城晶が言った。

ボックスには、素人でも扱いやすいことで人気を博すベレッタM九二が一丁と、その予備弾倉が一つ入っていた。

「刈谷のものだった銃です。結花さんがお店の事務所で見つけて、もしものときのために隠してたんです。磐生も、私たちがこれを持っていることは知らないはずです」

「刈谷……ああ、抗争で殺された、ミューズの経営者ですか」赤星亭は、雫が垂れるレインコートのフードを下げ、静かな面持ちでその拳銃と見城晶の顔を見比べた。「桐ヶ谷さんが持つべきとは考えなかったんですね？」

「結花さんが持ってても、かえって危ない目に遭うと思います。やっぱり……もしものときは、私たちじゃ無理です。先生が……使ってくれますか？」

「わかりました」赤星亨は言って、拳銃と弾倉を手に取った。「もし花田警視が、磐生に負けて殺されたときは、私がこれであの男を葬ります」

「ありがとうございます」見城晶は前を見たまま頭を下げ、SUVを発進させて駐車場のスロープを下りていった。すずかけ通りへ出ると、右手の日鋼町南交差点の向こうにパトカー三台が停まって道路を塞いでいた。レインコートを着た警察官が何人か外に出ており、警笛を吹き鳴らしながら、ホームセンターの搬出入口から出ようとするトラックへ、戻るよう手振りで指示していた。

パトカーの向こうには、SGUの車両三台の列が見えていた。「どうか彼らを磐生修の下へ」赤星亨が、目に見えない何かへ祈った。

見城晶は黙って左右の安全を確認し、左折してパトカーとSGUに背を向けると、すずかけ通りを東へ向かって走り去った。

「山岳レスキューヘリのパイロットになった気分ですよ」桶川が、めちゃくちゃに揺れるタブレットの映像に目をパチパチさせながらわめいた。その巧みな操作に従い、小さなドローンが風雨に紛れて、電算センター前で射撃を行う男の肩口から車内に入ると、助手席のシートの下に見事に潜り込んだ。

「侵入成功、どんなもんですか」

「ドローンが正面のバンに潜行」真木が胸のスイッチを押してヘッドセット越しに班員へ報せた。ガンレコのほうはバンから放たれる銃声を検知してとっくに起動している。

「ヘリなら墜落だ」花田が横からタブレットを覗き込むのをやめ、顔をしかめて眉間を揉んだ。「よく目が回らんな、感心する」

「eスポーツで鍛えてますから」桶川が力こぶを作る真似をした。

「さすが」暁がちらりと振り返って言った。

桶川がだらしない笑みを浮かべたとき、バンがにわかに発進し、通りの向かいにあるセミナーハウスの敷地に入っていった。敷地を通り抜けて裏手の道路に出るためだと知れた。さらに三台のバンが次々に電算センターの門から飛び出し、同様にセミナーハウスの敷地を猛スピードで突っ切っていった。

「総員、逃走車両を追跡」真木が班員へ命じ、一号車を猛然と発進させた。

「ギリギリでドローンを仕込めた」加成屋が三号車を走らせながら呟いた。「飛ばした甲斐があったね」

「追跡できるんだから、そんなに飛ばさなくていいんだぞ」吉良が注意したが、加成屋は聞かなかった。

真木が運転する一号車からして、狭い道路を猛然と走り、水たまりを盛大に跳ね散らしながら左へ折れ、四台のバンを追ってセミナーハウスの敷地に入り込んだ。加成屋も負けじと急ターンをしてみせ、吉良が目をみはって握りしめるアシストグリップをみしみし軋ませた。

「飛ばさなくていいだろうが」三津木がうんざりしながら二号車を発進させ、それでも二台を猛然と追って左へ曲がってのけた。静谷はアシストグリップだけでなくもう一方の手をドアコンソールボックスにかけて、上体が運転席の方へ倒れないよう身を支えていた。

四台のバンは日鋼団地の間を猛然と走り抜けたところでまた左折し、団地横の道を真っ直ぐ南下していった。かと思うと先行するバン二台が突き当たりまで行って左折し、後続のバン二台が途中で右折して二手に分かれた。

真木の指示で、三津木と静谷の二号車が、後続の右折したバン二台を追った。

一号車と三号車が追うバン二台のうち、前方の一台が直進、後方の一台が右折した。

これまた真木の指示で、前者を一号車が、後者を三号車が追った。

二号車が追うバン二台も、すぐに後方の一台が左折し、前方の一台も真っ直ぐ進んで突き当たりで左に折れた。四台ともスピードを落とさず狭い街路を急に曲がるため、台風で人通りが絶えていなければ何人か撥ねていてもおかしくなかった。

「敵、逃散」三津木が胸のスイッチを押して班員に報せた。「一台を追う。目的地はまだわからんか？」

「ちょっと待って下さい。軽度のジャミングを張られてて」桶川が、一号車の後部座席で、タブレット同期しているヘッドセットを指で押し当てながら顔をしかめた。隣にいる花田にもザリザリというノイズが聞こえ、バンのシート下にいるドローンからの映像が乱れた。

「壊れたのか？」花田は手を伸ばして、タブレットの端を叩いた。

「叩いても直りません」桶川が呆れて言った。「相手がこっちの電波を探ってるか、携帯型の通信抑止装置か、電波妨害器を使ってるんです。すぐ調整されますから」

その言葉通り、ほどなくしてタブレットの映像がクリアになった。

「ドローン対策に対しては、こっちも対策済みですからね。電磁波攻撃にだって耐えますよ。まあ、そもそもドローンが破壊されるほどの強力な電磁波を発したら、車や彼らの携帯電話まで壊れますけど」

「何を言ってるのかさっぱりわからんが、大したもんだ」花田が言った。「で、話し声は聞こえるか？

「あ、予定通り東名に入れ、というやり取りが聞こえました！」桶川がわめいて、タブレットでマップを呼び出した。「川崎料金所から東名高速道路に入るようです。行き先の候補は、東京、名古屋、横浜、厚木……あ、ちなみに電算センターのバックアップセンターは大阪にありますが」

「過去の傾向から西日本まで走るとは考えにくい」真木が呟き、ハンドルのスイッチを操作して通信指令本部につないだ。「犯人は東名高速道路を使用すると思われる。交通隊、全パーキングエリア、神奈川県警に警戒を促せ」

「どこかのパーキングエリアで車両を替える気では」暁が推測を口にした。

「だとしたらそこが戦場になるか」花田がそう口にしつつ携帯電話を取り出したが、どこにもかけず、ただそれを見つめた。「場所を特定して神奈川県警にＳＡＴ出動を要請したところで、間に合わんだろうな」

「航空隊のヘリもなし」桶川が急に不安そうになって豪雨の空を見上げた。「後方支援部隊も何もなしって、まずくないですか。犯人たちは今回の強盗にかなり賭けてるでしょうから、死に物狂いで抵抗しそうですけど」

「磐生修が、おれたちを待ち構えているかもな」花田が、そうであることを願うように呟いて携帯電話をしまうと、隣で桶川が暗い顔をしているのに気づいて言った。「心配するな。お前たちには、おれがいるじゃないか」

「ええ、はい」桶川がまったく安心していない顔で言った。「花田警視にお任せして、私はシート下で横になってます。お願いですから道連れにしないで下さい」

花田が、桶川が着込んだ防弾チョッキの上から、どん、と胸元を拳で叩いた。桶川が何をするんだという顔をして呻《うめ》いた。花田は笑って、急に丁寧な口調を作って言った。「桶川先生が死んだら日本の損失だ。そうならないよう、磐生修の居場所を得意のドローンで見つけ出してくれると信じてますよ。おれがあの野郎を仕留められるようにね」


ＳＧＵは、犯人たちが東名高速道路へ向かうと予測されてのち、プレッシャーをかける追跡から、距離を取っての尾行に切り替え、巧みに目視で追い続けた。もしまかれたとしても、桶川のドローンが生きている限り、先行していたバンを——車爆弾を仕掛けた者たちが乗るそれを——追うことは可能だった。二号車が追うバンには堂野覇安人が、三号車が追うバンには平山史也が乗っており、追い詰めればその場で市街戦となっていたはずだ。

だが電算センターを離れてからは犯人による威嚇銃撃はなく、甲州街道を過ぎて三台のバンがそれぞれ別の地点から府中街道に入った。是政橋《これまさばし》を渡って多摩川を越えることが予測されることから、真木が府中街道を外れ、猛然と一号車を走らせて犯人たちより先行し、橋のそばに停車して監視した。

予想どおり、ドローンを仕掛けたバンが真っ先に橋を渡っていった。桶川が予備のドローンの一つを飛ばし、次に現れた、平山史也が乗るバンの車体に磁力でくっつかせた。

加成屋が運転する三号車が橋を渡ってのち府中街道を外れ、平山史也が乗るバンから気づかれないよう違う道を進んで追いかけた。

やがて堂野覇安人が乗るバンが、やや遅れて三津木が運転する二号車が橋を渡った。

最後に、四台目のバンが橋を渡ると、その後方に一号車が回り込んで追った。

こうして再び四台のバンを追う態勢となった。いずれのバンも、府中街道を南へ下り、枡形一丁目の交差点を右折し、県道十三号に入った。その先の清水台の交差点を左折して尻手黒川《しってくろかわ》道路を東へ向かうと、桶川がキャッチした情報通り、四台とも東名入り口の交差点を次々に右折した。そして東名川崎料金所を通過すると、分岐を左に——名古屋、横浜、厚木方面へ進んでいった。

桶川のドローンのGPS情報からは、二台のバンの距離が近づいていることが明らかだった。さらに車体にくっつけたドローンの映像で、残りの二台も合流してくる様子が見て取れた。四台がバラバラに逃げるのではなく、共通の目標到達地点があるのは確実だった。

天候の影響で交通量はきわめて少なく、四台のバンはかなりの速度で横浜青葉インターチェンジに差しかかると、市ヶ尾へ向かう出口へ向かった。

だがその先の横浜青葉出口へは進まず、分岐を左に進み、首都高速神奈川七号線／横浜北西線へ向かった。マップを見つめている桶川は、心臓に集まる血管を思わせる、横浜青葉ジャンクションに連なる多数のカーブに、目が回るというように首をぐるりとさせた。

SGUの車両を走らせる真木、三津木、加成屋は、誰も目を回さず、ジャンクションを出るとおよそ十五キロにわたり首都高速神奈川七号横浜北西線から横浜北線を進んだ。そして犯人たちが分岐を左へ進み、首都高速神奈川五号大黒《だいこく》線に入ったことがわかると、真木が通信指令本部へ警告を発した。

「大黒パーキングエリアに犯人が向かう可能性あり。至急、神奈川県警察本部へ連絡を」

生麦《なまむぎ》ジャンクションから大黒線を南へ下ったところにあるのが、物流センターが集まる大黒ふ頭の島だ。そこに建設された大黒ジャンクションにあるのは、ほぼ四百台分もの駐車区画を持つ大型パーキングエリアだ。スペースの広さから、休日で繰り出す人々に加え、車好きやバイカー、暴走族が集まってくるため、神奈川県警と国土交通省が取締りをしばしば行う場所でもあった。

犯人たちが車両を交換するには打ってつけの場所である一方、神奈川県警本部所属の高速道路交通警察隊、大黒分駐所が設けられている。いざ銃撃戦が起こったときのため、速やかに市民の退避を呼びかけることが可能のはずだし、この風雨でわざわざ埠頭《ふとう》に来る者も少ないだろうから退避そのものも容易と想像された。

いよいよ交戦のときかと、暁、静谷、吉良が、助手席で身構えた。

だが犯人たちのバンは大黒ジャンクションに入っても右車線のまま減速せず、パーキングエリアを無視して分岐である空港中央／東京湾アクアライン方面の首都高速湾岸線へと進んでいった。

「大黒ふ頭を通過する気です」先頭で犯人たちを追う三号車の加成屋が、胸のスイッチを押してヘッドセット越しにみなへ報せた。

完全な空振りだった。神奈川県警本部へは、警視庁通信指令本部を通して、犯人の素通りが連絡された。どんな部隊もどこに出動していいかわからねば動けず、ＳＧＵが警視庁および神奈川県警に応援を頼む手だてが、こうしてまた一つ消え去った。

「いまだに最終目的地がわからんか」花田が呟き、また携帯電話を取り出したが、どこにもかけないまま握り込んだ。「いよいよ応援は難しいな」

「犯人たちも、ドローンの盗聴を警戒しているようで」桶川が申し訳なさそうに言った。

「おれたちだけ追って来させるためかもな」花田が、疑問を口にするというより、確信を込めてそう言った。

先頭の三号車では、吉良は助手席のシートを後ろに倒し、片足をグローブボックスにかけて仰向けの姿勢でバディを構え、スコープを覗いていた。道路はほぼ十キロにわたる直線で、かなり先を走る犯人のバン四台が、鶴見つばさ橋を渡って扇島へ入っていくのが、はっきり見えた。

ややあってバン四台が、東扇島第二料金所に差しかかった。右車線のままだった。左車線に入って湾岸道路へ降りる様子はなかった。四台ともひたすら猛スピードで直進した。その時点で、彼らが扇島に降りる道はなくなった。

「この先って」吉良がスコープから目を離し、足を下ろして呟いた。「あれがあるところだろ。七年前、おれたちが追いかけていった――」

「川崎浮島ジャンクション」加成屋が、いち早く危険を嗅ぎ取ったというように鼻に皺《しわ》を寄せてひくひくさせた。「まさかとは思うけど。そこで降りるとしたら、そうかもな。でなきゃ真っ直ぐ行って、羽田空港とかで降りて、高飛びするとかね」

「台風で飛行機は飛んでないだろ」

「あとしばらくしたら台風が通り過ぎて飛べるようになるだろ」

だがバン四台は、東扇島料金所の合流地点を越え、川崎航路トンネルに入って海の下を走っていった。そして川崎浮島ジャンクションにさしかかると、ふいに四台が次々に左車線に入った。

「やっぱ、そうだ」加成屋がすぐには左車線に入らずに言った。「あいつら、あそこへ行く気だ。昔、お前が平山を撃った場所に」

犯人たちのバンは四台とも、川崎浮島本線料金所の横を通過し、すぐに左へ曲がった。そして、浮島バスターミナルを横目に通り過ぎていった。そこはまさに、かつて加成屋がレンタカーを停めた場所だった。そこから、吉良と加成屋はともにM四カービンを抱えて地面を這い、見城晶と吉川健の危難を見過ごせず、強盗集団へ攻撃を加えたのだ。

バン四台は、そのときよりもずっと先へ進んでから、いったん停まった。誰かが降りていって勝手にゲートを開くと、車列が左折して入っていった。東京電力の浮島太陽光発電所の施設だ。その先にはコンテナ置き場や、カーオークションのための大規模な車両置き場、そして川崎浮島ジャンクションがある他は、埋め立て予定地である海しかない

太陽光発電所から、通りを渡った向かい側は、今なお工事中の流通センター予定地が広がっている。通りの先には、ぽつんと臨港消防署浮島出張所があり、大型リサイクル施設があるが、七年前のときよりずっと人が少なそうだった。台風の影響で、無人に等しいといってよかった。

真木の命令で、加成屋が三号車を、太陽光発電所の敷地脇に停めた。

七年前は、草木が生い茂る工事中の空地だった場所が、金網フェンスで覆われていた。すぐに一号車と二号車も来て、三号車の後ろに停まった。

桶川のドローンは二つとも生きていた。一つはバンの中に、一つは車体に貼りついて周囲の映像を桶川のタブレットと班員の端末に届けていた。その映像から、バン四台が一列になって、太陽光発電所脇の道路に並んで停まっていることが確認された。

そばには、別の黒塗りのバンが逆向きになって停められていた。その後部座席が開き、だしぬけに、黒いホエールスキンのジャケットを着た大きな男が、ぬっと姿を現した。

「磐生修です！　磐生修がいます！」

桶川のわめき声が、通信に乗ってみなへ伝わった。

ヘルメットを装着して外へ出た吉良は、ふと既視感に襲われた。かつて来た場所なのだから当然だろうと思った。だがその既視感は強烈だった。左手の金網フェンスの向こうを見た。相変わらず草木が生い茂り、低い土手になっており、一部は土が剥き出しだった。

そこが、過去、まさに平山たちが撃ち倒された場所であることに唐突に気づくや、吉良はわけもわからず、ぞっとするような感覚に襲われ、急いで車内に戻った。

「どうした？」ヘルメットをかぶった加成屋が、ドアを開こうとするのをやめた。

直後、銃撃が来た。加成屋の顔のすぐそばで、運転席側のウィンドウが、猛烈な衝撃音とともに真っ白に曇った。

5

それは完全に意図された報復だった。わざわざ一時間ほどもかけて、七年前とは首都高を逆向きに巡り、途中のパーキングでも一切行動を起こさず、台風の力も借りて警察諸部隊の応援を封じながら、SGUのみを死地に引きずり込んだのだ。

銃撃は通りの向こうの工事現場から来ていた。風雨でバタバタとはためく青いビニールシートの下からヘルメット、防弾チョッキ、M四カービンやその強化型と言われるHK四一六アサルトライフル、あるいはウージーやイングラムなどの小型機関銃で武装した者たちが現れていた。加えて工事現場の両サイドから二台ずつ現金輸送車が現れて左右に展開し、中央分離帯の隙間を狙って道路を渡り、縦に連なってＳＧＵの退路を塞ぐかたちで停車した。またそれら四台の現金輸送車の屋根には、二人ずつうつ伏せになった者たちがおり、頑丈な車体を盾にしつつ、これまたＭ四カービンないし狙撃銃であるレミントンＭ七〇〇を用いて、ＳＧＵの車両や人員に撃ちかかるのだった。それら八名の射手に加え、現金輸送車の運転手四名と助手席に座る四名が窓を開いて身を乗り出して拳銃を撃ち、工事現場から現れた計十六名の武装した男たちが遮蔽物の陰から通りの向こうのＳＧＵ特殊車両三台を狙って猛烈に撃ちまくった。

むろん一帯は完全には無人ではなかった。工事現場には二名の管理者がいた。発電所は暴風雨のため人員を派遣せず、むしろ帰宅させていたが、消防署出張所には災害に備えて緊急出動の用意が整えられていた。それらの人々は幸いにも殺されなかったが、磐生修と三十二名もの伏兵たちに急襲され、縛り上げられた上で適当な部屋に閉じ込められていた。そうして邪魔になる存在を一掃し、磐生修は、手配可能で信頼しうる全ての戦力を投入しての待ち伏せを行ったのだった。

三号車は吉良が車内に戻ってドアを閉め、加成屋が外へ出る前だったが、二号車のほうは三津木も静谷も降りたところを撃たれ、二人とも防弾チョッキとヘルメットに命を守られたものの、衝撃で息を詰まらせながら必死に車内に退避した。なお一号車は、桶川のタブレットに映る磐生修の姿をみなが見ていたため、誰もドアを開かずにいた。

「総員、発電所施設へ退避！」真木が激しくハンドルを切ってアクセルを踏んだ。一号車がフェンスに正面からぶつかって倒し、それを踏み越えた。有刺鉄線が張られていてもエアレスタイヤとあってパンクの心配はなかったが、もしタイヤに絡みついていたら走行に支障をきたしていたところだ。

一号車はテールを左右に振りながら土手を駆けのぼり、田の字形をした未舗装道路の真ん中の道へ進入した。フェンスが倒れた箇所から、三号車、二号車と続いて、泥を跳ね散らしながら土手を進むと、真木が咄嗟の指示を放った。「一号車は右方向、二号車は後方、三号車は左方向に対し防御！」

田の字の道路の底辺で、一号車が磐生修がいる方へフロントを向けて停まった。それに応じて、三号車が逆を向いて停まった。三津木が痛みで呻きながらUターンをして工事現場のほうへフロントを向けた。

三台とも運転席と助手席のドアを開いて盾にし、おのおの銃を構えた。暁はグロック二六とMP五を装備する他、座席にポンプアクション式ショットガンのレミントンM八七〇があった。

真木はコルトガバメント・コマンダーの他、走ってトランクを開き、狙撃銃であるレミントンM二四SWSのケースを引っ張り出してまたトランクを閉めると、運転席ドアの陰に戻って、ライフルを取り出し、構えた。

悲鳴を上げてシート下に潜り込む桶川のタブレットで磐生修の顔をじっと睨んでいた花田も、遅れてヘルメットをかぶり、後部ドアを斜めに開いた。花田は片足を外に出して周囲を見つつ、右手にコルトガバメントを握り、左手には携帯電話を握った。

三津木と静谷は、グロック一七にHK四一六アサルトライフル。吉良もグロック一七にバディ、加成屋はベレッタPX四にバディだ。

たちまち一号車と二号車に向かって銃撃があった。一号車へは敷地の外にいる平山たち「実行犯」十二名、運転手四名、自動車爆弾の設置者四名の、総勢二十名が、敷地外のおよそ二百メートルほどの距離から扇状に散開して撃っていた。一部は、ソーラーパネルに隠れて田の字の底辺側へ——一号車と三号車の側面へ回り込もうとし、真木の狙撃か、暁の射撃、もしくは後部座席から出てリア側に回った花田が、トランクの上に両腕と上体を乗せて狙い澄ます銃撃で撃ち倒された。

「三号車側正面、攻撃なし」吉良が冷静に報告した。「二号車側敵勢力の側面に回り込む許可を」

「許可する」即座に真木が返した。

吉良と加成屋はドアを開いたまま、その場に伏せると、ソーラーパネルの陰に隠れて迅速に匍匐した。二人とも、さっと身を起こしては、二号車へにじり寄ろうとする者たちを撃ち、また這って移動し、そして撃つということを繰り返した。

「フォアーッ！」三津木が苦しげに叫びつつ、特殊閃光音響弾をありったけ投げ放っては、静谷とともにアサルトライフルをリズミカルに、ソーラーパネルの間に入り込んでこちらへ来ようとする者たちを狙って撃った。

たちまち何人も倒れ、仲間の手で引きずって行かれた。大勢が伏せたりソーラーパネルの陰に隠れたりして撃ってきた。道路では現金輸送車の屋根に乗る者たちが、膝立ちになったり直立したりして、土手越しにＳＧＵの車両を撃とうとした。激しい風雨のせいでどの銃弾も狙いが逸れがちで、そこら中でソーラーパネルが砕け散った。誰もが二百メートルか百メートルの距離で撃ち合っていた。

ＳＧＵは冷静に、そして懸命に抵抗した。七人が果敢に撃ち、被弾した。

静谷が盾にしていたドアのウィンドウがひしゃげ、貫通した弾丸が左腕に突き刺さった。「バットか何かで殴られたような衝撃」を受けて、一発で左腕が使い物にならなくなった。静谷は右手だけで、構え、撃ち、装填することを余儀なくされた。「片手で射撃訓練をしていた吉良のことが脳裏をよぎりました」とのちに静谷は語った。「自分もやっておけばよかったって思いましたよ」

だが静谷は諦めることなく片手で撃ち続けた。そのそばで三津木が、三度ぶっ倒れては起き上がった。ヘルメットに二度も当たったが角度が幸いして貫通せず、「脳震盪《のうしんとう》のちょっと手前くらいで」済んだ。また、防弾ベストの上から左鎖骨の辺りを撃たれて倒れたが、痛みは感じなかった（あとで骨にひびが入っていたことがわかった）。「正しい着用法を学んでいたことに感謝したね」とのちに三津木は語った。「さもなきゃ衝撃でヘルメットが飛んでいったか、ベストの隙間に弾が潜り込んでたよ」

一号車では真木も暁も、数度にわたり被弾した。「致命傷を避けられたのは遮蔽物に隠れての射撃を叩き込んでもらったおかげでしょう」と真木は言った。それを叩き込んだのは、真木が訓練を請うたＮＣＩＳ（米海軍犯罪捜査局）である。

「幸運だっただけという気もします」と語ったのは暁だ。彼女は被弾の衝撃でヘルメットのバイザーが割れ、左目周辺に複数の裂傷を負い、片目をつむっての射撃を余儀なくされていた。「少し着弾位置がずれていたら、平山史也のような顔になっていましたから」

這い進んでは側面攻撃をかける吉良と加成屋も、被弾を免れることはなかった。二人の存在に気づいた者たちが、集団で取り囲んで仕留めようとしたのだ。吉良がヘルメットに被弾して倒れたところを、加成屋が援護射撃で逃げる時間を稼ぎ、その加成屋が集中砲火を受け、逃げようとしたが防弾チョッキの脇腹部分に被弾して倒れたところを、吉良が援護して同じく逃げる時間を稼ぐといった状態だった。

撃ち合いが一進一退だったのは最初の五分間かそこらであり、後はじりじりとＳＧＵ側が体力的に、または弾薬面で消耗し、敵の接近を徐々に許すという状況になっていった。

一号車の後部座席のシート下に潜り込んでおのれの無事を祈る桶川も、三つ目のドローンを飛ばして上空からの映像をみなと共有し、敵位置を示すことで戦闘に貢献していた。だが客観的に見れば見るほど、自分たちは絶望的な状況にいると思われた。磐生修と五十名以上もの武装した集団に、たった八名が囲まれていたのだ。半分を撃ち倒したところで、まだ三倍もの人数差がある。こんなのは戦闘とは言えないと思った。これこそ虐殺だと。

さらに桶川を最悪の気分にさせたのは、磐生修だった。彼は戦闘に参加せず、高性能の電波感知器で四台のバンを調べると、まず車体にくっついたドローンを見つけて叩き潰した。それから別のバンのシート下にあるドローンを見つけてつまみ上げると、そのカメラの一つに向かってにったり笑いかけてから、歯で噛んで破壊した。

「冗談か、ってくらい最悪でした」桶川はのちにそのときのことを思い出して白目を剥いて見せた。「この世で最後に見るのが、この男の顔と口の中だなんて、と思うと涙が出ましたよ」

宙を舞う三台目のドローンも、暴風雨に耐えて姿勢を制御することにバッテリーを消耗し、ほどなくして手元に戻して充電せざるを得なくなった。桶川はすすり泣きながら、そのドローンを手に取って充電した。

「終わったなと思いました」桶川は言った。「あのテロリストどもが窓から覗き込んできたら、惨殺される前に、自分を撃たなきゃいけないなって考えてたくらいです」

だがその前に、一号車のリア側で、コルトガバメントを撃っては装填するということを繰り返していた花田が、急に車内に戻ってきて、横たわる桶川の脚を遠慮なく踏んづけた。

「痛っ！」桶川が驚いて顔を上げたが、花田は見向きもしなかった。

「イエス、ウィー・アー・サラウンデッド・バイ・エネミーズ。ウィー・ニード・ユア・サポート」

花田は外したヘルメットを桶川の腰の辺りに落とし、握りしめた携帯電話へ、もろに日本語訛りの英語で喋りかけていた。「イエス、オーバー・フィフティ・エネミーズ。オーケイ、イエス。アイ・アンダスタン」

そして花田は携帯電話を下げると、右手に握ったコルトガバメントのグリップの底で通信スイッチを押し、班員へ猛然と指示を出した。「全員、ただちに伏せろーッ！」

すでに可能な限りそうしていた桶川は、風雨や銃声とは異なる轟音が、どこからか迫るのを感じた。とてつもない勢いで回転する、ローター音だった。


磐生修は、風雨の中に立って自ら戦況を見ながら、宿敵が徐々に追い詰められていくことを確信していた。花田礼治とその部下たちに、この包囲から脱出するすべはなかった。

だがあるとき、信じがたい音が上空から迫るのを聞きつけた瞬間、彼は自分が組み立てた作戦が根底から崩れるのを予感した。

ローター音が轟いたことで、多くの者がヘリの到来を予感した。だがそれはヘリではなかった。日本の警察のものでも、ましてや自衛隊のものでもなかった。

V二二垂直離陸機、すなわち「オスプレイ」と通称される輸送航空機であり、機体にプリントされた白い星のマークが雨の向こうでうっすら見えていた。

「伏せろーッ！」

磐生修もまた、花田とまったく同じ言葉を叫びながら、泥の中に倒れ込み、バンの車体の下へ逃げ込んでいた。

直後、また異なる轟音が頭上から降り注いだ。オスプレイに装備された、M一三四、通称「ミニガン」タレット――米海軍ではＧＡＵ一七Ａと呼ばれているが――すなわち六本もの銃身を備えた電動式ガトリングガンの咆哮《ほうこう》である。通常、オスプレイ機体の後部ランプに銃架が取りつけられてＭ二四〇機関銃などが装備され、ドアガンナーと呼ばれる射手が攻撃を担うが、ＩＤＷＳ（暫定防御兵器システム）と呼ばれるその攻撃システムは根本的に違った。機内のディスプレイとコントローラーによって使用可能であり、輸送する隊員の降下中であっても（あるいは回収中であっても）安全に運用することができた。

電気回転ドライブ式のその初期型は、毎分六千発もの弾丸を放つことで知られていたが、かえって弾薬が一瞬で消費される上に、作動不良を招くことから、現状のものは毎分四千発以下（あるいは二千発余）にあえて速度を落としている。使用される弾薬は、銃器でも使用される七・六二ミリＮＡＴＯ弾であるが、それを人が持つのは映画などフィクションに限られる。ミニガン本体の重量は弾丸もふくめると百キロほどであり、とても人力で保持できるものではないし、毎分数千発もの発射の衝撃に耐えうる人間などいない。

そのような激烈な火線が、まず道路側から太陽光発電所へ侵入する者たちへ浴びせかけられ、ついで、四台のバンが一列に並んだ辺りへ放たれた。

そしてその間にも、ホバリングするオスプレイからは、ロープ降下で武装した兵士たちが次々に地上へ降りていった。

「そりゃねえだろ、花田」車体の下でその様子を見つめながら、磐生修が苦い笑みを浮かべて呟いた。「警察だろう。米軍なんて、あんまりじゃねえか」

ＳＧＵ特殊車両一号車の車内では、その花田が携帯電話に向かって感謝の言葉を述べていた。「サンキュー、マーシャル。アイ・オウ・ユー。イエス、ウィー・ウィル・ウィン」そしてそこで初めて踏んづけた桶川の存在に気づいたというような顔になり、「おれがいるって言ったろう」と笑ってウィンクした。

「アイ・ラブ・ユー・マザーファッカー」桶川が、花田よりずっと流暢な英語で返しながら、タブレットを抱きしめて両目を潤ませた。

ミニガンの連射の威力は、初めて見る吉良と加成屋にとって、「途方もない」という表現以外、思いつかないほどのものだった。ソーラーパネルの破片が花火か何かのように舞い上がり、その辺りにいたはずの人間を、いなかったも同然の存在にしてしまった。さらには一列に停められていた四台のバンが一瞬でぼろぼろの鉄くずと化し、うち二台が爆発を起こして、そばにいた人間をなぎ倒した。

さらにはロープ降下によって多数の人間が敷地内に入ってきた。その一人、島嶼《とうしょ》戦用と思しき新式の迷彩ドーランを顔に塗りたくった男が、自衛隊で新採用されたばかりの二〇式五・五六ミリ小銃を堂々と抱えながら、猛然とわめいた。

「レンジャー吉良アァっ！　レンジャー加成屋アァっ！　お前たちを守れずにすまなかったアァーッ！」

吉良と加成屋は驚いて思わず跳ね起き、その人物を探した。

本池英輔、元第一偵察小隊長とみられる男性が、ソーラーパネルの陰から武装集団へ向かって撃ちながらわめいていた。もしこれが本当に本池英輔なら、このときの配属と階級は第一偵察戦闘大隊本部所属の三等陸佐である。

「遅ればせながらアァッ、応援に来たアァーッ！　これよりイッ、正面から敵戦力を掃討するウーッ！　いいなアァーッ！」

「レンジャァーッ！」吉良と加成屋が同時に、声を限りに応じた。

この、「想定外の行動」に参加した自衛隊員および米海兵隊員が、そのとき何人いて、それぞれどの部隊に所属していたかは、明らかになっていない。自衛隊の特殊作戦群、第一空挺団、水陸機動団など、様々な憶測を呼んだが、今に至るも公表された情報は皆無だ。

むろん、本池英輔三佐が実弾を装填した小銃を装備して戦闘に参加したなどとは、どのような記録にも残されてはいない。

なお、彼らが到来した理由については「悪天候における島嶼訓練からの帰還中、たまさか武装集団が放った流れ弾によって機体が損傷したことから、やむを得ず臨戦態勢となった」というのが説明の大筋である。しかし「島嶼訓練」というのは西日本海側で行うものであり、太平洋側の、東京圏に属する伊豆諸島といった島々で行うものではない。

また、位置と距離からして横須賀米海軍基地から飛来したと推測されるが、いつからオスプレイが待機していたかも不明だ。

しかしなんであれ、二十名余の日米の精兵が、十分な弾薬と装備をもって到来したことは、他ならぬSGU班員の証言によって明らかである。その射撃能力と火力、すなわち敵撃滅遂行能力の高さは、真木の言葉を借りれば「一目瞭然」であった。いかにSGUを取り囲んだ武装集団が、凶暴で見境がなく、ギャングなりに息が合った連携を見せるとはいえ、敵ではなかった。

ミニガンの掃射で大打撃を被った五十余名の犯罪者たちは、勢いを取り戻したSGUと、加勢に現れた軍人たちによってたちまち撃ち倒されるか、取り押さえられて拘束された。

一号車を攻撃していた『憂国連合』代表の堂野覇安人は、果敢に軍人たちへ撃ち続けたが、誰かが放った弾丸を首のど真ん中に叩き込まれ、気道と頸椎を貫かれて即死した。『RSN』代表の竹原新太郎は、ヘリに向かって激しく果敢に打ち続けたが、ミニガンの最後の一掃射を浴び、五体を粉砕されて死んだ。

この圧倒的なまでの「反転攻勢」によって、SGUを待ち伏せた二十七名が死亡した。十九名が重傷を負って駆けつけた救急車両で搬送され、五名が軽傷を負うか無傷で拘束されて神奈川県警のパトカーで連行された。

十分とかからず武装集団を制圧し、やるべき事を終えた精兵たちは、救急車やパトカーが到着するずっと前に、ただちにオスプレイへ再搭乗していた。そしてSGUの面々が感謝を込めて手を振る中、だいぶ雨量が減ったものの、変わらず強風が吹き荒《すさ》ぶのも構わず、オスプレイは飛び去った。

SGUはその地での戦闘を生き延び、多数の成果を挙げた。

だが肝心の人物がいなかった。

磐生修と平山史也が、どの車両も置き捨てたまま、姿を消していた。

6

羽田空港第三立体駐車場の七階の一画に、トヨタのヴィッツが停車していた。中にいるのは桐ヶ谷結花であり、見城晶からの連絡を待っていた。車には二人がこの国を離れるための荷物を詰め込んだトランクが載せられており、桐ヶ谷結花はお守りを右手に、携帯電話を左手に持ちながら、それらが役に立つのか無駄になるのかわからないまま待機し続けた。カーナビで流しっぱなしのテレビ番組に目を向けていたが、内容はまったく頭に入ってこなかった。頭のどこかでは、「また何も話さず消えることになるのだろうか」と考えていた。「七年前に、ろくにちゃんと話せないまま連絡を取るのもはばかられるようになってしまったように」と。いや、そのとき以上に、「もう決して連絡することは許されなくなる」ということが、とても現実には思えなかった。

見城晶は、「これで私たちは本当に自由になれる」と言った。「お金にも困らないし、私たちを脅す人間はいなくなる」と。それもまた現実だろうかと疑う気持ちがあった。そう簡単に何もかも上手く行くとは思えなかった。

疑ってかかる気持ちがあったせいか、その車が目の前を横切ったときも、どちらかと言えば平静でいられた。

それは同じトヨタのアルファードだった。ウィンドウはスモーク仕様で、車体は黒だった。ほんの十五分前まで、浮島の一隅に緊急時の逃走用として置かれていたそれに、二人の男が乗り込んでここまで来たということにも、桐ヶ谷結花が驚愕して凍りつくことはなかった。

それが七階のAブロックに――桐ヶ谷結花がヴィッツを停めた右斜め前に入り、磐生修と平山史也が降りて、こちらに顔を向けた瞬間、彼女は左手の携帯電話を腿の上に置き、右手に握ったお守りの紐を思い切り引き抜いていた。

その紐とお守りを、ロングパンツのポケットに突っ込んで隠した直後、磐生修が運転席の、平山史也が助手席の外に立ち、それぞれトカレフのグリップで窓を叩き、後部座席のドアのロックを解除するよう手ぶりで示した。

　桐ヶ谷結花はそうした。それからカーナビのテレビ番組をオフにした。磐生修と平山史也が、後部座席に乗り込んだ。二人とも泥だらけで、ずぶ濡れで、獣のような臭気を——全身からアドレナリンの臭いを発していた。

「さて、まずは、おれたちがなぜ君を見つけられたかだが、簡単なことでね」と磐生修が身を乗り出し、微笑みかけた。「吉川健がGPSのことを教えてくれたんだよ。お守りに入れているもののことを。いざというときのために、君と見城晶と赤星亭も同じ物を持っているといったことも。どうやら、おれたちにとっても貴重な品になりそうだと考えて、吉川健を吊すとき、お守りをそのままにしておいたんだ。おれたちがその品に気づかなかったというようにね。そうでないと、君たちがせっかくのGPSを捨ててしまいかねないからね」

　桐ヶ谷結花は黙って身をすくめていた。携帯電話が今まさに鳴るような気がしたが、そうではなかった。それは沈黙したままだった。

「だがまさか羽田にいるとは」磐生修がトカレフで桐ヶ谷結花の肩を叩きながら、シートに背を預けて言った。「近くて助かったがね。もしかすると、はるか遠くに行ってたかもしれないわけだ。今回の仕事が終わったその日に高飛びする気だったんだな。経験上、なかなか大変だがね。おれもそうしたことがあるからわかるんだ。まあ、そうできるだけ幸せかもしれない。おれも平山も今さら羽田を使うには顔を知られすぎてるんだから。まあ、さておき、赤星亭と見城晶だ。二人は今もどこかで気の狂った分配だかなんだかをやってる最中なんだろう。そろそろそんな馬鹿なことはやめさせて、おれのために働いてもらおうと思ってるんだ。君はちょうど携帯電話を持っているようだから、こっちに来て、赤星亭か見城晶のどちらかに連絡して、三十分でリゾートパーキング第六に来るように伝えてほしい。二人が言うことを聞かない場合、君はその人生で想像もしたことがないくらい惨《むご》たらしい目に遭うと断言するよ」

桐ヶ谷結花がお守りの紐を引き抜いた瞬間、ＳＧＵメンバーの携帯電話が通知音を鳴らし、彼女の居場所を報せる画面が表示された。以前の聴取ののち、メンバー全員が携帯電話に「アラートアプリ」をインストールしておいたのだ。

ＳＧＵの面々は、まだそのとき救急車とパトカーの到着を待ちつつ、磐生修と平山史也の捜索のため、周辺施設を調べていたところだった。工事現場と消防署の出張所で拘束された人々を発見して解放したことから、負傷者の緊急搬送という点では前進が見られた。

「羽田空港！」加成屋が、磐生修と平山史也を捜索していた工事現場から走って道路へ引き返しながら、ヘッドセット越しに大声で告げた。「磐生はおそらく羽田にいます！」

そのとき、まともに体が動くのは、吉良、加成屋、真木、花田の四人だった。

三津木は「運転できなくはないが」と言いつつ、歩くのも億劫《おっくう》そうだった。静谷は左腕を、暁は左目を負傷し、桶川は極度の戦闘疲労で顔を真っ青にして震えっぱなしでいた。

負傷し疲労した四人は浮島に残し、動ける四人が一号車と三号車に乗り込んだ。そして、羽田に向かって走り出していた。

同じ頃、赤星亭と見城晶は、東京都世田谷区にある、首都高速三号渋谷線上にある用賀パーキングエリアの駐車場にいた。そこで赤星亨は、一台のラップトップとそれに接続した通信用の携帯電話を膝に置き、「分配」の進捗を見守っていた。運転席では見城晶が、黙って携帯電話を操作していた。

電算センターから、平山史也たちとは異なり、真っ直ぐ都心へ戻るためのルートを進んできたのだ。その途中、用賀パーキングエリアに入ったのは、いざというときに脱出が容易だからだった。用賀パーキングエリアには高速バスのためのバス停があり、渋滞時にそこで降りて、東急田園都市線の用賀駅から移動できるのが特徴だった。もし警察や磐生修の配下が追ってきたときは、車両を乗り捨てて電車で逃げることが可能であるため、作業完了までそこにいる算段だった。

だが二人の携帯電話に、「アラートアプリ」の通知が現れたことで、状況がまた変わった。二人は顔を見合わせた。赤星亨が「花田礼治のほうが倒されたのかもしれません」と言った。見城晶が口惜しげに眉間に皺を刻み、右手をハンドルにかけた。そして左手で携帯電話を持って画面を見つめた。

見城晶の携帯電話に、桐ヶ谷結花から着信があり、すぐに応答した。「もしもし？」

《磐生さんと平山さんがいるの》桐ヶ谷結花が言った。《三十分で、リゾートパーキング第六に来て》

「すぐに行く。大丈夫だよ、結花さん。安心して」見城晶は、我ながら気休めだと思いながら言うと、通話を切った。そして車を発進させながら赤星亨へ言った。「磐生と平山です。リゾパ第六に来いって」

赤星亨がうなずいた。「二人以外は倒れたでしょう。あとは私がやります。あなたには最後の作業を頼むことになりそうですね、見城さん」

見城晶は小さくうなずきながら、トヨタのＳＵＶを用賀パーキングエリアから出し、首都高速へと走らせた。

「羽田から移動してる」吉良が携帯電話でＧＰＳ情報を確認しながら言った。

「高速？」加成屋が、三号車を先行させ、首都高速湾岸線を羽田方面へ驀進しつつわめいた。「上下どっち？」

「あー、大井の方だ」

「どっち方面!?」

「知らねえって。あ、いや、お台場の方へ向かった。こっちって、前になかったか？　どっかの交差点で一人逃げられて、お前が気づかないまま浦安かどっかの墓地に行ったろ」

「お前だって気づかなかったろ」加成屋が腹立たしげに返し、胸のスイッチを押して追ってくる真木へ報せた。「ターゲットは台場方面へ進行。日銀襲撃事件で、平山史也たちを見城晶が逃走させた経路に倣う可能性あり」

磐生修が運転するヴィッツが、リゾートパーキング第六に入ってほどなくして、見城晶が運転するＳＵＶが現れ、すぐ隣に停められた。

「大した腕だ」磐生修が、運転席から睨みつける見城晶を見て微笑みながら車を出た。

後部座席からは、桐ヶ谷結花の腕を引きながら他方の手でトカレフを握る平山史也が降りて、ＳＵＶに歩み寄った。雨はだいぶ小降りになっていたが、風は相変わらず叩きつけるようだった。

平山史也、桐ヶ谷結花、そして磐生修が、ＳＵＶの後部座席に乗り込んだ。

「結花さん」見城晶が悲しい顔で呼んだ。「大丈夫、大丈夫だよ」

桐ヶ谷結花は、平山史也のトカレフを脇腹に突きつけられながら、引きつった顔でこくこくうなずいた。

「花田礼治はどうしました？」赤星亨がラップトップと携帯電話を膝の上に置いたまま、無表情に訊いた。

「まず報酬だ」磐生修がトカレフの銃口を赤星亨の顔に向けた。「いくら払える？」

「五億と約束しましたが」まったく変わらぬ調子で、赤星亨が言い返した。

「先生、分配とやらを今すぐやめなさい。で、残りを全額おれに払うんだ」磐生修が、噛んで含めるような口調になって言った。「でなきゃ一人ずつ、ここでひどい目に遭う。最初はそこの風俗店主からだ」

「ふざけんな――」見城晶が言いかけるのを、赤星亨が、銃口を見つめながら手振りで止めた。

「その前に大事な質問に答えて下さい、磐生さん。花田礼治はどうしましたか？　答え次第では、好きなだけあなたにあげます。所詮、これに入力するただの数字ですから」

「それに入力すればいいんだな？」

「入力の仕方を教えましょうか？　多少複雑ですが」

「花田礼治は死んだよ」磐生修が笑顔で言った。「間違いなく死んでる」

「では今から花田礼治に電話をかけますね」赤星亨が言って、右手をジャケットの懐へ入れた。

「馬鹿な真似はやめた方がいい」磐生修が、赤星亨の右の肩に銃口を押しつけて動きを止めさせた。

「おれの言うことが信じられないってのかい、先生。これまであんたに付き合って、どれだけのことをしてきたと思うんだい」

「なるほど」赤星亨が懐に右手を突っ込んだまま、リアウィンドウの方へ首を伸ばして言った。「あなたは花田礼治たちを殺せなかった。ということは、今入ってきたあの車は、ＳＧＵのもののようですね」

平山史也が息を呑んでリアウィンドウを振り返った。ＳＧＵの特殊車両三号車と一号車が、順番にパーキングへ入ったところだった。

磐生修がすぐさま銃口を見城晶に向けた。「出せ。おれたちを逃がせ」

「前にやったようにしろ」平山史也がわめいた。「同じように逃げる」

見城晶が、ちらりと赤星亨を見た。

赤星亨がうなずき返した。

見城晶は前を向き、ＳＵＶを猛然と発進させた。

「今回はマジで人質にされてるんだよな」加成屋が呟きながら、走り出すＳＵＶが、銃撃を警戒して、ぽつぽつ駐車された六台の車両をかすめるようにしてスラローム走行するのを、わざわざ追いかけていった。

「だから真似すんなって」吉良がアシストグリップを両手で握って顎を引いた。「やめろマジで」

だが加成屋は、見城晶が走らせるＳＵＶの後を影のように追い、そのすぐあとを一号車が続いた。

ＳＵＶは以前のようにフェンスを吹っ飛ばして若槻通りへ出ると、北上して京葉線の高架線路の下へ入った。だが以前と違い、警視庁航空隊のヘリは飛んでいないとあって、左折して見明川《みあけがわ》住宅街へ入り、ジグザグに街路を進み、途中で停まって平山史也を降ろした。

それから見城晶は、磐生修が向けるトカレフの銃口を完全に無視し、若槻通りに戻った。SGUの車両二台のうち、一台はまけたようだが、もう一台に追われていた。

見城晶は続けてSUVを、以前のように鉄鋼通りに入れ、工場街を突っ走り、若槻通りには戻らず、東側の順天堂大学浦安キャンパス方面へ向かった。そこからさらに住宅街を複雑な経路で進み――台風で人通りがないとあって遠慮なくスピードを上げ――乗り合わせた人々の体を左右に大きく揺らし、さんざんあちこちを経由してSGUの車両をまくことに努めながら、日の出海岸方面に向かい、浦安市墓地公園に入った。

そうして墓地の間を突っ走り、一台も車が停められていない駐車場を尻目に、展望広場へと蛇行する道を駆け上がり、展望台の脇を通過して芝生で停車した。

「出るんだ、先生」磐生修が、トカレフを赤星亭に向け直して言った。「その大事な道具を持って、おれと一緒に来るんだ。代わりにこの女二人を、ここで解放してやる」

雨は小降りになっていた。海から吹きつける風は強かったが、暴風というほどではなかった。赤星亭はラップトップと携帯電話を抱えながら芝生を下りていき、その背に磐生修がトカレフを突きつけていた。二人は日の出海岸沿いの道に出た。背後でSUVの駆動音が響き、芝生の上をUターンして、墓地公園へ戻っていった。

二人は道路に出て海岸の前まで来た。赤星亭がラップトップと携帯電話を防波堤の上に置いた。すぐ目の前では敷き詰められた消波ブロックに波が打ち寄せ、生暖かい潮の香りをばらまいていた。

「入力の仕方を教えて下さいよ、先生」磐生修はトカレフを赤星亭に向けながら、周囲に目を向け、道路の端から端まで見渡していた。平山史也が車を走らせて迎えに来るはずだと思っているのだ。

「そうしたいところですが、実は困ったことがありまして」赤星亭が再び懐に右手を入れて言った。

「私にも、よくわからないんです」

「死にますよ、先生」

「本当なんです。あのプログラムを最後まで組み立てたのは、吉川さんでも私でもないんです。大学で情報テクノロジーを片っ端から学んだのに、自分の記録が残るのは証拠につながると言って、あえて資格を一切取らなかった、ある天才がやり遂げたんです。ここに表示されているのは、プログラムの進行に過ぎません。これを本当に操作できるのは、彼女の携帯電話だけからなんです」

磐生修がまじまじと赤星亭を見つめ、表情を失っていった。赤星亭がジャケットの内ポケットに突っ込んだベレッタを握りしめたとき、声が上がった。

「磐生修！」

花田礼治が、コルトガバメントを両手で構えながら、ＳＵＶが消えたあとの芝生を下りてくるところだった。


平山史也の脳裏には、よほど強く、日銀襲撃事件後の脱出の成功体験が残っていたのだろう。吉良も加成屋も、のちにそう語った。そのとき二人は、直感に従って、彼が必ず戻ってくることを信じた。見城晶がＳＵＶを駆って若槻通りを進み、住宅街へ突き進んでこちらをまこうとするのを見た加成屋は「これ、たぶん、あのときと同じだ」と呟いて、速度を落とした。

「おれもそう思う」と吉良が同意し、胸のスイッチを押して真木に通信した。「磐生修か平山史也が降車してパーキングに戻り、別の車両を手に入れると思われる。パーキングに戻って待ち伏せを行う許可を請う」

真木から、すぐさま応答があった。《許可する》

加成屋はUターンし、リゾートパーキング第六へ戻ると、見城晶が吹っ飛ばしたフェンスの隙間を縫って、敷地内に入った。

二人ともヘルメットをかぶり、バディを抱えて車を降りて、ぱらぱらと降る雨に打たれながら、まばらに停められた他の車両の陰に隠れて待った。

やがて一人の男が、駆け足でパーキングに入ってきた。ヘルメットも防弾チョッキもM四カービンもどこかへ捨ててきた平山史也が、右目だけで車両を見渡し、加成屋がいる方へ足早に進んでいった。

「レンジャー！」吉良が身を起こしてバディを構え、無意識に叫んでいた。

平山史也が右目をまん丸に見開き、歯を剥いて唇の両端を笑みの形に吊り上げながら、両手でトカレフを構えた。

「レンジャー！」加成屋が同様にして身を起こし、吉良の援護のため、平山史也がいる方へバディを構えたが、撃たなかった。その必要はなかった。

吉良と平山史也は、ほとんど同時に引き金を引いていた。

トカレフの強烈な銃弾が、吉良の頭部からヘルメットをもぎ取った。

バディの弾丸が、平山史也の右眉のすぐ上に命中した。その顔面の右半分が衝撃で歪み、右眼球が眼窩から飛び出した。弾丸は頭蓋骨の中で跳弾し、脳に複数の穴を空けた。

平山史也はトカレフを構えた姿勢のまま、空っぽになった両方の眼窩を吉良に向け、ゆっくりとくずおれ、そして動かなくなった。

花田、磐生修、赤星亭、その三者が銃を握っていたが、誰もすぐには引き金を引かなかった。

磐生修は、花田へ顔を向けながら、赤星亭が懐からベレッタM九二を抜くや、そちらへ手を伸ばしていた。まるで背中に目があるかのように赤星亭が銃を握る方の手首をつかみ、力任せに引き寄せ、トカレフを握る方の腕で首を締め、花田への盾にしたのだった。

「私に構わず撃って下さい」赤星亭が言った。「花田さん、やって下さい」

だが花田は銃を構えたまま、少しずつ二人へ近づきはしたが、発砲はしなかった。

その背後には真木がいて、展望台でレミントンM二四SWSを構えていたが、吹きつけてくる潮風が弾道をどのように狂わせるか予測がつかず、盾にされた赤星亭を避けて磐生修に弾丸を叩き込める確証がないまま引き金に指をかけることが出来ずにいた。

「おい、磐生。お前、人を殺したことがあるのか？」花田が銃を構えたまま、ふてぶてしく笑みを浮かべながら言った。「安田警視も、他の誰かにやらせたんじゃないのか？」

「間違いなく、あの親父の頭に、おれがぶち込んでやったよ」磐生修が楽しげに笑みを返した。「お前こそ、五十嵐珠樹を撃ったんじゃないのか？」

「安田警視からお前の悪事の証拠を受け取った翌日にな」花田が道路に出て言った。「そうさ、磐生。お前が安田警視を殺したとき、おれを殺しに来た五十嵐珠樹を、おれが射殺した。三十二歳の巡査長を、どうしたら殺し屋になるよう洗脳できるんだ？」

「もとからだ。平山史也を仕込んだのは五十嵐珠樹だよ。あの女は最高の殺し屋だった。おれの相棒だった。お前みたいなちんけな野郎にやられていいタマじゃなかったんだ」

「おれのタマがほしけりゃ、最初から直接おれのところに来りゃよかったんだ。東京に銃なんかばらまきやがって。おい、これは、おれとお前の勝負じゃないか。赤星さんを離して、ケリをつけよう」

「おれがケリをつけるんだよ」磐生修が、交差した両腕のうち、赤星亭の首を締めていた腕を離し、トカレフを花田に向けた。

赤星亭が僅かに自由を取り戻し、磐生の左手でつかまれていた右手のベレッタを離すと、左手でつかんで握り直し、自分の右脇下に銃口を向け、三度、引き金を引いた。

うち二発が、磐生修の右側肋骨を数本砕きながら肺腑に突き刺さり、一発が脇腹を貫通して防波堤に突き刺さった。

磐生修が苦痛に震えながら引き金を引き、トカレフの弾丸が一発、花田の足下でアスファルトを砕いて白煙を上げた。

赤星亭がつかまれた右手首を振りほどこうとしながら、両膝を曲げて地面へ倒れ込むようにした。

磐生修は、赤星亭に引っ張られつつ、なおもトカレフで花田を狙った。

磐生修の頭から胸元があらわになった瞬間、花田がコルトガバメントを二連射した。放たれた弾丸が、磐生修の左の口元と左鎖骨の下に命中した。

衝撃で磐生修がのけぞり、トカレフの銃弾が上空に向かって撃ち放たれた。磐生修は銃も赤星亭の手も離さないまま仰向けに道路に倒れた。赤星亭も両膝をアスファルトに擦りつけられて顔をしかめながら、やっとのことで右手を振りほどくと、左手に持ったままのベレッタM九二の銃口を倒れた磐生修の顔面に向けた。その左の頰が引き裂かれて顎が砕け、真っ赤な穴と化していた。

磐生修が、にたりと笑った。舌が血に濡れながら動いた。「やんなよ、先生」

「赤星さん！」花田が駆け寄った。

「吉川さんによろしくお伝え下さい」赤星亭は、ベレッタM九二を両手で握ると、スライドストップになるまで磐生修の顔に弾丸を撃ち込んだ。薬莢がそこら中に飛んで、澄んだ金属音を立てた。

花田は、赤星亭にコルトガバメントの銃口を向けかけたが、そうはしなかった。ありったけの弾丸を撃ち終えたあとの赤星亭に歩み寄り、空いた方の手を差し出した。

「それを渡して下さい」

「弾は残ってませんよ」

「わかってます」

赤星亭が、ぐずぐずになった磐生修の顔面から目を離し、花田を見た。

「熱いですよ。撃ったばかりですから」

花田は黙ったまま手を差し出していた。赤星亭がベレッタM九二を渡した。確かに銃身はひどく熱かった。続いて赤星亭が懐から弾倉を一つ取り出してみせるので、花田は自身が握るコルトガバメントをホルスターに収めてそれを受け取った。

「逮捕します、赤星さん」

「何の容疑ですか？　殺人？」

「あなたが教えて下さい」花田が、防波堤に置かれたラップトップと携帯電話へ向かって顎をしゃくった。「何をしようとしたんですか？」

「しようとした、じゃないですね」赤星亭も、ラップトップの画面を見て言った。「もう終わりました。私の容疑はね、幇助《ほうじょ》です。計画も実行も、私じゃありません。私も吉川さんも、ただ彼女の言う通りにしただけなんです」

7

見城晶は、SUVを羽田空港第三駐車場の一階につけると、後部座席で膝を抱えて顔を伏せている桐ヶ谷結花を振り返った。

「着いたよ、結花さん。荷物なくなっちゃったけど……お金はいっぱいあるよ。赤星先生の願い通りにしたあと、私たちの口座にもちゃんと入れておいたから」見城晶はそう言って、自身の携帯電話を掲げてみせた。複雑なコードが次々に下から上へと表示されていくそれを、桐ヶ谷結花が見ようとしないので、ズボンのポケットにしまった。「もうこれで私たち自由だよ」

「私、無理かも」桐ヶ谷結花がようやく膝から顔を上げ、涙を流しながら言った。「怖いの。これから先、犯罪者だよね、私たち？」

「結花さん、大丈夫だよ。名前とか、身分証明書とか、全部買えるから……」

「晶ちゃんはすごいよ。誰にも負けないいし。簿記の資格のための勉強だって、晶ちゃんの言う通りにしてただけだし」桐ヶ谷結花は泣きながら言った。「ごめんね。でも無理なの。今日だけで何人死んだの？　なんで晶ちゃん、平気なの？」

見城晶は悲しげにうつむき、運転席を降りると、後部座席に回り、桐ヶ谷結花の隣に座った。桐ヶ谷結花が身を強ばらせるのを見て、見城晶はますます悲しげになって言った。

「ごめんなさい」

桐ヶ谷結花はかぶりを振った。「ごめんね、晶ちゃん。私、晶ちゃんのこと好きだよ。バイだって意味でも、家族だって意味でも。でも、ごめんね。私じゃ無理で、ごめんね」

見城晶は、おずおずと手を伸ばして、桐ヶ谷結花の頬に触れた。「結花さんのことが好きだったの。ごめんなさい」

「晶ちゃんのこと好きだよ」桐ヶ谷結花が繰り返し言って、むせび泣いた。

「ずっと何かを追い越したくて」見城晶が呟くように口にした。「ずっと自分自身のハンドルを握ってたかったの。ごめんなさい」

見城晶は、遠慮がちに桐ヶ谷結花にキスをした。それから後ずさるようにして後部座席から出て行った。ドアを閉める前、桐ヶ谷結花の顔を切なげに見つめた。桐ヶ谷結花も見つめ返した。見城晶はドアを閉め、背を向けて駐車場から出て行った。

「晶ちゃんはどこかへ行きました」それから一時間ほどのち、SGUの吉良、加成屋、真木、花田に保護された桐ヶ谷結花は、泣きはらした顔で言った。「私の知らない場所へ行っちゃいました。きっともう二度と会えないと思います」


赤星亭と桐ヶ谷結花の供述によれば、日本の銀行ネットワークに侵入して決済データを操作するというアイディアも、手法も、実行のためのプログラムも、ほぼ見城晶一人が考案し、成し遂げたものだという。

ただその実現に至る過程で、吉川健の通信機器についての知識や、赤星亨の「分配」の思想が、見城晶に影響を与えたとみるべき点も多々ある。見城晶は、誰でも手に入れられる通信機器による遠隔操作を駆使したし、ただ単に電子的手段で空前規模の強盗を実現するのではなく、あえて実行までに数時間かかるプログラムを組み、完了するまでの様々なリスクを負った。結果、日本銀行は実行されたデータの全容を公表していないが、千数百兆円規模の「分配」が実行されたことはその後の報道から明らかである。「分配」が、驚くほど正確だったことも。現役労働者のうち、特に年収が三百万円以下の者に対しては、年収が低ければ低いほど多額の「分配」が行われた。その規模は数億円から数千万円まで、実に「きめこまやか」だと多くの専門家が述べている。一方で、年収が三千万円を超える者に対しては、数十万円から数万円という額が「分配」されたのみだった。また驚くべきは、日本人に一般的な「一人で複数の口座を持つ」という状況にもかかわらず、「一人が主に使用する口座」にしか、「分配」の金銭が振り込まれなかったことだ。

こうした「分配」が実行されたあと、犯罪による金であるとして返還に応じた者は国民の二割しかいなかった。残り八割は「修復すべきデータが不明」であることから、政府の再三の返還を求める呼びかけにも応じず、「分配」を享受することを選んだ。

この前代未聞の「強盗」ないし「革命的分配」は当然ながら世界的ニュースになり、日本の国債、株式、円は一時、信用が失墜するとの予測から暴落が噂された。だが今なおその兆しはなく、今年度の国の税収は過去最高を記録し、地方自治体も軒並み同様であることが明らかになった。

むろん、これを楽観的に「世直し」と呼べば、その過程で生じた殺人をも肯定することになるし、違法な行為を阻止しようとした人々の尽力を否定することになる。それは国家的な秩序を否定すること等しく、経済が成り立つ根拠を自ら破壊することに他ならない。赤星亭の主張する「分配」には、今後も常に疑問符がつくことになるだろう。また、全ての決済がデジタル化される過程で生じた、現代だからこそ可能だった犯罪であるという有識者会議の結論は、二度とあってはならないという政府の決意表明をよそに、再現すること自体が不可能だということを物語っている。

一方で、「当事者」であるSGUメンバーのうち、吉良と加成屋は、激烈な戦闘を経てなお食い止められなかったこの犯罪に対し、ある意味で楽観的な態度を示している。

「知能犯罪を阻止しろと命じられたわけではなかった」と二人は言い、「磐生修という武器商人を追い詰めることができた」点にこそ自分たちの成果を見出しているという。

だがやはり、花田と赤星と磐生がそうであったように、命の危機に関わる体験を通して、人はときとして目に見えないつながりを感じるのだろう。「整備士の資格を取ろうとしていること自体、偽装だったんだなって、今になってみれば思いますね」と加成屋などは、見城晶についてどこか好意的に述べている。「能ある鷹は爪を隠すじゃないですけど。彼女の両親がもし離婚せず、彼女が好きな道を進めていたら、どうなってたかなとは思います。とんでもない人材になって国に貢献していたか、それともやっぱり、とんでもない犯罪者になっていたか。自分にはわかりませんけれど。今の彼女がどうしているかは……想像もつきませんね。ただ、また人質にされてなければいいな、とは思いますよ」

赤星亭の「分配」は是か非かという議論の陰に隠れ、根深くタブー視されてきた点についても、ここで付記しておきたい。それは、磐生修が、なぜ首都圏に大量の銃をばらまくことができたのか、ということに関する調査結果だ。

この国においては、アメリカが許可しない限り、決して銃が大量に流通することはないという説が、まことしやかに流布された。それが事実なのかも判然としないし、かの国が、銃規制などによって「銃余り」となったとき、突如として周辺諸国に大量の銃が流通するようになるという考えもあるが、根拠となるデータは乏しい。

とはいえ、日本の首都圏の銃社会化が、自然発生的なものではなく、磐生修のような犯罪者によって仕組まれたものであったことは明らかであり、それはある意味で幸いだった。もし、ひとたび自然発生的に銃社会化が進めばどうなるか。暴力によって支配される社会に陥ったとき、国としての信用がどのように失墜するか。それらについて知りたければ、答えは簡単だ。当時の報道を見直せばいいだけである。

そしてそのような時期に、SGUのメンバーの誰も、自分たちを暴力に対する暴力とはとらえていなかった点は、やはり特筆すべきであろう。彼らは自身を武力とみていた。暴力を止めるための力であると。それは言い方を変えれば、安全装置のついた暴力である。そしてSGUの安全装置は、常に機能していたことは確かだ。

思えば、吉良と加成屋が自衛隊時代に、平山史也率いる強盗集団を追いかけたとき、彼らの手元には十分な武器弾薬があったにもかかわらず、容易に使用しなかった。彼らは渋滞する道路で、犯人に迫って反撃を誘発するような行為を自ら禁じた。危険を冒すよりは、あえて距離を取って追跡し直すことを当然と考えた。彼らの振る舞いは、リスクを取ることを辞さない無鉄砲さとは無縁の、抑制された「戦士」たちのそれだった。

どんな国の戦士も、かつて戦闘が終わったあとは浄化の儀式を経て社会に復帰したという。血塗られた彼らの身を清め、正当に称えられることで、社会に戻り、もしかすると地を耕す仕事に戻ったのかもしれない。

それは近代社会が戦士から剥奪したことの一つだ。偉大なる戦士たちは、いつしか使い捨ての消耗品となった。社会の末端の部品となった。冒頭の二人がそのような扱いを受けざるを得なかったように。

磐生修の死と、その銃および弾丸の密売ルートの崩壊をもって、ＳＧＵは解散した。

そののち、吉良恭太郎と加成屋輪は、自分たちで浄化の儀式を行った。

二人はハワイの安宿で何ヶ月も過ごした。中古車を購入してドライブし、数日おきに射撃場に行った。そこで十分におのれを浄《きよ》めてのち、二人はそれぞれの旅へ赴いた。吉良はイギリスのクレー射撃の大会へ。加成屋はアフリカのダカールラリーチームに参加した。その二人を、それぞれのパートナーが応援していた。

他のＳＧＵのメンバーたちのその後については、以下の通りである。

静谷猛、暁真奈美、三津木陽介は、タスクフォースとして、警視庁および警察庁の「重要な教官」として様々な部署を渡り歩くことになった。

なお静谷猛は、不倫相手の離婚を辛抱強く待ち、それが実現するとすぐにその相手と籍を入れ驚くほど平穏な「結婚生活」を手に入れている。

暁真奈美は、ＳＧＵメンバー時代に負った顔の傷をむしろ勲章とする「こわもて」で知られ、警察官同士のハラスメント撲滅に辣腕《らつわん》を振るった。

三津木陽介は、出世に興味がなく、やたらとスキルの高い警部補のタスクフォースとして、全国の特殊部隊員の育成に尽力した。

桶川劉生は会社に戻り、防衛省との契約に漕ぎ着けたとされるが、彼が開発・運用するものの秘匿性の高さから、報道されうるものはごく僅かである。なお、暁真奈美に「三度プロポーズして断られてのちも、まだ諦めていない」という噂については、桶川および暁の両者から「ノーコメント」という回答が得られている。

真木宗一警部は、SGU解散後も組織犯罪対策部で活躍し、ゆくゆくは警視となってタスクフォース統括者として活躍することが期待されており、本人も「花田警視のように、なるべくしてなったと思われたい」と意欲を見せている。

花田礼治は定年退職となったが、政府は公務員の定年を七十にまで引き上げようとしている。本人は「女房との時間を大事にしたい」と言って復職を拒んでいるが、警視庁ではいずれ再び花田礼治が引っ張り出されるという意見が多数聞かれる。

赤星亨は、長期にわたり収監される見通しである。知能犯罪や、多数の強盗団への犯罪教唆など、判決まで長くかかることが予想される裁判を抱えている。また、精力的に執筆を続け、『革命的再分配』は、「極左思想犯が書いたもの」という批判を受けながらも、ベストセラーとなった。続いて出版された、犯罪被害者遺族としての心境を詳《つまび》らかに記した『残された者』も同様の売れ行きを見せており、その印税は、過去十年の強盗襲撃における「遺族の会」に、全額寄付されている。

見城晶の行方は、今もってなお、杳《よう》として知れない。

その日、吉良と加成屋は、ハワイのダニエルKイノウエ国際空港（旧ホノルル国際空港）で、ひたすら相手の到着を待っていた。

先に迎えることができたのは吉良のほうで、イタリアから二十時間近くかけて来たジーナ・ロッシは、「私のキモノは？」と開口一番尋ねた。

「ユカタって言うんだ」吉良はイタリア語で返しながら、でかい紙袋からそれを取り出して見せた。「キモノより着やすいんだ。キモノは複雑だから」

「バスローブ代わりに使うと良さそうね」そう言って、ジーナはいかにも健康そうな白い歯を見せて笑った。「あなたが泊まっているホテルはどこ？」

「車で二十分くらいのところだな」吉良は言った。

「ベッドの上でユカタを着てあげる」ジーナが吉良にしなだれかかり、加成屋にウィンクして、チャオ、と言った。

その単語だけは加成屋にもわかった。吉良とジーナが連れ添って姿を消してのち、加成屋は長いこと待ち続けた。

やがて日が暮れる頃、桐ヶ谷結花がスーツケースを転がしながら現れた。

加成屋は立ち上がって、今まさに自分もその場に来たかのように微笑んだ。「アロハ、桐ヶ谷さん」

「ごめんなさい、遅れちゃって」桐ヶ谷結花が微笑み返し、かと思うと、顔をくしゃくしゃにして泣き出した。「来るのにすごく迷って……でもね、こんなこと言うと図々しいと思われるかも知れないけど、絶対、待っててくれると思ってたの」

加成屋は、相手が「アロハ」と返したかのように、鷹揚《おうよう》に肩をすくめてみせた。

「ちょっと遅いけど、飯食いがてら、ドライブでもしよっか」

デートコースは万全だった。何日もそこらを走り回ったのだから。

「うん」桐ヶ谷結花が言った。

加成屋は彼女のスーツケースを代わりに持ち、ハワイの道路についてこと細かに語りながら車まで案内した。

おわりに

SGUの活動に従事した人々は、まぎれもなく現代の戦士だった。それは、近代社会が不当に追いやってきた職能に従事した人々であると言えた。

死刑制度をふくめ、正しい人殺しがあるのかは永遠の難題だ。しかし職能としてそれを選んだ戦士が行動を起こすとき、彼らは常に、社会とそこに住まう人々のためにそうするのだ。彼ら自身が、ある意味で安全装置そのものであることを担って。

彼らに共通するのは、「必要悪としての暴力」を嫌うことだろう。暴力は忌むべき結果がつきまとうからこその暴力なのだ。そして、彼らが武力を手にする動機こそ、暴力の阻止なのである。それは戦士が近代社会から追い払われたゆえんでもある。死傷に直接的につながる行為に直面する者を、あたかも死傷という悲劇そのものと同一であるかのように見るからだ。結果、吉良恭太郎も加成屋輪も、社会から遠ざけられ、別の居場所を探すことになった。彼らのような牧羊犬が去った地には、狼たちが忍び寄り、そしてはびこった。

その後、牧羊犬たる彼らは、臨時とはいえども帰って来てくれた。使命を自ら引き受け、社会とそこに住まう人々のためにのみ武力を行使してくれた。

彼らはシヴィリアン・コントロールに習熟した上で戦闘を担った。そうした人々を貶めることは、結局のところ我々自身の価値を毀損することに他ならない。流血があったからと言って、その場にいた全ての者を否定しては次の流血を防ぐ手だてを失うからだ。

　この社会が危機に陥ったとき、二人はまた戻って来てくれるだろう。二人のような者が立ち上がるだろう。そう信じられることこそ、まことにこの社会にとっての希望である。

参考文献

『警察の表と裏99の謎』北芝健　二見文庫
『警視庁捜査二課』荻生田勝　講談社＋Ａ文庫
『戦争における「人殺し」の心理学』デーヴ・グロスマン　訳・安原和見　ちくま学芸文庫
『「戦争」の心理学　人間における戦闘のメカニズム』デーヴ・グロスマン　訳・安原和見　二見書房
『米陸軍戦略大学校テキスト　孫子とクラウゼヴィッツ』マイケル・Ｉ・ハンデル　訳・杉之尾宜生　西田陽一　日経ビジネス人文庫
『対テロ部隊ＨＲＴ　ＦＢＩ精鋭人質救出チームのすべて』クリストファー・ウィットコム　訳・伏見威蕃　早川書房

本作は書き下ろしです。
本作品はフィクションです。実際の人物や団体、地域とは一切関係ありません。

冲方 丁（うぶかた・とう）
1977年岐阜県生まれ。1996年『黒い季節』で第１回角川スニーカー大賞金賞を受賞しデビュー。2003年『マルドゥック・スクランブル』で第24回日本SF大賞、2010年『天地明察』で第31回吉川英治文学新人賞、第７回本屋大賞、第４回舟橋聖一文学賞、第７回北東文学賞、2012年『光圀伝』で第３回山田風太郎賞を受賞。主な著書に『十二人の死にたい子どもたち』『戦の国』『剣樹抄』『麒麟児』『アクティベイター』『骨灰』などがある。

SGU　警視庁特別銃装班

2023年3月10日　第1刷発行

著　者　冲方丁

発行者　本田武市

発行所　TOブックス
〒150-0002
東京都渋谷区渋谷三丁目1番1号　PMO渋谷Ⅱ　11階
TEL 0120-933-772（営業フリーダイヤル）
FAX 050-3156-0508

印刷・製本　中央精版印刷株式会社

ISBN978-4-86699-795-7